WERNER MÜNCHOW

DUNKLE GESCHÄFTE

Preußenkrimi

berlin.krimi.verlag
be.bra verlag

Mehr Informationen im Internet

Bibliografische Information der Deutschen Nationalbibliothek

Die Deutsche Nationalbibliothek verzeichnet diese Publikation in der Deutschen Nationalbibliografie; detaillierte bibliografische Daten sind im Internet über http://dnb.d-nb.de. abrufbar.

KulturBrauerei Haus 2
Schönhauser Allee 37
10435 Berlin
post@bebraverlag.de
Lektorat: Gabriele Dietz, Berlin
Umschlag: Hauke Sturm, Berlin (Titelmotiv: © ullsteinbild)
Satzbild: Friedrich, Berlin
Schrift: Stempel Garamond 10/13,5
Druck und Bindung: Finidr, Český Těšín
ISBN 978-3-89809-534-1

www.bebraverlag.de

Verzeichnis der wichtigsten existierenden und *fiktiven* Personen des Romans

Bock, Hugo, Füsilier der Bürgergarde
Bumke, Fritz, Brigadier des berittenen Schützenkorps
Dumes, Honoré (ursprünglich: Archimbald Honoré du Mesnil sur Bellegarde, Comte de Cerdure), Adjutant im Stab der Grande Armée
Glohr, Major des berittenen Schützenkorps
Jordan, Paul Antoine, Oberst der Bürgergarde
Kindervater, Karin, Oryctolagus-Expertin
Klatt, Franz, Bäckermeister
Klatt, Marie, dessen Ehefrau
Krüger, Arthur, Assistent von Kommissar Reiser
Künow, Wilhelm von, preußischer Rittmeister
Rach, Kurt, Füsilier der Bürgergarde
Radtke, Kurt, Brigadier des berittenen Schützenkorps
Radtke, Emma, dessen Ehefrau
Reiser, Gustav, Kommissar bei der Kriminal-Deputation
Reiser, Friederike (geb. Polley), seine Ehefrau
Rosenow, Paul, Polizeimeister
Rück, Johann Wilhelm, Stadtrat
Schmidt, Hermann, Reiter des berittenen Schützenkorps
Saint-Hilaire, Graf Louis Vincent, General der Grande Armée, Stadtkommandant von Berlin
Straßberg, Anna, Tante von Friederike
Teulon, Polizei-Präsident, vormaliger Kommissar der Lotterie
Vetter, Alfred, Füsilier der Bürgergarde
Walther, Johann Gottlieb, Arzt an der Charité und Prosektor
Wegener, Franz, Korporal der Bürgergarde

1

Reiser wandte den Blick vom Fenster. Er hatte kaum zugehört, was im Saal geredet wurde, stattdessen die Mauersegler beobachtet, die in wahnwitzigen Kehren über den Molkenmarkt jagten und pfeilschnell schon wieder verschwunden waren, bevor das Auge sie richtig wahrgenommen hatte. Unversehens rasten sie auf eine Hauswand zu, ein flinkes Kippeln des Gabelschwanzes und kurzes Flattern der Sichelflügel und sie waren unter der Dachtraufe verschwunden. Als seien sie am Mauerwerk abgeprallt, stürzten die Vögel nur einen Moment später dem Boden entgegen, gewannen im Fallen Tempo, um jäh wieder aufzusteigen und mit schrillen Pfiffen und ein paar raschen Flügelschlägen aus dem Blickfeld zu verschwinden.

»Pferdedieb!«

Hatte tatsächlich jemand das Wort gemurmelt, als Auditeur Teulon an die Dekrete des Kaisers der Franzosen, seines hochverehrten »Empéreur Napoleon«, erinnerte? Reiser mochte es kaum glauben. Die Stille, die plötzlich im Raum herrschte, da jeder den Atem anhielt, ließ indes ahnen, dass etwas Unerhörtes geschehen war.

Teulon, der kein einziges Wort Deutsch verstand, blickte sich ratlos unter den drei Männern um, die neben ihm aufgereiht vor den versammelten Vertretern der Berliner Ordnungskräfte standen.

»Qu'est-ce qu'il a dit?«

Oberst Jordan von der Bürgergarde, rechter Flügelmann

der Vierergruppe, tat unbeteiligt und schaute mit versteinertem Blick stur geradeaus.
Glohr, Major des berittenen Schützenkorps, war mit Betreten des Versammlungsraums im Polizei-Präsidium nicht von der Seite Teulons gewichen und hatte den Platz gleich links neben ihm ergattert. Jetzt reckte er den Oberkörper, holte tief Luft und öffnete den Mund, um den Sinn der leichtsinnig dahergemurmelten Bemerkung zu erläutern.
Stadtrat Rück trat von seinem Platz rechts neben Teulon einen Schritt vor und schnitt ihm mit einem finsterem Blick das Wort ab.
Die Anspielung war brisant. Auf Befehl Napoleons war die Friedensgöttin in ihrem Triumphwagen samt den davorgespannten vier Rossen vom Brandenburger Tor heruntergeholt und nach Paris gebracht worden. Seitdem hatte der Kaiser der Franzosen bei den Berlinern seinen Spitznamen weg.
Rück räusperte sich kurz und spielte die brenzlige Bemerkung zur banalen Meldung eines Pferdediebstahls herunter.
»Quelqu'un a volé un cheval."
»Eh bien, ce n'est pas intéressant.«
Rück nickte zustimmend, führte Teulon am Arm etwas beiseite und redete eine Weile mit verhaltener Stimme auf ihn ein. Die im Saal versammelten Männer wechselten derweil verstohlene Blicke. Reisers Nebenmann hob unauffällig den Kopf in Glohrs Richtung und machte mit den Händen eine Bewegung, mit der man Hühnern den Hals umdreht. Der Stadtrat ergriff das Wort.
»Meine Herren, Monsieur l'Auditeur Teulon wird uns verlassen. Auf ihn warten dringende Geschäfte. Wir haben

anschließend Gelegenheit, ausgiebig über den Stand der Dinge zu reden.«
Teulon trat vor und deutete eine Verbeugung an.
»Messieurs, bonne continuation! Vive l'Empéreur!«
Major Glohr stimmte aus voller Brust in das Vivat auf den Kaiser ein und übertönte das lustlose Brummeln der anderen. Er eilte zur Tür, riss sie auf und brüllte einen Befehl nach draußen, auf den offensichtlich ein Trupp seiner berittenen Schützen wartete.
»Vier Mann zur Begleitung von Polizei-Präsident Teulon.«
Stadtrat Rück schaute ihm hinterher, Oberst Jordan blickte reglos geradeaus. Die im Saal stehenden Männer verdrehten die Augen zur Decke. Reiser zupfte sich am Ohr. Nicht nur, dass dieser neue Polizei-Präsident, den die Franzosen eingesetzt hatten, kein Wort Deutsch sprach. Er war auch in seiner Muttersprache erfreulich kurz angebunden.
Glohr schloss die Tür. Rück wandte sich ans Publikum.
»Meine Herren, ich möchte nun zum Anlass unserer Versammlung kommen. Sie alle wissen, dass Polizei-Präsident Büsching mit Wirkung zum ersten Mai, also vor neun Tagen, von seinem Amt zurück getreten ist.«
»Zurückgetreten wurde!«
Rück überging den Einwurf.
»Er hat seine Entscheidung in einer öffentlichen Erklärung verdeutlicht. Darin ist ausschließlich von gesundheitlichen Gründen die Rede.«
»Hätte er untertänigst bedauern sollen, dass seine Polizei bei den Brotunruhen nicht scharf genug dazwischenfunkte?« Der Zwischenrufer gab so schnell nicht auf. Alle richteten ihren Blick auf den Zunftmeister der Bäcker. »Und

sich beim französischen Militär auch noch für dessen tapferes Eingreifen bedanken? Was wurde mit der Aktion erreicht? Hat sie irgendetwas verändert? Nein, die verordneten Preise sind zu niedrig. So einfach ist das. Deshalb wollen die Bäcker ihr Brot nicht verkaufen. Nur sind die Armen darauf angewiesen, weil sie sich außer Brot nichts leisten können. Das ist die wahre Misere. Was kann die Polizei daran ausrichten?«

Jemand sprang dem Bäckermeister bei.

»Außerdem hat sie seit drei Monaten keinen Sold mehr erhalten.«

Rück schaute zur Wand, als hoffe er, eine Schrift würde darauf erscheinen und ihm passende Argumente liefern. Er hoffte vergeblich.

»Meine Herren, wir haben uns hier nicht versammelt, um über dies und das zu lamentieren. Es geht um die Aufgaben der Ordnungskräfte in Berlin. Ich brauche Sie wohl nicht daran zu erinnern, dass jeder preußische Beamte seinen Amtseid auf Kaiser Napoleon geleistet hat. Oder muss ich Ihnen Artikel 22 des Friedensvertrags noch einmal zitieren?«

Rück hob vorsorglich die Arme, um keinen Protest aufkommen zu lassen. Seine Zuhörer schwiegen zähneknirschend.

»Wie Sie wissen, hat General-Administrator Bignon Herrn Teulon zum neuen Polizei-Präsidenten ernannt.«

»Werden wir jetzt Lose ziehen müssen, um unseren Sold ausbezahlt zu bekommen?«

Der Zwischenrufer erntete beifälliges Gelächter.

»Meine Herren, mehr Ernsthaftigkeit, bitte! Auditeur Teulon hat die Klassenlotterie geleitet, ohne sich etwas zuschulden kommen zu lassen, das sollten Sie nicht verges-

sen. Im Übrigen baut er, was die Ausübung der alltäglichen Amtsgeschäfte betrifft, voll und ganz auf meine Unterstützung – im Rahmen der Anordnungen der französischen Obrigkeit, versteht sich. Womit wir beim Thema sind. Ich bitte um Ihre Aufmerksamkeit.
Ihnen ist bekannt, dass unsere Polizeikräfte für alle – ich betone: alle – Zivilstraftaten zuständig sind. Militärische Angelegenheiten bleiben Sache der Franzosen. Um das an zwei Beispielen zu verdeutlichen: Wenn ein Soldat der Grande Armée, egal, welchen Dienstrang er bekleidet und ob er aus Sachsen, Hessen, Bayern, Polen, Holland, Frankreich oder sonst woher stammt, seine Wirtsleute bedroht, schreiten wir ein. Wenn ein Offizier des Kaisers im Dienst einen Rekruten windelweich schlägt, geht es uns nichts an. So weit ist alles beim Alten geblieben.
Nachdem es in der Vergangenheit bei den Diensten einige Änderungen und in deren Gefolge Reibereien und Dispute um Zuständigkeiten gab, hat Herr Teulon mich gebeten, diese Versammlung einzuberufen, um etwaige Unklarheiten auszuräumen. Ich bitte daher reihum die einzelnen Abteilungen, alle übrigen Anwesenden über den jeweiligen Stand der Dinge zu unterrichten. Ist jemand von den Nachtwächtern anwesend?«
Es dauerte einige Augenblicke, bis aus der entferntesten Ecke des Saales eine bedächtige Stimme zu vernehmen war.
»Von uns gibt's nichts zu berichten. Wir drehen wie gewöhnlich unsere Runden.«
»Polizeimeister Rosenow?«
Als der Name Rosenow fiel, zog Reiser die Augenbrauen hoch, wandte sich wieder dem Fenster zu und schaute geflissentlich nach draußen. Sein früherer Vorgesetzter war

unter dem neuen König die Stufen hinaufgefallen. Rosenows berufliche Karriere wäre ihm recht egal gewesen, wenn sein ehemaliger Revierkommissar nicht unter dem alten König bei der Vertuschung eines Staatskomplotts und Mordfalls mitgewirkt hätte. Jetzt, wo die Franzosen das Sagen hatten, hängte der Polizeimeister sein Fähnchen wieder nach dem Wind.

»Der Vollzug der kaiserlichen Dekrete die Polizei betreffend ist abgeschlossen. Wir haben ein Dutzend berittene Gehilfen angestellt, was die Kommunikation erleichtern wird.«

»Kommunikation? Was meinen Sie damit? Meldung ans Präsidium oder Berichterstattung an General-Intendanz und Stadt-Kommandantur?«

Reisers Nebenmann hatte die Bemerkung regelrecht in den Saal gebellt. Rosenow schluckte und sah sich aufgebracht nach dem Rufer um. Der musterte den Redner abfällig mit hochgezogenen Augenbrauen. Reiser hatte seinen Nachbarn bisher nicht weiter beachtet, nur gegrüßt, als er sich neben ihn stellte. Er trug Zivil, war aber wohl von der Bürgergarde. Jedenfalls stand er in einer Gruppe von Uniformierten.

Rück winkte ab und stellte die nächste Frage.

»Was sonst, Herr Polizeimeister?«

»Der Anordnung des Kaisers folgend, haben wir siebzig Agenten ausgerüstet und auf die Reviere verteilt. Die jeweiligen Polizei-Kommissare sind angewiesen …«

Weiter kam Rosenow nicht.

»Siebzig Agenten sind neu zur Polizei gekommen? Hieß es nicht eben, dort warte man bereits auf ausstehenden Sold? Die kriegen ihr Geld demnächst also nur noch zu Weihnachten?«

Alle redeten erregt durcheinander. Rosenow schwenkte verzweifelt die Arme, um zu beschwichtigen. Es dauerte eine Weile, bis man ihn weiterreden ließ.
»Die Agenten erhalten keinen Sold. Sie sind an den Bußgeldern beteiligt, die aufgrund ihrer Anzeigen verhängt werden.«
»Honorierung von Denunzianten?«
»Judaslohn!«
»Meine Herren!«
Der Stadtrat reckte die Arme in die Höhe.
»Aber meine Herren, das bringt uns nicht weiter. Ich bitte um Ruhe. Meine Herren – überlassen Sie die Entscheidungen über alles Fiskalische der Immediat-Kommission. Gibt es sonst noch etwas, Herr Rosenow? Gibt es Fragen an den Polizeimeister?«
Der Aufforderung hätte es kaum bedurft, so schnell wie die Anwesenden ihre Fragen stellten und gleich selber beantworten.
»Wie geht es überhaupt Ihrem Kommissar Fielitz?«
»Ja, haben Sie es denn nicht gelesen?«
»Was?«
»Gerade heute hat die Zeitung sein Signalement veröffentlicht! Der saubere Herr ist immer noch flüchtig.«
»Und was ist aus dem anderen geworden, wie hieß er wieder?«
»Sie meinen Laroche?«
»Ja, richtig. Hat er den Franzosen noch weitere Verstecke verraten können, an denen ehrbare Bürger heilige Güter des Königreichs versteckt hielten?«
Rosenow hob die Stimme.
»Die Verstärkung kommt gerade rechtzeitig, um die Bäckerläden zu kontrollieren, ob sie ihr Brot korrekt ver-

kaufen. Falls nicht, habe ich meinen Polizisten strikte Anweisung gegeben, sich Eintritt in die Läden zu verschaffen und den Verkauf selber zu übernehmen, notfalls unter Schutz französischer Gewehre.«
Vor Verblüffung machte sich in der Versammlung allgemeine Sprachlosigkeit breit. Der Stadttrat nutzte die Gelegenheit und ergriff das Wort.
»Über den Einsatz der Sicherheitskräfte entscheidet allein der Polizei-Präsident. Nun zu etwas anderem, was möglicherweise noch nicht zu allen durchgedrungen ist: Vor einiger Zeit wurde eine Kriminal-Deputation ins Leben gerufen.«
Ein Mauersegler flitzte in fingerbreitem Abstand den Dachfirst des Hauses gegenüber entlang, wechselte jählings die Richtung und schoss auf das Fenster des Polizei-Präsidiums zu. Erst im allerletzten Moment schwenkte er zur Seite ab und verschwand aus dem Blickfeld. Reiser folgte gebannt seinen Flugmanövern.
»Kommissar Reiser?«
»Herr Stadtrat?«
Sein Nachbar musterte ihn ungeniert von der Seite.
»Wenn ich Sie um kurze Unterrichtung bitten dürfte?«
Reiser räusperte sich.
»Das Kriminal-Gericht hat es für notwendig erachtet, im Rahmen der Aufrechterhaltung von Ruhe und Ordnung die Bekämpfung von Kapitalverbrechen zu stärken. Hierzu wurde eine besondere Kommission eingerichtet, der ich angehöre, und zwar außerhalb der Polizei – beim Gericht.«
Er machte eine Kunstpause, schaute sich unter den Versammelten nach Rosenow um. Der mied seinen Blick.
»Die Kriminal-Deputation ist allein den Richtern gegen-

über verantwortlich. Die sonstigen Polizeikräfte haben sie bei ihren Bemühungen zu unterstützen.«

Major Glohr horchte auf.

»Soll das etwa heißen, Sie werden meinen Männern sagen, was sie zu tun haben?«

Ein Zwischenrufer kam Reiser zuvor.

»Das tun doch schon die französischen Offiziere!«

Glohr lief puterrot an, wippte auf den Zehenspitzen und warf wilde Blicke in die Versammlung, um den Störer zu entdecken. Stadtrat Rück gab Oberst Jordan ein Zeichen. Der machte eine strenge Miene und stampfte zweimal mit seinem Säbel auf den Boden. Prompt ebbte der Tumult ab.

»Die Bürgergarde hat volle Stärke erreicht.«

Reiser schluckte, um ein Lachen zu unterdrücken. Unverbindlicher hätte der Oberst die Situation seiner Truppe kaum beschreiben können. Jeder im Saal wusste Bescheid. Nach dem Willen Napoleons sollte die Bürgergarde zu Fuß aus freiwilligen Vertretern der angesehensten Bürgerschaft bestehen, die für Uniform und Ausrüstung selber sorgen mussten und auch keinen Sold erhielten. Die hatten jedoch weder Muße noch Lust, kostbare Zeit mit Wacheschieben zu verbringen. Ihre Geschäfte ließen es nicht zu. Die konnte ihnen niemand abnehmen, das Wacheschieben wohl. Deshalb sorgten sie für Ersatz und bezahlten arme Schlucker, an ihrer Stelle den Dienst zu verrichten.

Auf dem Papier stimmte die Zahl der Gardisten. Ansonsten boten sie eher ein jämmerliches Bild. Eine Uniform konnte sich keiner von ihnen leisten, selbst für ordentliche Kleider reichte es bei manchem nicht. Viele versahen ihren Dienst daher in einer Art Räuberzivil. Wer keinen Säbel besaß, und das waren nicht wenige, trug irgendeine Gerät-

schaft, mit der er sich im Ernstfall etwas Respekt zu verschaffen hoffte. Gewehre erhielten die Gardisten zu Fuß, wenn überhaupt, nur für besondere Einsätze, nach deren Erledigung die Feuerwaffen umgehend wieder eingesammelt wurden. Exerzieren war nach fruchtlosen Versuchen aufgegeben worden. Man zog im Gänsemarsch durch die Stadt.
Rück schaute den Oberst fragend an, ob er seinem knappen Satz noch etwas hinzufügen wollte. Der schien jedoch anzunehmen, dass jedem die Bürgergarde hinreichend bekannt war, was jegliche weitere Ausführung überflüssig machte.
Major Glohr konnte kaum abwarten, dass die Runde an ihn und sein berittenes Schützenkorps kam. Er nahm Haltung an. Sein Zweispitz, dessen Federbusch er zuvor aufgeschüttelt hatte, ruhte in der Beuge seines linken Arms vor der Brust, sodass sein Kopfschmuck gebührend zur Geltung kam, ohne dass er ihn aufsetzte.
Einer der Männer, die vor Reiser standen, deutete mit angewinkelten Armen das Flügelschlagen an, mit dem Hühner aufgeregt über den Hof flattern. Reiser grinste in sich hinein. »Federvieh« nannten die Berliner die stolze Reitertruppe, die sich unter ihren hohen Staubwedeln so gern aufplusterte, wenn sie nicht gerade um die militärischen und zivilen Oberhäupter der Franzosen herumscharwenzelte. Beim berittenen Schützenkorps bekam auf Anweisung der Franzosen jeder seine Uniform gestellt.
»Das Corps des Arquebusiers …«
Weiter kam Glohr nicht. Die Tür wurde aufgerissen, einer seiner Schützen stürzte in den Saal.
»Ich suche den Kommandeur.«
»Brigadier, nehmen Sie Haltung an! Name, Dienstgrad!«

»Glohr, Major!«
»Ihrer, Sie Hornochse.«
»Kopelke, Brigadier.«
»Wie kommen Sie dazu, einfach in diese Reunion zu platzen?«
»Ich muss eine wichtige Meldung machen.«
»Wer schickt Sie?«
»Äh, wer mich schickt? Niemand.«
»Woher wissen Sie dann, dass es wichtig ist?«
»Einer unserer Schützen ist tot.«
»Wer?«
»Das weiß ich nicht.«
»Kennen Sie ihn denn nicht?«
»Das weiß ich nicht.«
»Was ist das für ein Unsinn? Entweder man kennt wen oder nicht!«
»Er liegt mit dem Gesicht nach unten.«
»Wieso wurde er nicht umgedreht?«
»Das ging nicht.«
»Und wieso nicht?«
»Er liegt auf dem Rechen.«
»Ja und?«
»Auf dem Rechen der Bandmühle.«
»Woher wissen Sie dann, dass er tot ist?«
»Er hört nicht, wenn man ruft, und rührt sich nicht, wenn man mit Steinen nach ihm wirft. Und sein Kopf hängt im Wasser.«
»Ist er noch da?«
»Ja, Hermann passt auf ihn auf, also Schmidt, Schütze.«
»Woher weiß man überhaupt, dass es einer von uns ist?«
»Die Uniform.«
Glohr wandte sich an die Versammlung.

»Meine Herren, Sie haben es selbst gehört. Es geht um einen meiner Männer. Ich muss mich um die Sache kümmern. Sie entschuldigen mich bitte.«
Reiser bahnte sich einen Weg nach vorne.
»Major Glohr, darf ich fragen, was Sie zu tun gedenken?«
»Den Mann aus dem Wasser holen und herausfinden, was passiert ist. Ich trage schließlich die Verantwortung für meine Truppe.«
»Das kann ich leider nicht zulassen.«
»Ach ja? Und wie wollen Sie es verhindern?«
»Indem ich Ihnen hier, vor den versammelten Vertretern der Polizeikräfte, Folgendes erkläre. Es sieht nicht danach aus, als sei der Mann eines natürlichen Todes gestorben. Möglicherweise hat er Selbstmord begangen. Falls nicht, ist ein Kapitalverbrechen nicht auszuschließen. Jedenfalls hört man selten davon, dass einer ins Wasser geht, nachdem er zuvor ruhig entschlafen ist. Folglich muss mindestens eine weitere Person im Spiel sein, die möglicherweise auch mit seinem Tod zu tun hat. Bis Todesart und -ursache geklärt sind, ist allein die Kriminal-Deputation zuständig. Ich suche umgehend den Fundort der Leiche auf. Danach sehen wir weiter.«
»Meine Männer wurden mir persönlich anvertraut.«
»Dann sorgen Sie dafür, dass nicht noch mehr von ihnen im Stadtgraben gefunden werden.«
Stadtrat Rück rief zur Ordnung.
»Möchte einer der Herren noch einen wichtigen Punkt vorbringen, der keinen Aufschub duldet? Das scheint nicht der Fall zu sein. Ich hebe hiermit die Versammlung auf.«
Reiser zwängte sich durch die zum Ausgang drängenden Männer und fing Rosenow vor der Tür ab.

»Herr Polizeimeister, ich bitte um Amtshilfe. Es ist Sorge zu tragen, dass bei der Bandmühle nicht alles auf den Kopf gestellt wird.«
»Werter Herr Reiser, wenn das so einfach wäre. Meine Leute sind rundum ausgelastet.«
Mit einem Blick auf Glohr, der, seinen Federhut unter dem Arm, eben den Saal verließ, fügte Rosenow hinzu:
»Aber hier haben wir natürlich einen besonderen Fall. Ich lasse schnellstens zwei zuverlässige Männer losreiten.«

2

Vom Dienstzimmer des Kriminal-Gerichts aus beobachtete Reiser wenig später zwei Polizeigehilfen ihre Pferde zu starkem Galopp antreiben und in die Spandauer Straße einbiegen. Rosenow hielt Wort. Er selber hatte nach einem Inspektor der Kriminal-Deputation gesucht, damit er ihn begleitete. Vier Augen sahen mehr als zwei.

Beide Inspektoren waren im Einsatz – Quandt mit unbekanntem Ziel, Handschuh nahm im außerhalb der Akzisemauer gelegenen Teil der Ackerstraße, in Neu-Voigtland, eine Messerstecherei zwischen zwei Handwerksburschen auf, an deren Ende einer der Gegner erstochen liegen geblieben war. Von Krüger, Reisers sonst so zuverlässigem Assistenten, fehlte jede Spur.

Er trat auf die Straße. Rechtzeitig zum Wochenbeginn hatte das Wetter gewechselt, es war sonnig und warm geworden. In der Bollengasse kam ihm keine Menschenseele entgegen. Selbst an den Scharren vor der Nicolai-Kirche herrschte wenig Betrieb. Die Geschäfte der Händler gingen schlecht und montags sah es besonders mau aus.

In der Poststraße versuchten Höker ihr Glück. Alte Frauen und junge Burschen boten alles Mögliche an, was sie in Hausgärten, auf öffentlichen Plätzen, in Hinterhöfen und vor der Stadt gezogen oder in Feld und Wald gesammelt hatten, Mairüben, Spargel, Spinat, Rhabarber, Mangold, Pilze, Waldmeister.

Ein ausgemergeltes Huhn pickte nach einem Stück Brot, das jemand hatte fallen lassen. Unter jämmerlichem Gackern hackte es immer wieder vergeblich mit dem Schnabel nach der Krume, den kahlen, fleischfarbenen Hals weit aus seinem schmutzig-weißen Federkleid hervorgereckt. Auf einem Bein balancierend, zerrte es mit dem anderen an einer Schnur, auf deren Ende ein alter Mann seinen Fuß gesetzt hatte, der im Sitzen auf den Stufen des Postamts eingeschlafen war.

Reiser trug stets einen Gutschein bei sich, der sechs Pfennige kostete und für den man bei den neuerdings aus dem Boden sprießenden Kochanstalten etwas zu essen bekam. Er gab ihn einer mageren Frau, die auf dem Gehweg sitzend ihr Kleinkind stillte. Sie schaute erst fragend den Zettel, dann ihn an. Offensichtlich wusste sie nichts von Gutscheinen, konnte nicht lesen und rätselte, wieso jemand ihr dieses Stück Papier zusteckte. Es bedurfte ausholender Erklärungen, bis sie begriff, kopfnickend die Bluse zuknöpfte, ihr Kind, das mittlerweile eingeschlafen war, über die Schulter legte, sich aufrappelte und ihn, ohne das geringste Wort gesprochen zu haben, stehen ließ.

Er wurde den Eindruck nicht los, dass die Zahl der Bettler täglich zunahm. Sie bestürmten und verfolgten jeden, dessen Kleider weniger abgerissen aussahen als ihre eigenen. Mildtätige Heime platzten aus allen Nähten. Die Großzügigkeit der Spender litt unter immer neuen Abgaben und Steuern, und die Erlöse der Lotterie brachten einfach nicht genügend Geld in die Armenkasse. Der Ochsenkopf war voll bis unters Dach. Kein Wunder, das Arbeitshaus sollte ein paar Hundert Arbeitsscheue aufnehmen und nicht halb Berlin.

Bettelvögte, die sonst jeden, den sie erwischten, unnachgiebig verfolgten und ins Arbeits- oder Zuchthaus steck-

ten, drückten beide Augen zu, wenn sie verhärmte Gestalten trafen, die zu schwach waren, um auch nur den kleinsten Versuch zu unternehmen, ihnen zu entwischen. Niemand wollte die Arretierten, und so sahen die Häscher nichts von ihren Kopfprämien und gingen bald selbst am Bettelstock. Nur wer seine Opfer allzu dreist bedrängte, wurde noch eingesperrt. Manche legten es sogar darauf an, trotz der Hungerdiät, die sie erwartete.
In der Heilig Geist Straße wurde es ruhiger, sie zählte nicht zum bevorzugten Bettelrevier. Hier gab es wenig zu holen. Die Schüler des Joachimsthalschen Gymnasiums kamen mit leeren oder zugeknöpften Taschen zum Unterricht und das Gebäude der Militärakademie lag ganz und gar verwaist.
Dagegen war das Menschengewimmel auf der Spandauer Brücke schon von ferne zu erkennen. Schaulustige standen in Dreierreihen an der Brüstung und verfolgten das Geschehen vor der Bandmühle. Reiser blickte einem Gaffer über die Schulter. Auf dem Wasser schaukelte ein kleiner Kahn. Einer der beiden Insassen hielt das Boot mit den Rudern auf Kurs und in Balance. Der andere hatte den Oberkörper weit über das Heck hinausgelehnt und hantierte am Rechen herum.
Er musste schleunigst zur Mühle und die beiden ermahnen, vorsichtig mit dem Leichnam umzugehen. Im schmalen Durchgang zwischen Graben und Nachbarhaus des Mühlengebäudes waren fünf Pferde angebunden. Sie schlugen mit dem Schweif und tänzelten unruhig. Reiser griff nach den Zügeln, um sich an ihren Köpfen vorbeizuzwängen. Die Gäule wieherten irritiert.
Zwischen Mühlenhaus und Stadtgraben herrschte drangvolle Enge. Rosenows Polizeigehilfen grüßten Reiser, tra-

ten zur Seite und machten ihm Platz. Major Glohr tat, als hätte er sein Kommen nicht bemerkt, und kehrte ihm demonstrativ den Rücken zu. Kopelke, der so tölpisch in die Versammlung geplatzt war, schaute unsicher zwischen Kommissar und Major hin und her. Ein weiterer Schütze des Korps stand breitbeinig, mit vor der Brust verschränkten Armen, als wolle er deutlich zeigen, wer hier das Sagen hatte. Reiser ging auf den Mann in seiner stolzen Montur zu. Manchmal wünschte er sich selber eine Uniform, eine möglichst spektakuläre, aus buntem Tuch, mit vielen Orden und Abzeichen darauf. Die würde es ihm ersparen, Klotzköpfen wie diesem immer erst erklären zu müssen, was er wollte.

»Ich möchte vorne an den Graben.«

Der Angesprochene schaute ihm ins Gesicht, kniff die Lippen zusammen und machte keinerlei Anstalten, aus dem Weg zu gehen. Reiser wandte sich an Glohr.

»Herr Major, wenn Sie die Güte hätten, Ihrem tapferen Schützen zu sagen, er soll zur Seite gehen, und zwar schleunigst.«

Glohr gab seinem Mann ein Zeichen. Reiser trat so nah an den Kanal, bis seine Schuhspitzen über dessen Mauer ragten, und versuchte, Einzelheiten zu erkennen. Von dem Toten war nicht viel zu sehen. Die Strömung hatte ihn zusammen mit Treibgut und allerlei Unrat der Zuckersiederei vor den Rechen getrieben und ein Stückchen die schräg nach oben verlaufenden Stangen hinaufgeschoben. Er lag auf dem Bauch, den linken Arm unter dem Oberkörper, der rechte hing, wie der Kopf, im Wasser. Mehr war von Reisers Standort aus nicht zu erkennen.

Der Tote trug eine Uniform. Ob sie einem Soldaten der französischen leichten Kavallerie oder einem berittenen

Schützen gehörte, konnte Reiser an Stoff und Schnitt nicht eindeutig unterscheiden. Glohr wusste das bestimmt.

»Ist es wirklich einer Ihrer Leute?«

»Ja.«

»Und?«

»Ein Brigadier.«

»Wer?«

»Das werden wir hoffentlich bald sehen.«

Der Mann im Heck des Kahns zog und riss mittlerweile heftig an Jacke und Hose des Leichnams, um ihn aus dem angeschwemmten Gerümpel zu befreien. Möglicherweise hatte sich ein Arm oder Bein zwischen den Stäben des Rechens verklemmt.

»Langsam! Geben Sie Acht! Sie brechen ihm ja sämtliche Knochen«, raunzte Reiser. »Heben Sie den Körper vorsichtig ins Boot und bringen Sie ihn an Land.«

Der Mann schaute auf.

»Sonst noch Wünsche?«

»Kommissar Reiser vom Kriminal-Gericht.«

»Wenn der Herr Kommissar vielleicht die Güte hätte, mir zu verraten, wie das gehen soll? Ich bin froh, wenn ich ihn überhaupt hier rauskriege.«

»Räumen Sie doch erst einmal den ganzen Krempel beiseite.«

»Noch mehr von den guten Vorschlägen und Sie können rüberkommen und ihn selber bergen.«

»Gut, holen Sie mich ab!«

Einige Ruderschläge brachten das kleine Boot zum Ufer. Der tatkräftige Helfer stieg an Land. Reiser stutzte.

»Bleiben Sie drin, ich setze mich zum Ruderer auf die Bank.«

»Das geht nicht, Sie oder ich. Der Kahn trägt nur zwei Leute.«
»Ich soll ihn selber aus dem Wasser ziehen?«
»Wie Sie ihn herbringen, ist Ihre Sache. Aber wenn er unbedingt mit dem Boot fahren soll, müssen Sie durch den Graben. Ich sagte ja, zwei Leute.«
Einige Arbeiter der Bandmühle, die aus den Fenstern lehnten, um das Spektakel zu beobachten, feixten. Reiser schauderte es allein bei dem Gedanken, die Leiche berühren zu müssen.
Er winkte ab.
»Machen Sie schon weiter. Aber so vorsichtig wie möglich, damit uns keine Spuren oder Hinweise verloren gehen, verstehen Sie?«
Bis der Rechen den Leichnam endlich freigab, er mit einem Strick ans Heck des Kahns gebunden und an Land gebracht war, dauerte es noch eine ganze Weile. Reiser beobachtete argwöhnisch jeden Handgriff, der vom Boot aus unternommen wurde. Schließlich nahm er das Seil entgegen, hielt es stramm, ließ den einen der beiden Polizeigehilfen die Arme, den anderen die Beine des Toten packen und den triefend nassen Körper an Land hieven.
Die zwei Kahnfahrer gesellten sich zu ihnen.
»Wieso kommen die eigentlich immer alle hier vorbei? Das ist schon der Vierte in diesem Jahr. Wäre doch nett, wenn die hinter dem Graben in die Spree gingen und nicht immer in unserem Rechen hängen blieben.«
»Sollten Sie da nicht mehr Übung haben mit dem Bergen von Leichen?«
Glohr hatte die gehässige Bemerkung fallen lassen. Er trat an die Gruppe heran und fügte barsch hinzu:
»Können wir ihn jetzt umdrehen?«

Auf Reisers Zeichen rollten die Gehilfen den Leichnam an Schulter und Becken auf den Rücken. Er war leicht, fast zart gebaut, klein. Reiser stellte ihn sich unwillkürlich als einen dieser umherwuselnden, wieselflinken Burschen vor, die immer im rechten Moment auftauchen, über alles Bescheid wissen und jede Gelegenheit für sich nutzen – ein schnelles Geschäft hier, ein flüchtiges Verhältnis dort. Das Gesicht lag, zur Seite gewandt, am Boden, als wolle der Mann es im Tode von den Umstehenden abwenden. Glohr packte das Kinn des Toten und betrachtete einen Moment dessen Gesichtszüge.

»Radtke.«

Mehr sagte er nicht, setzte den Zweispitz auf und ging zu seinem Pferd. Als er aufgesessen war, reichte der Federbusch bis zu den Fenstern der ersten Stockwerke. Sollte man die schiere Größe der Erscheinung bewundern oder ihre aufgeplusterte Künstlichkeit belächeln? So waren sie nun einmal, die stolzen Kämpen des Schützenkorps, »Arquebusiers«, wie sie sich anstelle ihres offiziellen Titels gern nach französischer Fasson nannten. Obwohl nur wenige von ihnen das Wort richtig aussprechen, geschweige denn schreiben konnten.

Die beiden Schützen wollten ihrem Kommandanten folgen. Reiser hielt sie zurück.

»Sie bleiben hier.«

Er betrachtete den Toten. Seine Uniform klebte in groben Falten an Körper und Gliedmaßen. Ihre goldenen Tressen und Knöpfe machten einen traurigen Eindruck, jetzt, da sie allen Glanz verloren hatten. Der Leichnam dürfte nur kurze Zeit im Wasser gelegen haben, die etwas blasse Gesichtshaut machte noch einen frischen Eindruck. Eine dunkle Locke klebte auf der Stirn. Der Mann hatte sein

Haar nach Art der alten Römer getragen. »Modo Titus« nannten die Kenner das klassische Vorbild. In Wirklichkeit versuchten sie, Napoleon zu kopieren. Es schien, als deute die Spitze der Locke auf eine ausgeprägte Delle an der Nase des Toten. Ob sie von einem kräftigen Schlag herrührte oder einen angeborenen Schönheitsfehler dokumentierte, war auf den ersten Blick nicht zu erkennen.
»Hatte Radtke eine eingeschlagene Nase?«, wandte sich Reiser an die Schützen.
»Datt letzte Mal, als ick ihn jesehn hab, nich.«
»Sie haben sich noch gar nicht vorgestellt.«
»Schmidt.«
»Und am Stück?«
»Hermann Schmidt, Schütze der Arquebusiers.«
»Kannten Sie den Toten näher?«
»Er war meen Brigadier.«
»Sonst nichts?«
»Doch, wir sind jemeinsam zur Schule jejangen.«
»Wann war denn das?«
»Die Schule?«
»Nein, als Sie ihn zuletzt gesehen haben.«
»Vorjestern.«
Reiser betrachtete Radtkes Gesicht von allen Seiten. Wenn die platte Nase von einer Prügelei stammte, konnte er davon sonst nichts entdecken. Die Uniform schien unversehrt, keine Löcher, Risse, Schnitte oder irgendwelche Schäden, die auf einen Kampf hindeuteten. Auch Blut war nicht zu entdecken, zumindest nicht auf den ersten Blick. Der Kopf des Toten lag auf der linken Wange. Reiser fasste das Kinn mit spitzen Fingern, schob es zurück, drehte es ein wenig nach rechts und links. Er spürte kaum Widerstand. Genickbruch? Das sollte der Chirurg herausfinden.

Er klopfte die Taschen der durchnässten Uniform ab und spürte die Münzen sofort. Reiser zog den Hosenbeutel des Toten hervor, leerte ihn aus. Selbst wenn die Franzosen den Männern vom Schützenkorps für alle möglichen Dienste hin und wieder etwas zusteckten: Für einen Brigadier kam ein Batzen Geld zum Vorschein.

Richtig erstaunlich war die Mischung der Münzen. Neben zwei Stücken Courant, die gewöhnliche Sterbliche in diesen Tagen gar nicht mehr zu sehen bekamen, rollten Scheidemünzen auf den Boden. Reiser legte die beiden Goldstücke beiseite, griff aus dem Rest wahllos Münzen heraus, wog sie in der Hand, rieb sie aneinander, musterte beide Seiten. Er schaute sich um, nahm einen Stein, ließ die Münzen eine nach der anderen darauf fallen, lauschte mit halb geschlossenen Augen dem Klang, den sie dabei abgaben, und sortierte sie. Am Ende der Übung lagen zwei ungleiche Stöße vor ihm. Er deutete auf den größeren:

»Falschgeld!«

Das war nichts Aufregendes. Jeder trug einige Falschmünzen mit sich herum. Irgendwann wurden sie einem angedreht, und man versuchte, sie schnellstens wieder loszuwerden. Reiser nahm eine Handvoll Münzen, wog sie in der Hand, ließ sie durch die Finger rieseln.

»Viel Falschgeld, wie ich meine.«

Mit Scheidemünzen wurden die Leute schnell übers Ohr gehauen. Um die Echtheit von Courant, den Münzen aus purem Edelmetall, zu bestimmen, genügten eine gute Waage und etwas Säure. Scheidemünzen bestanden aus allem Möglichen, was billiger war als Edelmetall. Wer konnte da schon anhand der Materialmischung herausfinden, ob sie echt waren. Mit der Hörprobe erkannte das geübte Ohr zumindest plumpe Fälschungen.

»Zu viel Falschgeld. Ich muss es mitnehmen.«
Reiser sprach mit niemand Bestimmtem, teilte nur den Umstehenden mit, dass er die Münzen in sein Sacktuch knoten und einstecken würde.
Schmidt, der ihm die ganze Zeit lang schweigend zugesehen hatte, griff zum Schultergurt seines Gewehrs.
»Datt Jeld jehört Radtke.«
Kopelke schaute verwirrt vom einen zum anderen. Die zwei Polizeigehilfen machten ratlose Gesichter. Was sollten sie tun für den Kommissar, dem zu helfen sie abkommandiert waren, ganz ohne Waffen?
»Genau darum geht es.«
»Weil er dot is'? Denn kricht's aber doch wohl seine Witwe.«
»Das geht leider nicht.«
»Lässt man so ander Leute Jeld vaschwinden?«
Reiser warf Schmidt einen abfälligen Blick zu.
»Was ich aus der Tasche des Toten geholt habe, liegt hier vor aller Augen. Wer will, kann nachzählen. Das Gericht wird darüber entscheiden, was damit geschieht.«
»Von wejen, versacken tut's in dunkle Kanäle.«
»Also gut! Ich schreibe Ihnen eine Quittung aus, und Sie bestätigen mir schriftlich, sie erhalten zu haben.«
Schmidt stutzte. Mit einer wegwerfenden Handbewegung machte er kehrt. Reiser wandte sich an den Schützen, der in die Versammlung geplatzt war.
»Erzählen Sie mir, wie Sie ihn gefunden haben.«
»Wir waren auf dem Weg zum Schloss Monbijou. Auf dem Hackischen Markt hielt uns ein Arbeiter der Bandmühle an. Sagte, vor dem Rechen liegt einer im Wasser. In Uniform. Sah angeblich nach berittenem Schützenkorps aus. Wir sind hin und haben nachgeschaut.«

Der Schütze blickte Reiser an, als erwarte er, mit Dank und Lob entlassen zu werden.
»Und weiter?«
»Erst ist uns gar nichts aufgefallen.«
»Wieso nicht?«
»Weil wir am Ufer standen.«
Reiser blickte zum Rechen hinüber. Der Mann hatte recht, von hier aus konnte man einen menschlichen Körper tatsächlich leicht übersehen.
»Was dann?«
»Die Arbeiter haben uns in die Mühle gerufen, ans Fenster. Da war deutlich zu erkennen, dass jemand in unserer Uniform im Wasser lag. Wir haben dann überlegt, wie wir ihn rausholen.«
»Sie selber?«
»Natürlich, war doch einer von uns. Aber es ging nicht. Von der Mauer kann man gerade mal einen Fuß auf den Rechen setzen, dann ist Schluss. Es gibt weder Steg noch Leiter. Die Arbeiter sind mit dem Kahn hin gerudert und haben ihn gebracht. Sie waren ja dabei.«
Reiser nickte.
»Eine Frage noch. Radtke starb in Uniform. Hätte er da nicht auch seinen Zweispitz bei sich haben müssen?«
»Eigentlich ja.«
»Ist der aufgetaucht?«
»Nein.«
»Wurde danach gesucht?«
»Suchen? Den Radtke hat ja auch niemand gesucht und trotzdem wurde er gefunden.«
»Kennen Sie seine Adresse?«
»Letzte Straße 38.«
Reiser dankte dem Schützen und entließ ihn.

Die zwei Arbeiter, die den Toten an Land geholt hatten, zogen gerade den Kahn hoch.
»Bleibt das Boot nicht im Wasser?«
So sehr die beiden sich in Größe und Statur ähnelten, so unterschiedlich war ihr Auftreten. Der Ruderer mied mit gesenktem Kopf jeglichen Blickkontakt und überließ das Sprechen seinem Begleiter. Der schaute Reiser ein wenig scheu von unten in die Augen, als wolle er prüfen, ob jedes seiner Worte auch wirklich ankam und richtig verstanden wurde.
»Seit die Mühle dicht ist, brauchen wir es selten. Weil niemand mehr hier ist, der aufpasst, wird es in der Werkstatt eingeschlossen.«
»Wieso kommen überhaupt die ganzen Leute her, wenn die Mühle nicht in Betrieb ist?«
»Damit sie nicht still steht.«
»Aha!«
»Das Mühlrad muss sich regelmäßig drehen, sonst verrotten die Schaufeln, und das Getriebe muss arbeiten, damit alle Teile in Schuss bleiben.«
»Wann wurde der Tote eigentlich entdeckt unter dem ganzen Treibgut?«
»Gleich als wir kamen. Selbst wenn wir jetzt nichts herstellen, der erste Blick geht immer nach dem Rechen, ganz aus Gewohnheit. Der soll alles vom Mühlrad fernhalten, was Schaden anrichten kann. Trotzdem passiert es, dass Bretter oder Balken durch die Stäbe geschoben werden. Wenn die stark genug sind, gehen schnell ein paar Schaufeln drauf oder das Lager des Mühlrads oder das ganze Rad. Dann läuft nichts mehr. Die Ware geht nicht raus und das Geld kommt nicht rein.«
»Um welche Uhrzeit war das?«

»Wir kommen immer zur gleichen Zeit, im Sommer um acht, im Winter um neun. Man muss ja was sehen können bei der Arbeit.«
»Wie ging es weiter, nachdem sie ihn entdeckt hatten?«
»Karl und Erich sind runter. Haben mit der Räumstange Zweige beiseite geschoben. Hätte ja auch nur eine grüne Jacke sein können. Aber dann war klar, dass jemand drin steckte, in der Jacke. Der Karl ist dann die paar Schritte zum Hackischen Markt, wo das Federvieh dauernd auf dem Weg zu Monbijou vorbeireitet.«
»Wieso wurde nicht die Polizei gerufen?«
»Sollen wir etwa für die den Laufburschen spielen? Der Karl kam ja auch bald zurück, mit den beiden Schützen.«
»Dann haben Sie den Kahn gebracht?«
»Nein, die wollten ihn doch selber rausholen.«
»Wussten die denn, wie sie es anstellen wollten?«
»Haben sie zumindest gesagt.«
»Aber geschafft haben sie es nicht?«
»Natürlich nicht, aufgeregt hin und her gelaufen sind sie.«
»Jedenfalls haben Sie ihnen Hilfe angeboten.«
»Aufgedrängt haben wir uns nicht.«
»Immerhin haben Sie ihn rausgeholt.«
»Vor dem Rechen konnten wir ihn doch nicht lassen. Und den ganzen Tag hierbleiben wollten wir auch nicht.«
»Ist eigentlich der Zweispitz des Toten aufgetaucht?«
»Nein, davon wüsste ich.«
»Kann der durch den Rechen gerutscht sein?«
»Schwer zu sagen. Falls er überhaupt bis hier gekommen ist.«
Reiser bedankte sich. Die beiden nahmen den Kahn auf und wollten gehen. Einer plötzlichen Eingebung folgend, bat er sie, ihm den Nachen für eine Stunde zu überlassen.

Er wolle sich vom Wasser aus umsehen, schließlich sei der Tote durch den Kanal gekommen. Die beiden tauschten Blicke aus. Ob er mit dem Gefährt denn auch klarkäme? Als er bejahte, stimmten sie zu, unter der Bedingung, dass er ihn anschließend gut festmachte. Sie würden dann am Nachmittag wiederkommen und ihr kostbares Fährschiff in Sicherheit bringen. Reiser dankte und rückte mit einem weiteren Anliegen heraus.

»Gibt es hier irgendetwas, womit man den Leichnam zur Charité bringen kann?«

»Zur Charité? Haben die da solche Fortschritte gemacht?«

»Wie meinen Sie das?«

»Sie sagen doch selbst, der Mann ist tot!«

»Der Prosektor soll lediglich herausfinden, woran er gestorben ist.«

»Im Schuppen steht ein Fuhrwerk, mit dem wurde alles Mögliche transportiert, solange es noch Aufträge gab. Nur ist das Pferd verkauft, damit es nicht unnötig Futter frisst. Ansonsten gibt es noch den kleinen Handwagen. Da müsste man ihn aber reinfalten.«

»Na, vielen Dank jedenfalls.«

»Warten Sie!«

Reiser blickte erstaunt zum anderen der beiden Arbeiter, der bisher ihrem Gespräch stumm wie ein Fisch gefolgt war und sich plötzlich zu Wort gemeldet hatte.

»Im *Grünen Baum* sitzen um diese Zeit immer zwei Kerle. Sollen Totengräber sein. Sind aber in Wirklichkeit Possenreißer.«

»Wo ist der *Grüne Baum*?«

»In der Neuen Schönhauser, gleich ums Eck.«

Die beiden ließen den Kahn wieder zu Wasser. Reiser winkte die Polizeigehilfen zu sich.

»Ich habe zwei Aufträge, einen davon hier.«
»Übernehme ich!«
»Gut, Sie bewachen die Leiche und gießen jede halbe Stunde vorsichtig Wasser darüber, von Kopf bis Fuß.«
»Ich soll den wässern? Wozu das denn?«
»Damit er möglichst frisch bleibt. Im Kahn liegt eine Schöpfkelle.«
»Und ich?«
»Sie gehen zum *Grünen Baum* in der Neuen Schönhauser. Dort sollen zwei Totengräber herumsitzen. Sagen Sie denen, es gäbe einen Auftrag.«
»Jawohl!«
»Hierher holen die beiden, nicht mit denen dort auf mich warten!«
»Verstanden! Können Sie mir die Herren beschreiben?«
»Überflüssig. Die erkennen Sie sofort.«

3

Das Gedränge der Schaulustigen hatte sich aufgelöst. Die Spandauer Brücke, einer der beliebtesten Angelplätze der Stadt, gehörte wieder den Petrijüngern. Galt die Spree schon als fischreich, so hieß es, der Stadtgraben unterhalb von Zuckersiederei, Proviantbäckerei und Proviantmagazin böte den Fischen geradezu paradiesische Verhältnisse. Einen guten Beobachtungsposten gab die Brücke auch ab. Wer den ganzen Tag aufs Wasser starrte, dem sollte eigentlich nichts entgehen, was darin vorbeischwamm.

Drei Angler standen in exaktem Abstand zueinander regungslos an der Brüstung. Reiser schlenderte an ihnen vorbei, ohne ein Wort zu sagen. Keiner der drei schien sich um etwas anderes als seine Angelschnur zu kümmern. Aber es war deutlich zu spüren, dass jeder von ihnen aufmerksam die Schritte in ihrem Rücken verfolgte. Reiser machte am Ende der Brücke kehrt und stellte sich neben den mittleren. Die beiden anderen sollten hören, worüber er mit ihm redete.

»Guten Tag, ich bin Kommissar Reiser vom Kriminal-Gericht.«

»Ist das nicht ein bisschen viel der Ehre?«

»Wieso?«

»Kriminal-Gericht! Nur weil unsere Angeln im Wasser hängen.«

»Kleine Fische! Die interessieren mich nicht. Mein Bereich sind Kapitaldelikte.«

»Dann wurde der da unten umgebracht?«

»Wenn ich das wüsste, hätte ich die Hälfte meiner Arbeit schon erledigt.«
»Um wen jeht's denn?«
»Um ihn, oder?«
Die beiden links und rechts mischten sich ein. Der Mittlere beantwortete beide Fragen mit einer Kopfbewegung, die man zugleich als knappes Deuten in Richtung des Toten wie auch als zustimmendes Nicken verstehen konnte.
»Schon wieder einer«, bestätigte er seine vage Geste.
Reiser sah ihn fragend an.
»Wasserleichen treiben heutzutage dauernd im Fluss. Die meisten kriegen wir in der Stadt gar nicht zu sehen. Bleiben immer schön unten. Deshalb glauben die Leute, ins Wasser gehen sei die unauffälligste Art, sich zu verabschieden. Aber in Spandau haben die Fischer sie im Netz. Sehen dann nur nicht mehr so gut aus wie der da.«
»Keen Mensch will noch Fisch essen. Aber sonst jibt's ja nüscht.«
»Seit über einem Jahr nur Fisch. Ich warte drauf, dass endlich mal ein Schwein am Haken hängt.«
»Die Zeiten sind schlecht, oder?«
»Die Menschen auch. Mir hat einer von den Gaffern eben eine Plötze aus dem Eimer geklaut. Wo alle anderen dabei standen. Die müssen doch was gesehen haben. Und unten an der Mühle war alles voller Polizei!«
Reiser ließ die drei reden und wunderte sich, wie gesprächig die angeblich so schweigsamen Angler sein konnten. Die Unverfrorenheit des Strolchs, der einen Fisch mitgehen lassen hatte, schien ihnen jedoch die Sprache zu verschlagen. Er nutzte die Gelegenheit, um seine Frage zu stellen.
»Was meinen Sie, von wo er gekommen ist?«

»Watt denn, von wo?«
»Was ich meine, ist, er muss doch irgendwo ins Wasser gelangt sein.«
»Ich sage Ihnen was. In der Spree war der nicht. Die hätte ihn flussabwärts getrieben. Er muss in den Stadtgraben sein.«
»Aha. Können Sie auch sagen, wo?«
»Dazu müsst ick wissen, wie lange der anne Mühle im Wasser jeschaukelt is'.«
»Die Mühlenleute sagen, sie hätten ihn heute Morgen gegen neun Uhr entdeckt.«
»Da hat er die ganze Nacht über Zeit gehabt. Oder?«
»Wie meinen Sie das?«
»Na, is' doch klar! Am Tach angeln wa hier.«
»Sie hätten ihn also gesehen?«
»Jesehn? Die blei'm doch unten, mang de Fische, bevor se uffzutauchen jeruhn.«
»Aber?«
»Einer von uns hätte ihn an der Angel gehabt, oder?«
»Tagsüber – wie lange stehen Sie hier und angeln?«
»Bis es dunkel wird. Später beißen sie nicht. Außerdem sollen sie rechtzeitig zum Abendessen auf dem Tisch stehen.«
»Falls se anjebissen ham.«
»Die Fische, oder?«
Der linke Nebenmann stieß ihm den Ellenbogen in die Rippen, um seine unnütze Erläuterung zu unterstreichen. Reiser lächelte gequält.
»Wenn ich Sie richtig verstehe, ist er frühestens bei Dunkelheit hier angekommen.«
»Wenn se mir fraren, isser nich vorm Dunkeln ins Wasser.«
»Wer macht es schon am helllichten Tag?«

»Dann sieht man es doch, oder?«
»Und wird gleich wieder rausgeholt.«
»So'ne jibt's ooch!«
»Wie meinst du das?«
»Die markiern nur, damit se eener rettet.«
Reiser räusperte sich.
»Noch einmal meine Frage. Sie ist wichtig, um herauszufinden, was es mit dem Tod des Mannes da unten auf sich hat.«
Die drei Angler schwiegen erwartungsvoll.
»Sie sind doch bewandert mit allem, was aus dem Wasser kommt.«
»Mit schwimmenden Fischen schon! Mit treibenden Toten eher am Rande.«
»Es würde mir weiterhelfen, wenn ich wüsste, wo der Mann in den Graben gelangt ist.«
Sein rechter Nachbar deutete mit dem Finger nach unten.
»Das Wasser im Graben fließt viel langsamer als in der Spree, sehen Sie?«
»Außerdem hat der Jraben Biejungen. Ditt dauert.«
»So wie er jetzt im Mai fließt, braucht es vom Abzweig der Spree an der Stralauer Brücke bis hier bestimmt einen halben Tag, wenn nicht mehr.«
»Er könnte irgendwo hängen geblieben sein, oder?«
»Bei der alten Bastion da vorne, zum Beispiel.«
»Ach watt, am Knick bei de Münze.«
Reiser zog die Stirn in Falten.
»Hören Sie, mir wäre sehr geholfen, wenn es genauer ginge. Ich kann natürlich auf beiden Seiten die ganze Strecke absuchen. Aber es würde Zeit sparen, wenn Sie mir sagen könnten, weiter als von da oder dort kann er nicht gekommen sein.«

Das Trio starrte schweigend auf das Wasser unter der Brücke, als suchten sie darin nach Spuren.
»Am besten, man probiert es aus.«
»Und zwar?«
»Man schmeißt einen rein und wartet, was er macht, oder?«
Reiser schaute zu dem Mann links neben ihm. Meinte der das im Ernst? Wenn das alles war, was diese Kapazitäten zu bieten hatten … Aber vielleicht verlangte er auch einfach zu viel.
»Mal was anderes. Haben Sie einen Zweispitz mit Federbusch aus dem Wasser gefischt?«
»Seinen?«
Der Mittelmann wies mit dem Kopf nach unten.
»Hatter den valorn?«
»Der ist denen doch am Kopf angewachsen, oder?«
»Ist das Federvieh etwa in der Mauser?«
Unversehens wurde Reiser eine Flasche in die Hand gedrückt. Sie war zur Hälfte mit einer grünlich-milchigen Flüssigkeit gefüllt. Die Angler machten erwartungsvolle Mienen und nickten ihm aufmunternd zu. Um seine Gesprächspartner bei Laune zu halten, zog er den Korken heraus und nahm einen tiefen Schluck. Im selben Moment schossen ihm Tränen in die Augen, die Kehle brannte, der Atem stockte. Warum hatte er das Warnsignal des Buketts nicht ernst genommen? Die drei lachten sich eins.
»Das ist unser Elektrischer.«
»Den nehm wa, wenn se nich beißn wolln.«
»Für die Angler einen Schluck und einen kräftigen Schuss für die Fische, oder?«
Krächzend und nach Luft japsend, stellte Reiser seine Frage.
»Der Hut … im Wasser … was geschieht … damit?«

»Watt soll damit passiern?«
»Er schwimmt, oder?«
»Mit dem Federbusch als Segel kann er vom Wind schnell ans Ufer getrieben werden.«
»Und sich an watt vaheddern.«
»Falls er nicht voll Wasser läuft und absäuft, oder?«
Reiser gab auf und verabschiedete sich.
»Meine Herren, ich danke Ihnen für das sehr interessante Gespräch.«
»Wie denn? Wir haben doch gar nichts gesagt.«
Vom Hackischen Markt kam der Polizeigehilfe auf die Mühle zu, in seinem Schlepptau ein bemerkenswertes Paar. Ein langer Lulatsch schlenderte beschwingt die Straße entlang. Bei jedem Schritt hob er die Ferse und federte auf den Zehenspitzen, als recke er sich, um über ein imaginäres Hindernis hinwegsehen zu können. Sein Partner war fast zwei Köpfe kleiner als er und schob ächzend einen hochrädrigen, einachsigen Handkarren mit flacher Ladefläche vor sich her. Reiser ging ihnen entgegen.
»Schön, dass man Sie auch mal wieder trifft.«
Der Kleinere sah auf.
»Ach du jrüne Neune, der nu wieder.«
Der Große hob den linken Arm.
»Halt an, umdrehen. Es war von einem Auftrag die Rede, nicht von schuften für Gotteslohn.«
Reiser beschwichtigte sie.
»Aber meine Herren, Sie werden mir doch diese alte Geschichte nicht bis ans Ende meiner Tage nachtragen.«
Er hatte die beiden vor Jahren dienstverpflichtet, einen Leichnam zur Feststellung der Todesursache vom Koppenschen Armenfriedhof zur Charité zu schaffen. Unentgeltlich.

»Ich erkläre Ihnen, worum es geht.«
Der Kleine winkte ab.
»Nich nötich, ick hab da so'n Jefühl.«
Der Lange fasste die Ahnung in Worte.
»Unbekannter Leichnam, für den niemand zuständig ist.«
»Im Gegenteil! Alles bekannt, Name, Anschrift, Familie. Kommen Sie.«
Reiser führte die beiden zu dem kleinen Platz neben der Mühle. In gewissenhafter Erledigung seines Auftrags hatte der zurückgebliebene Polizeigehilfe dafür gesorgt, dass um die Leiche herum eine beachtliche Pfütze entstanden war.
»Watt denn, ne Wasserleiche?«
»Doppelter Tarif. Wer kommt denn für den Transport auf?«
»Sie sehen doch, er war im Schützenkorps.«
»Dreifacher Tarif.«
»Es wird Major Glohr eine Ehre sein, diesem treuen Gefolgsmann einen letzten Dienst zu erweisen.«
»Denn wird er jerne noch watt drufflejen.«
»Wo geht's denn hin?«
»Watt frachste noch, zur Charité!«
Reiser fügte hinzu: »Doktor Walther senior, Chirurg und Prosektor.«
»In dem Fall müssen wir leider noch einen außerordentlichen Zuschlag berechnen.«
»Das können Sie alles mit dem Major regeln. Meinen Segen haben Sie jedenfalls.«
Die beiden hoben den Leichnam an Achseln und Beinen hoch und legten ihn auf die Pritsche. Der Kleine packte die Holme und schob ab. Der Lange hatte noch eine Frage.
»Falls uns jemand danach fragen sollte: Name, Dienstgrad?«

»Brigadier Radtke. Und schön behutsam unterwegs!«
Ohne Gruß und weiteres Wort folgte der Totengräber seinem Partner.
Reiser trat zu dem zurückgelassenen Kahn. Erst jetzt fiel ihm die primitive Konstruktion auf. Die geraden Bordwände und der platte Boden bestanden aus grob zusammengezimmerten Brettern. Das abgeschnittene, senkrechte Heck und der gerade, steile Bug ergänzten das Bild plumper Machart, gefertigt von dilettantischer Hand. Als Sitzbank diente ein Brett, das am hintersten Ende beiderseits auf die Bordwände genagelt war und wohl für zusätzliche Stabilität sorgen sollte.
Kaum hatte er darauf Platz genommen, tauchte das Heck tief ein. Wasser schwappte ins Boot. Das Gegengewicht des zweiten Mannes im Bug fehlte. Reiser kniete sich in die Mitte, griff nach den Ruderriemen und stieß entschlossen vom Ufer ab. Von der Brücke riefen ihm die Angler zu, er solle auf ihre Schnüre Acht geben.
Die Dollen, in die er die Ruder legen wollte, verdienten ihren Namen nicht. Es waren flache, auf die Bordwand genagelte Leisten. Bei jedem Zug rutschten die Riemen mal auf dieser, mal auf jener Seite über die abgenutzten Kanten der nur zwei Finger hohen Hölzer. Der flache, kiellose Boden des Boots hielt die Richtung nicht. Sein Bug deutete mal hierhin, mal dorthin, je nachdem, auf welcher Seite er ins Leere ruderte.
Der Kahn fuhr Karussell. Wasser drang durch die schlecht abgedichteten Fugen zwischen den Brettern. Die Schöpfkelle lag an Land. An Reisers Hosenbeinen kletterte die Nässe hoch. Die Angler auf der Brücke grienten. Wieso schlossen die von der Mühle das Ding überhaupt ein? Was nutzte es jemandem, der es stahl? Man kam damit allen-

falls bis zum Rechen. Vorausgesetzt, man war zu zweit und hatte die Schöpfkelle dabei.
Irgendwie erreichte er das Ufer und stieg aus. Wie versprochen, vertäute er das Boot – widerwillig, da es ihm überflüssig schien. Bis zum Nachmittag würde es auf den Grund des Festungsgrabens gesunken sein.
Die Angler taten, als bemerkten sie ihn nicht, als er hinter ihnen vorbeistapfte. Im Haus gleich neben der Brücke befand sich ein Bäckerladen. Die Backstube war seitlich versetzt an dessen Rückwand angebaut. Zwischen diesem und dem nächsten Haus gab es eine Lücke, durch die man an dürftig bepflanzten Hausgärten vorbei zum Ufer des Stadtgrabens gelangte. Auf dem großen, dreieckigen Sandplacken hatte einmal die Bastion gestanden. Bis auf einige Areale, die Anwohner abgesteckt hatten und bestellten, war es ein wüstes Stück Land, auf dem dünnes Grün, niedrige Sträucher, struppige Büsche und einzelne Bäume wuchsen. Gegenüber, auf der anderen Seite des Grabens, sah es ähnlich aus, nur dass dort die Häuser näher ans Ufer rückten und ein Stich- sowie ein Ringkanal abzweigten.
Reiser machte ein paar Schritte auf die öde Fläche, blieb dann unentschlossen stehen. Das Geräusch einer Tür, die aufgestoßen wurde, ließ ihn herumfahren. Bäckermeister Klatt trat aus seiner Backstube, wischte sich mit der Schürze den Schweiß von der Stirn und nahm einen tiefen Zug frischer Luft. Als er den Kommissar bemerkte, riss er die Augen auf und schien einen Schritt zurückzuweichen. Reiser wünschte einen guten Tag und teilte ihm mit, weshalb er hier war.
»Bei der Bandmühle wurde einer von den berittenen Schützen aus dem Wasser gezogen, tot.«

»Niemand redet von etwas anderem.«

Natürlich wusste der Bäcker schon Bescheid. Viele der Passanten, die über die Brücke kamen, kauften bei ihm ein. Sicher hatten sie berichtet, was die Gaffer erzählten. Reiser fragte beiläufig:

»Sie haben nicht zufällig gehört, ob jemand einen Zweispitz gefunden hat?«

»Nein.«

Der Bäcker machte brüsk kehrt und stapfte zurück in die Backstube. Reiser wunderte sich. Seit Jahren kauften sie ihr Brot bei ihm, und Friederike, seine Frau, war mit der Bäckerin, Marie Klatt, so gut wie befreundet. Eigentlich hatte der Bäckermeister immer Zeit für ein Schwätzchen. Heute war er seltsam einsilbig. Es würde schon einen Grund geben. Vielleicht stimmte in der Backstube etwas nicht.

Wieso suchte er überhaupt den Zweispitz? Was könnte der Hut ihm groß verraten? Wie Radtke ins Wasser gelangt war? Nein, über das Wie würde er nichts erfahren. Aber über das Wo! Laut den Anglern konnte der Tote während der Nacht den ganzen Graben entlanggetrieben sein, eine Strecke von einer guten Meile. Das machte zwei Meilen Ufer, die abzusuchen waren. Mehr als drei, wenn man die beiden Kanäle berücksichtigte, die auf der anderen Seite vom Graben abzweigten.

Der Mann musste oberhalb der Stelle ins Wasser geraten sein, an der er den Hut fand. Wenn er ihn fand. Unterhalb brauchte er nicht nach weiteren Spuren zu suchen. Gegen die Strömung konnte der Zweispitz nicht geschwommen sein, so viel stand fest. Aber was, wenn der Schütze ihn gar nicht bei sich gehabt hatte? Dann konnte der Hut überall und nirgends liegen.

Auf einem umgegrabenen Stück Feld pflanzte eine ältere Frau Kartoffeln, bedeckte sie mit Erde und häufelte sorgfältig Mist darüber. Reiser ging zu ihr.
»Guten Tag. Ich suche einen Zweispitz.«
»So einen, wie ihn das Federvieh trägt?«
»Ja.«
»Und so was suchen Sie?«
»Nun, ja …«
»Gehören Sie zu denen?«
»Nein.«
»Wozu suchen Sie dann einen?«
»Das ist eine längere Geschichte. Wenn der Hut im Graben gelandet wäre, was meinen Sie, wo er vielleicht angespült wurde?«
»Gehört er dem von der Mühle?«
Die Neuigkeit machte wirklich schnell die Runde.
»Jedenfalls hat der keinen dabeigehabt.«
»Sehen Sie da vorne die Weide und daneben den Holunder? Da bleibt dauernd was hängen.«
Die Frau wandte sich wieder ihren Kartoffeln zu und hieb die Hacke in den Boden.
»Federvieh.«
Er ging zum Ufer. Mit jedem Schritt wurde der Boden modriger. Reiser trat behutsam auf. Die Pampe schmatzte laut, wenn er einen Fuß darauf setzte, saugte sich am Schuh fest, schien ihn nicht wieder hergeben zu wollen. Zog er ihn vorsichtig heraus, gab der Matsch ein Schlürfen von sich, als versuche er hartnäckig, sich das Schuhwerk einzuverleiben.
Er griff nach einem herunterhängenden Ast, beugte sich vor, so weit es ging. Das Blattwerk behinderte die Sicht zum Wasser. Am gegenüberliegenden Ufer konnte er bes-

ser erkennen, was sich dort unter dem Gestrüpp angesammelt hatte, als auf seiner Seite.
Eine Wurzel der Weide ragte wie ein angewinkeltes Bein in den Graben, als prüfe sie vorsichtig das Wasser unter der schmuddeligen Oberfläche. Reiser brach einen Zweig ab und rührte damit in der Brühe herum. Er fischte ein strubbeliges, längliches Büschel näher heran, das eine gewisse Ähnlichkeit mit gebündelten schwarzen Federn besaß. Es entpuppte sich als der Schwanz einer toten Katze, deren aufgedunsenen Körper sein Stochern an die Wasseroberfläche beförderte.
Reiser hob den Kopf, stieß sich an einem Ast, blieb gebückt stehen und rieb die anschwellende Beule. Zwischen dem weit herabhängenden Gezweig des Holunders blinkte ein dunkelblau glänzender Reflex. Auf dem Wasser zeichnete sich der unscharfe Umriss eines schwarzen Gebildes ab.
Er zog Schuhe und Strümpfe aus, krempelte die Hosenbeine hoch, obwohl sie noch nass waren, und stieg in den Graben. Die Spitze einer Feder schaukelte auf dem Wasser. Seine tastenden Finger spürten aufgeweichten Stoff. Er knautschte eine Ecke zusammen und zog vorsichtig daran.
Was zum Vorschein kam, war auf den ersten Blick nicht zu bestimmen. Wenn überhaupt, glich der schwammige Flatschen mehr einem ausgedienten Schlapphut als einer respektablen Kopfbedeckung. Die Krempe hing schlaff herunter, von ordentlicher Fasson keine Spur. Der pompöse Federbusch machte einen jämmerlichen Eindruck. Seine zerknickten Federn pappten zusammen, soweit sie nicht abgebrochen waren. Erst bei genauem Hinsehen ließ sich mit einiger Fantasie ein Zweispitz erkennen.

Vorsichtig legte er den Hut auf den Boden, zog Strümpfe und Schuhe wieder an, presste mit zwei Fingern die Krempe zusammen und trug den Hut mit abgespreiztem Arm neben sich her.
Die alte Frau schaute von ihrer Arbeit auf. Sie schüttelte den Kopf, schnaufte »Federvieh« und holte mit der Hacke zum nächsten Hieb aus.

4

Der Weg zur Wohnung der Radtkes führte durch Nebenstraßen und die Gassen hinter Neuem Packhof und Bauhof. Ohne Händler, Schiffer und Handwerker, die in guten Zeiten emsig ihren Geschäften nachgingen, lagen sie verwaist. Passanten, denen Reiser begegnete, grinsten breit und tauschten untereinander Blicke, sobald sie den mit spitzen Fingern getragenen, ramponierten Hut gewahrten. Er bemerkte es nicht, zu sehr in Gedanken versunken, wie er der so unerwartet Witwe gewordenen Frau des Schützen die Nachricht vom Tod ihres Mannes möglichst schonend beibringen konnte.

Hinter dem Prinz-Heinrich-Palais bog er in die Letzte Straße ein, passierte Sternwarte und Akademie. An diesem Ende der Straße fand man respektable Adressen, ebenso wie am anderen, wo Dorotheenkirche, Loge Royal York, Predigerwitwenhaus und musikalische Ressource standen. Dazwischen lag indes ein nicht allzu langer, heruntergekommener Abschnitt, auf dem sich das Laster drängte. Kobernde Freudenmädchen boten ihre Reize feil, der Mief schmieriger Garküchen raubte dem Passanten den Atem, in düsteren Kaschemmen kippten lärmende Besucher gepanschten Wein und billigen Fusel hinunter.

Radtkes Wohnung befand sich in einem Haus gegenüber der Dorotheenkirche. Wohl aus Respekt vor der geweihten Stätte ging es an dieser Straßenecke gesittet zu. Kaum betrat Reiser den schummrigen Flur, wisperte aus einem

dunklen Winkel unter der Stiege eine weibliche Stimme, er sei am Ziel seiner Wünsche angelangt und solle doch näher kommen.
»Wo finde ich die Wohnung von Radtke?«, herrschte er die Unsichtbare an.
»Ganz oben links. Wenn du ihn antriffst, schick ihn runter. Er schuldet mir noch was.«
Zur Wohnung führte eine klapprige Tür mit Glaseinsatz, durch die jedes Geräusch zu hören war. Drinnen wurde gesprochen. Reiser erkannte zwei Frauen- und eine Männerstimme.
Er klopfte. Eine Frau, die ihm bis knapp über die Schulter reichte, öffnete und sah ihn aus dunkelbraunen, glänzenden Augen an. Zwei bis zum Kinn reichende Schillerlocken umrahmten ihr rundes Gesicht, dem hohe Wangenknochen einen exotischen Reiz verliehen. Ein Seidenband, das sie um den Kopf trug, zeichnete einen hellen Streifen quer über ihre Stirn. Mit dem unbedarften Gesichtsausdruck und ihrer schlanken Figur konnte man sie für ein Mädchen halten, das an der Schwelle zum Erwachsenwerden stand. Gegen diese Einschätzung sprach allerdings ihr schmaler, herber Mund.
»Ja?«
»Kommissar Reiser vom Kriminal-Gericht. Ich überbringe Ihnen …«
»Sie haben das Geld?«
»Also, das Geld …«
»Geben Sie her!«
»Ihr Mann … Ich habe da eine Nachricht.«
»Eine Nachricht für ihn? Da kommen Sie zu spät. Er ist tot.«
»Sie wissen es schon. Mein Beileid. Nun dann … ich muss Ihnen ein paar Fragen stellen.«

»Das passt aber gerade gar nicht gut.«
»Die Sache duldet keinen Aufschub.«
»Ich habe Besuch.«
»Es wird nicht lange dauern.«
»Na schön, kommen Sie rein.«
Sie trat zur Seite, ließ ihn vorbei.
Die Wohnung der Radtkes bestand offensichtlich nur aus dem Zimmer, in das sie ihn führte. Jedenfalls gab es weder Flur noch weitere Türen. Durch das geöffnete Fenster an der gegenüberliegenden Wand sah man auf den Kirchturm.
An einem quadratischen Tisch saß mit dem Rücken zu ihnen eine Frau, die sich weder umdrehte, noch Anstalten machte, den Ankömmling zu begrüßen. Auf ihrem Kopf thronte ein bunter Turban mit weißer Feder, unter dem lange, blonde Locken hervorsahen. Schütze Schmidt, links von ihr, musterte den Besucher verächtlich.
Die Gastgeberin wies Reiser den Stuhl rechts neben der Frau an und nahm selber vor dem Fenster Platz.
Schmidt trug Uniform, seinen Zweispitz hatte er exakt ausgerichtet neben sich auf dem Tisch platziert. Reiser wollte Radtkes zerknautschten Hut daneben legen, erntete jedoch den Protest der Hausfrau, die ihn mit der Bemerkung, das dreckige Ding ruiniere ihr Tischtuch, aufforderte, ihn einfach auf den Boden fallen zu lassen.
Reiser setzte sich und betrachtete die Frau vis-à-vis. Ihr Gesicht kam ihm bekannt vor, er konnte es jedoch keiner bestimmten Person geschweige denn einem Namen zuordnen. Die Frau fixierte einen unsichtbaren Punkt auf der Tischdecke und Reiser fragte sich, ob sie bewusst seinem Blick auswich oder nichts und niemanden wahrnahm. Die Lachfalten um ihre Augen ließen vermuten,

dass sie einmal gute Zeiten erlebt hatte, die allerdings vorüber waren. Je länger er ihr Gesicht betrachtete, desto sicherer wurde er, sie zu kennen.
Schmidt polterte los.
»Watt kiekste denn die Ida so an?«
Ida! Mit einer Ida war Friederike früher einmal bekannt gewesen, hatte ihren Namen aber seit Jahren kein einziges Mal mehr erwähnt.
Er löste den Blick. Auf dem Tisch standen eine Kaffeekanne, Zucker, drei Tassen, Gläser und eine Flasche Wein. Der Haushalt des kleinen Schützen Radtke wartete mit begehrten Produkten auf, von denen die meisten Berliner nur träumten. Kaffee etwa, der aus Kernen der Früchte eines tropischen Strauchs zubereitet war und nicht nach den absonderlichsten Rezepten aus heimischen Rohstoffen, deren Verwendung zur Herstellung eines Genussmittels noch vor zwei Jahren sich niemand hätte einfallen lassen. Wein wurde aus allem Möglichen gepanscht, das Alkohol enthielt, und mit jeder Flüssigkeit verlängert, deren Farbe und Blume die Illusion vergorenen Rebensafts nicht völlig ruinierte. Bei Radtkes war eine Flasche Bordeaux geköpft worden, wie Reiser mit einem Blick auf das Etikett feststellte.
Er wandte sich an die Hausfrau.
»Diesen Zweispitz habe ich nicht weit von der Bandmühle gefunden, an der Ihr Mann im Stadtgraben lag. Ist es seiner?«
»Nein.«
»Woher wissen Sie das so genau?«
»Der ist ja ganz außer Form und am Bausch sind kaum Federn dran. Darauf hat mein Kurt immer geachtet.«
»Er lag eine Zeit lang im Wasser, bevor er in Wurzeln und

Ästen hängen blieb. Das kann den Filz ganz schön lädieren. Schauen Sie bitte einmal genauer hin.«
Er hob den Hut vom Boden auf und reichte ihn ihr über den Tisch. Sie zögerte, bevor sie ihn widerwillig entgegennahm. Schmidt schob seinen Stuhl beiseite, stand auf und zog Ida am Ellenbogen.
»Wir jehn denn ma wieder. Sach Bescheid, Emma, wenn irjendwatt is, watt wa für dich tun könn.«
»Vielen Dank für euren Besuch. Bis bald mal wieder. Ihr kennt ja den Weg.«
Die beiden nickten zum Abschied und gingen, ohne ein weiteres Wort zu verlieren.
Frau Radtke drehte den Zweispitz nach allen Seiten, hob ihn hoch, betrachtete den Rand der Krempe von links und rechts, nahm ihn schließlich in beide Hände, zog die Krempe gerade, inspizierte mit zusammengekniffenen Augen eine bestimmte Stelle, walkte den Stoff, fuhr mit dem Finger darüber und hielt ihn Reiser entgegen.
»Kann sein, dass ich mich geirrt habe. Sieht ja auch erbärmlich aus, das schöne Stück.«
Sie rückte mit dem Stuhl um die Tischecke herum, nah an ihn heran.
»Haben Sie bemerkt, dass der mal gestopft wurde? Schaun Sie genau hin. Nichts zu sehen, gute Arbeit. Hab ich gemacht. Fühlen Sie was, wenn Sie mit dem Finger drüberstreichen?«
Emma Radtke fuhr mit einer nachlässigen Bewegung über den Stoff des Hutes, der auf ihrem Knie lag und den ihr Gatte zu seinen Lebzeiten so sehr geschätzt hatte. Dann nahm sie Reisers Hand und legte sie darauf, wobei der Saum ihres Kleides ein wenig verrutschte. Reiser blinzelte irritiert.

»Seiner hatte einen Riss, genau an derselben Stelle, angeblich von einem Degenstoß. Ist im Suff wohl irgendwo hängen geblieben, der Held. Aber ich hab das wieder hingekriegt, mit ganz feinem Zwirn. War gar nicht so einfach, können Sie mir glauben.«
Mit einem Seufzer ließ sie den Hut auf den Boden gleiten. Mit der freien Hand leerte sie den Rest der Bouteille in ihr Glas.
»Ich habe Ihnen ja noch gar nichts angeboten, also so was. Jetzt wo die beiden fort sind, kommen die besseren Sachen auf den Tisch. Die saufen einem sonst alles weg.«
Sie langte an Reisers Nase vorbei nach dem Cognac auf der Anrichte hinter ihm, beugte den Oberkörper weit vor, reckte vergeblich den Arm, stütze sich etwas wackelig auf seiner Schulter ab und stieg mit einem Knie auf seinen Oberschenkel, bis sie endlich den Flaschenhals zu packen bekam. Diese Übung wiederholte sie, um auf die gleiche Weise nach einer neuen Flasche Wein, einem Glas für ihren Cognac und einem für Reiser zu angeln. Anschließend legte sie erschöpft ihren Kopf an seine Brust.
Reiser wurde mulmig. Alles was er von der jungen Witwe wollte, waren einige Auskünfte über den Dahingeschiedenen.
»Sie sind also sicher, dass dies der Zweispitz Ihres seligen Mannes ist.«
»Selig, pfff. Unterwegs war er, fast jede Nacht.«
Sie goss zwei Gläser Cognac ein, reichte ihm eines, hob ihres und prostete ihm zu.
»Zum Organisieren, so hat er es genannt. Sollte sich wichtig anhören. Das meiste haben ihm die Franzosen zugesteckt für irgendwelche fragwürdigen Dienste. Mir hat er nie was davon erzählt. Organisieren! Wie oft kam er mit

leeren Händen nach Hause und im Beutel war auch nichts mehr.«
Fahrig nahm sie die Weinflasche vom Tisch, klemmte sie zwischen die Schenkel und setzte den Korkenzieher an. Er rutschte ab.
»Sie müssen mir helfen, sonst wird das nichts.«
Reiser griff nach der Flasche. Mit einem Ruck zog er sie zwischen ihren Schenkeln hoch.
»Nicht so grob, oder wollen Sie mir das Kleid zerreißen?«
»Was brachte er denn mit, wenn er mal nicht mit leeren Händen nach Hause kam?«
»Ach, das sehen Sie doch, Kaffee, Wein, Zucker, so Sachen. Bestimmt hat er das meiste zu irgendwelchen Weibern gebracht. Vor dem war kein Rock sicher. Und wissen Sie, was er faselte, wenn er morgens angeschlichen kam? Er sei verführt worden, gegen seinen Willen.«
Reiser fühlte ihre Finger an seinem Hemd nach Knöpfen suchen. Er wandte ihr die Schulter zu.
»Um noch einmal auf seinen Zweispitz zurückzukommen.«
»Was hast du nur andauernd mit dieser dämlichen Mütze?«
»Frau Radtke …«
»Ich heiße Emma.«
»Ich möchte nur wissen, ob Ihnen daran noch etwas auffällt.«
Die junge Witwe warf einen missmutigen Blick auf die einstige Kopfbedeckung ihres Verblichenen.
»Die Kokarde fehlt.«
»Kokarde?«
»Ja, so eine kleine Rosette aus Papier, blau, weiß, rot. Er wollte unbedingt immer eine tragen. Damit die Franzosen sahen, was für ein treuer Verehrer von ihnen er war. Santé!«

Sie griff nach dem Cognac, ohne den Blick vom Zweispitz zu wenden. Reiser schüttelte den Kopf.
»Keine Kokarde! Und was bedeutet das?«
»Na was wohl? Sie ist weg.«
Sie warf ihm einen mürrischen Blick zu.
»Die Ida gefällt dir wohl besser?«
»Wie bitte?«
»Wie du sie angestarrt hast. Ich erzähl dir mal was von der.«
Sie tauschte ihr leeres gegen Reisers volles Glas.
»Kennst du Ida eigentlich? Habt ihr mal was miteinander gehabt?«
Er schüttelte entschieden den Kopf.
»Als junge Frau hat Ida gern kokettiert, alles ganz harmlos. Sie hätte jeden haben können, aber keiner war ihr gut genug. Langsam ging sie auf die dreißig zu. Sah immer noch gut aus und viel jünger, als sie war.«
Emma Radtke streckte eine Hand nach dem Glas aus, hielt in der Bewegung inne, blickte ins Leere.
»Als Napoleon vor zwei Jahren in Berlin einzog, sah einer seiner Generäle Ida zufällig Unter den Linden, nicht weit vom Schloss. Gab seinem Adjutanten ein Zeichen. Lud sie zu sich, persönlich. Ich stand neben ihr. Sie wollte nach Hause, sich zurechtmachen. Durfte nicht. Sollte kommen, wie sie war. So ging das weiter. Ida war im Himmel. Du liebe Güte, was hat sie geschwärmt von ihrem flotten General. In Paris hat sie sich schon gesehen, umgeben von Lakaien. Ich hab ihr gleich gesagt, sich mit solchen Kerlen einlassen, führt zu nichts.
Tagelang durfte sie sich nicht waschen. Erst dachte ich, der hat ne ganz spezielle Art Humor. Aber sie meinte, die Macke hätte er dem Kaiser abgeguckt. Jeden Tag hat er

nach ihr rufen lassen. Am Ende hat sie gestunken wie ein Ziegenbock, man hielt es kaum noch aus in ihrer Nähe. Schließlich wurde es dem General wohl selber zu viel und er hat sie abserviert. Ziemlich geizig im Übrigen, dieser Herr Stabsoffizier.

Jedenfalls ist ihr dann einer von seinen Colonels oder so was hinterhergestiegen, ein ganz schneidiger. Der hätte mir gefallen können. Das ging aber auch nicht lange. Er reichte sie an einen seiner Adjutanten weiter. So ging das munter die ganze Dienstleiter runter. Jeder dieser tapferen Offiziere war stolz darauf, die abgelegte Buhlschaft seines Vorgesetzten zu übernehmen. Jetzt ist sie bei Schmidt gelandet. Den wollt ich nicht mal geschenkt.«

Ihre Hand war auf seinen Schenkel geglitten, kraftlos, eher beiläufig.

»Was ist meinem Kurt eigentlich zugestoßen?«

Reiser straffte den Rücken.

»Das weiß ich nicht. Vermutlich ist er keines natürlichen Todes gestorben.«

»Ich habe ihm immer gesagt, er soll die krummen Touren lassen.«

Sie goss Cognac nach. Die Flasche Wein war kaum angebrochen.

»Was soll nun aus mir werden?«

Aufstöhnend warf sie sich Reiser an die Brust, schlang die Arme um seinen Hals, heulte ihm ins Ohr. Er hatte Mühe, nicht das Gleichgewicht zu verlieren. Das laute Klagen ging in Schluchzen über.

Er wand sich aus der Umarmung, stand auf und ging zur Tür.

»Du musst mir noch das Geld bringen! Kannst aber auch ohne kommen.«

Als er von der Neustädter Kirchstraße *Unter den Linden* einbog, ging sein Blick unwillkürlich zum Brandenburger Tor. An das Vierergespann der Friedensgöttin in ihrem Wagen erinnerte nur noch eine Eisenstange, die vor der untergehenden Sonne wie ein mahnender Finger in den Himmel ragte. Die Pariser hofften, dass die Quadriga bald einen der Plätze ihrer Stadt schmückte. Die Berliner sehnten den Tag herbei, an dem sie wieder ihren Platz über dem berühmten Tor einnehmen würde.

5

Ohne sich dessen bewusst zu werden, machte Reiser einen Schlenker zur Bandmühle. An der Brüstung der Spandauer Brücke blieb er stehen. Träge floss ihm das Wasser des Festungsgrabens entgegen. Beim Knick an der Münze verlor sich das trübe Band im Schatten der Uferböschung. Im Hintergrund verlieh das Licht der tief stehenden Sonne den schmucklosen Gebäuden des Proviantmagazins unwirklichen Glanz.

Die seichte Strömung hatte den Zweispitz bis zum Holunder irgendwo da vorn getrieben, seinen Besitzer etwas weiter auf den Rechen der Bandmühle. Wodurch war Radtke ums Leben gekommen? Niemand starb von einem Nasenbeinbruch, aber der Brigadier musste ihn sich kurz vor seinem Tod zugezogen haben. Das Falschgeld in Radtkes Hosentasche machte stutzig, aber erst recht das viele Schmuggelgut in seiner Wohnung – woher stammte es?

Emma Radtke hielt ihren Mann für ein kleines Licht, obwohl er mit Waren, die es eigentlich gar nicht geben durfte, nur so um sich geschmissen haben sollte. Wie passte das zusammen? Außerdem – Schmuggel war ein diskretes Metier. Wer sich auf dieses verschwiegene Gewerbe einließ, sollte wissen, dass die ehrenwerte Gesellschaft, die es kontrollierte, mit niemandem viel Federlesen machte, der unnötige Aufmerksamkeit erregte und die dunklen Geschäfte gefährdete.

Das plötzliche Poltern eines Wagens, der auf die Brücke fuhr, weckte ihn aus seinen Gedanken. Vor dem Bäckerladen stieß er fast mit Friederike zusammen, die zwei Brote an ihre geblümte Schürze drückte. Sie hatte der Tante bei der Vorbereitung des Abendessens geholfen und war schnell die paar Schritte zum Laden gelaufen, ohne großartig auf Garderobe zu achten.

Untergehakt steuerten die beiden Eheleute die Wohnung in der Rosenstraße an.

»Weißt du, eben im Laden, die Marie, die war irgendwie ganz eigenartig, gar nicht so fröhlich wie sonst, und ihr Mann kam aus der Backstube, stellte einen Korb Brote ab und ging wieder, ohne ein Wort zu sagen, kaum dass er gegrüßt hatte.«

Friederike war mit Marie, der Frau von Bäcker Klatt, befreundet, und jedes Mal, wenn sie bei ihr einkaufte, wurde dort irgendeine lustige Geschichte oder interessante Neuigkeit zum Besten gegeben. Heute nicht. Reiser meinte, den Grund der Einsilbigkeit der Klatts zu kennen.

»Es sind harte Zeiten für die Bäcker. Am Morgen wurde der neue Polizei-Präsident vorgestellt, ein gewisser Teulon. Die Franzosen wollen, dass die Polizei härter vorgeht, damit die Bäcker ihr Brot mit dem Gewicht herstellen, das die Vorschriften verlangen, und zum festgesetzten Preis verkaufen. Nur scheinen sie dann nichts mehr zu verdienen.«

»So hat jeder seine Sorgen. Ich werde Marie abpassen, wenn Franz nicht im Laden ist, damit wir alleine miteinander sprechen können.«

Reiser blieb in der Haustür stehen, um Friederike eintreten zu lassen. Sein Blick fiel auf ihre dunkelblonden Locken. Ein graues Haar schien heraus. Er fragte sich im Stillen, ob es das erste überhaupt war oder das erste, das ihm auffiel.

War es denn nicht noch zu früh für graue Haare? Sie wurde doch erst dreißig Jahre alt.
Tante Anna, wie Reiser seine frühere Zimmerwirtin Frau Straßberg nannte, seit er mit ihrer Nichte verheiratet war, erwartete die beiden bereits ungeduldig.
»Ratet mal, wer seinen Besuch angesagt hat!«
»Mutter?«, platzte Friederike heraus.
»Falsch.«
»Onkel Heinz aus Köpenick?«
»Nein.«
Reiser riet aufs Geratewohl.
»Mein Bruder Herbert?«
»Der doch nicht. Also, bevor ihr die ganze Verwandtschaft durchgeht: Von denen ist es niemand.«
»Sondern?«
»Jemand, von dem wir lange nichts gehört haben.«
»Also kein Nachbar.«
»Nun, gewissermaßen schon.«
»Wie gut kennen wir ihn?«
»Sehr gut.«
»Und warum hat er uns so lange nicht besucht?«
»Weil er Berlin nicht betreten durfte.«
»Künow!«
Beide riefen den Namen wie aus einem Mund. Leutnant Künow hatte bis zum Krieg gegen die Grande Armée Napoleons als Untermieter das Zimmer neben Reiser bewohnt. Dann zog er ins Feld, wie der Aufbruch in den Krieg gern genannt wurde. Als ginge es auf Hasenjagd. Nach ihrem Sieg hatten die Franzosen allen preußischen Offizieren den Aufenthalt in Berlin untersagt. Das Verbot war erst kürzlich aufgehoben worden.
»War er hier?«

»Wir haben uns nur kurz vor der Tür getroffen, als ich heimkam. Er war in Eile. Ich habe ihn zum Abendessen eingeladen, er muss jeden Moment kommen.«
Witwe Straßberg wandte sich dem Herd zu. Friederike holte Geschirr, Gläser und Besteck aus der Anrichte. Reiser setzte sich und bemerkte, dass die Tante schon einen fünften Stuhl an den Tisch gestellt hatte.
Nach der ehern geltenden Sitzordnung war der Platz der Hausherrin auf dem Stuhl, der dem Herd am nächsten stand, Friederikes der ihr gegenüber vor der Anrichte. Früher hatten Künow und er an den Seiten des Tisches gesessen, Künow näher zur Tür, weil er meistens erst im letzten Augenblick erschien und schon wieder losstürmte, bevor die Tafel aufgehoben wurde. Nun standen zwei Stühle vor der Anrichte. Reiser würde mit seiner Frau zusammenrücken müssen.
Es klopfte an der Tür. Friederike öffnete und fiel dem Besucher um den Hals.
»Leutnant von Künow, Sie sind es tatsächlich!«
Künow schien es vor Rührung die Sprache zu verschlagen. Friederike hakte sich unter, wollte ihn ins Zimmer führen. Der Ärmel seiner Jacke rutschte aus der Rocktasche, baumelte herunter. Erschrocken schlug sie eine Hand vor den Mund. Reiser sprang auf.
»Künow! Was ist passiert?«
»Auerstedt. Französische Kartätsche.«
Er hob den Stumpf seines linken Arms. Bis zum Ellenbogen folgte der Ärmel der Bewegung. Der Rest hing schlaff herunter.
Frau Straßberg sagte kleinlaut, sie hätte es den beiden einfach nicht erzählen können. Künow nickte stumm, setzte sich, sah in die Runde.

»Soldatenschicksal. Bitte keine Fragen zu der schmählichen Niederlage unserer Armee und deren noch schmählicheren Ursachen. Lassen Sie uns Wiedersehen feiern und ein Gläschen in vertrauter Gesellschaft trinken.«

Der feste Wollstoff seiner grob karierten Jacke beulte sich über der rechten Seitentasche beträchtlich nach außen. Künow griff hinein und zog eine ovale grüne Flasche hervor, in deren Glas ein Wappen geprägt war. Reisers Hand zuckte unwillkürlich vor, um sie ihm abzunehmen. Künow klemmte die Flasche mit dem Armstumpf vor die Brust, lockerte den Korken, zog ihn heraus, ließ ihn in die Tasche gleiten und stellte die Flasche mit dem knappen Kommentar »Traditionsbrand unseres Familienguts in Pommern« auf den Tisch.

Die drei mochten ihm nicht in die Augen sehen, starrten die Flasche an.

»Im Übrigen wurde ich zum Rittmeister befördert. Wenn das kein Gläschen wert ist.«

Friederike fand als Erste ihre Fassung wieder.

»Ja, und Sie leben noch und sind zurück.«

»Durch gnädige Autorisation der Franzosen. Wir haben unser Ehrenwort als Kriegsgefangene gegen eine Sicherheitskarte eingetauscht. Mit der gestatten sie uns, nach Berlin zu kommen – wie hergelaufene Ausländer. Ohne Uniform, versteht sich. Dank der grenzenlosen Güte des Kaisers sind wir nun Fremde im eigenen Land.«

»Jetzt sagen Sie doch einmal, warum wir nie etwas von Ihnen gehört haben«, wollte Reiser wissen.

»Aber ich habe doch aus dem Lazarett geschrieben, hier an diese Adresse.«

»Wann war das?«

»Ende des Jahres 1806.«

»Der Brief ist nie angekommen.«
»Und der von daheim aus Bärwalde von unserem Gut?«
»Nein! Wir haben nie eine Nachricht von Ihnen erhalten und wussten auch nicht, wie wir etwas über Sie erfahren sollten. Es gibt nichts und niemanden, an den man sich wenden kann, keinen Stab, keine Militär-Akademie, kein Offiziers-Casino.«
»Diese verfluchten Franzosen! Nicht mal unschuldige, allerprivateste Briefe lassen sie durch ihre Zensur. Und überall lauern Spitzel, die für ein paar Pfennige den Nachbarn verraten. Aber jetzt ist genug gejammert, erst einmal fülle ich die Gläser. Ist da eines zu viel oder möchte jemand doppelte Ration? Moment, es ist ja für fünf Personen gedeckt. Frau Straßberg, erwarten Sie noch jemanden?«
»Adjutant Dumes.«
»Dühm? Das klingt süddeutsch, doch hoffentlich kein Württemberger! Die haben bei uns auf dem Gut regelrecht gehaust und mitgehen lassen, was ihnen unter die Finger kam. Sind denn die Lakaien Napoleons immer noch in Berlin?«
»D – u – m – e – s. Herr Dumes ist Franzose. Er sollte jeden Moment kommen.«
»Franzose?«
»Ja, er ist hier einquartiert. Seit über einem halben Jahr. Ein sehr netter, zuvorkommender Mensch.«
»Ach ja.«
Für einen Augenblick wurde es still. Die Bewegung, mit der Künow eingießen wollte, war erstarrt. Die Flasche in seiner Hand schwebte regungslos über dem Tisch. Schließlich gab er sich einen Ruck und schenkte die Gläser voll.
»Unter diesen Umständen wird unser Wiedersehen von

kurzer Dauer bleiben müssen. Ich leere mein Glas auf Ihr Wohl. Aber an einem Tisch sitzen mit jemandem, dessen Armee mein Land besetzt hält, ist für mich als Patriot und preußischer Offizier schlicht unmöglich. Im Übrigen wird Ihr Gast genauso wenig auf meine Anwesenheit erpicht sein.«

Frau Straßberg stellte ihr Glas auf den Tisch zurück, ohne daran auch nur genippt zu haben.

»Herr von Künow, jetzt lernen Sie ihn doch erst einmal kennen. Wir waren auch ganz unglücklich, als es hieß, wir bekämen einen Franzosen. Aber dagegen war nichts zu machen. Der Kaiser hat die Einquartierung persönlich befohlen und der Polizei-Präsident darüber gewacht, dass sich keiner drückt.

Andere hat es noch schlimmer erwischt. Herr Nicolai musste zweiundzwanzig Offiziere aufnehmen mit offiziellen Ordonnanzen und Burschen und privater Begleitung. Ihre Pferde natürlich auch, über ein Dutzend. So einen großen Stall hat er gar nicht. Mussten alle ernährt werden und gehegt und umsorgt. Das schöne Haus, und der Garten erst, wie das alles aussehen muss. Und was das kostet, ein Vermögen. Aber mit Herrn Dumes haben wir Glück gehabt.«

»Welches Zimmer hat er denn bekommen?«

»Also, das war so. Nachdem die beiden«, sie lächelte ihrer Nichte und Reiser zu, »verheiratet waren, ist Friederike zu Gustav gezogen, hier in sein Zimmer. Als Polizei-Sergeant hat er damals nicht gerade üppig verdient. Aber das wissen Sie bestimmt, Sie waren ja noch bei uns. Jetzt ist er Kommissar beim Kriminal-Gericht geworden und da hat sich das junge Paar eine eigene Wohnung gesucht.«

»Herzlichen Glückwunsch! Darauf müssen wir unbedingt auch noch anstoßen. Zum Wohl allerseits!«

Künow prostete allen zu. Sie tranken, die Damen, hüstelnd, ein halbes Glas, die Herren ihres in einem Zug, ohne eine Miene zu verziehen.

»Dann wohnt der Franzose also in meinem Zimmer?«

»Na ja, es war doch frei.«

Frau Straßberg schaute verlegen zur Seite, Friederike strahlte Künow an.

»Aber das macht doch nichts. Sie bekommen unser altes Zimmer. Dann ist alles fast wie früher, wir wohnen doch nur ein paar Schritte entfernt, gleich um die Ecke, in der Spandauer Straße.«

»Und wie gefällt es Ihnen in Ihrer eigenen Wohnung?«

Reiser empfand beim Gedanken an ihr Zuhause gemischte Gefühle. Seit Stadt und Staat den Franzosen Kontributionen zahlen mussten, hatte das Kriminal-Gericht seinen Kommissaren, wie alle Behörden ihren Beamten, die Gehälter gekürzt. Entsprechend bescheiden fiel sein Einkommen aus. Aber immerhin wurde das Geld mehr oder minder regelmäßig ausgezahlt. Der vorige Mieter hatte mit Frau und Kindern zu einer Schwester aufs Land ziehen müssen, weil es in Berlin keine Arbeit für ihn gab und er seit Monaten den Mietzins schuldig geblieben war.

Friederike konnte sich unbefangener über ihr Glück freuen.

»Sehr! Stellen Sie sich vor, wir haben zwei Zimmer! Im ersten Stock!«

Künow goss für Reiser und sich nach. Frau Straßberg klapperte mit Topfdeckeln. Friederike plauderte weiter.

»Wir zwei kommen jeden Tag her. Gustav geht zum Gericht, Tante Anna und ich kochen zusammen. Einkaufen gehen wir getrennt. Das spart Zeit. Sie glauben gar nicht,

wie viele Märkte, Läden, Gärtner und Bauern man abklappern muss, um etwas Gescheites zu finden. Wir teilen uns die Wege, sonst muss man bis Posemuckel laufen, um ein Pfund Butter und ein Stück Fleisch zu ergattern.«
Die Tante schüttelte den Kopf.
»Fleisch, Kindchen, wovon redest du, wann hatten wir das letzte Mal Fleisch auf dem Tisch? Heute habe ich Fische gekauft, die gibt's zum Glück fast immer.«
Reiser setzte sein Glas ab.
»Woher hast du sie?«
»Aus Spandau. Die Fischer bringen jeden Tag frische und machen manierliche Preise.«
Reiser rieb sein Ohrläppchen zwischen zwei Fingern.
»Hast du auch einen für Herrn Künow?«
»Da wusste ich doch noch nicht, dass er kommt.«
Künow protestierte: »Aber ich wollte doch …«
Reiser ließ ihn nicht ausreden.
»Dann kriegen Sie meinen. Ich habe heute keinen Appetit auf Fisch.«
Es klopfte. Frau Straßberg legte den Kochlöffel auf den Topfrand, wischte die Hände an der Schürze ab, hängte diese über die Lehne des Sofas, eilte zur Tür und öffnete.
»Einen schönen guten Abend, Herr Dumes.«
»Bon soir, liebe Frau Straßberg.«
»Wir haben Besuch. Lassen Sie sich überraschen. Darf ich bekannt machen, Leutnant von Künow, Adjutant Dumes.«
Künow verbeugte sich knapp.
»Rittmeister von Künow.«
Frau Straßberg lief rot an.
»Entschuldigung, ich bin immer noch beim Leutnant.«
Dumes machte einen Schritt vor, stellte sein Felleisen ab und streckte Künow die Rechte entgegen.

»Enchanté, man hat schon viel von Ihnen erzählt. Alle waren in Sorge. Aber Sie leben und sind wohlauf. Bis auf die Blessur, das tut mir leid.«
Dumes überragte Künow um einen halben Kopf. Seine helle Stimme stand in Kontrast zu dem schwarzen Haar, das ihm in Locken auf die Schultern fiel. Er sprach deutsch fast ohne Akzent. Nur das »ch« wollte ihm nicht recht gelingen.
»Da ist die Lieferung mit dem Wein ja gerade rechtzeitig gekommen. Ich habe schon einige Flaschen mitgebracht, aus der Bourgogne. Eh bien, morgen liefert der Marketender noch zwei Kisten.«
Künow musterte sein Gegenüber.
»Sie sind Offizier?«
»Unteroffizier, beim Stab.«
»Welche Truppe?«
»Leichte Kavallerie.«
Friederike legte Künow eine Hand auf die Schulter.
»Sie sind doch auch bei der Kavallerie.«
Der Rittmeister machte eine säuerliche Miene.
»Sie reden über die Vergangenheit, liebe Frau Reiser. Einarmige Husaren taugen nicht für den Dienst. So schnell ich unter General Blücher Rittmeister wurde, so schnell war die Karriere zu Ende. Und das, was von unserer Truppe übrig geblieben ist, preußische Kavallerie zu nennen, verdient den Namen nicht. Daran hat die französische nicht unerheblich mitgewirkt.«
Dumes wiegte den Kopf.
»Sie tragen die Niederlage mit ritterlicher Fassung.«
»Soweit dem Feind der Sieg gebührt.«
»Und? Tut er das?«
»Was die Tapferkeit Ihrer Soldaten anbelangt, ja.«

»Aber?«
»Was die Gegenwehr betrifft, wurde er ihnen geschenkt.«
»Alors, in dieser Hinsicht gebührt uns also kein Ruhm?«
»Ruhm zu erwerben bedarf es mehr, als eine Schar greiser Generäle zu übertölpeln, deren Dünkel sich in jederzeitigem Zwist entlädt, deren Unentschlossenheit jeden couragierten Vorstoß verhindert, die feige kapitulieren, statt tapfer dem Feind entgegenzutreten. Magdeburg, die stärkste Festung im ganzen Königreich, übergab man kampflos. In Berlin wurden dem Feind ohne Gegenwehr Kanonen, Gewehre und Munition in Massen ausgehändigt, statt sie zu benutzen. Sie wurden nicht einmal an einen sicheren Ort geschafft, wo sie im rechten Moment zur Verfügung gestanden hätten. Aber weshalb erzähle ich das .... Alle Welt weiß es ja.«
Dumes dunkler Stoppelbart, die wild wuchernden Brauen und schwarzen Augen verliehen seinem Gesicht etwas Düsteres. Nun huschte ein feines, ironisches Lächeln über sein Gesicht.
»Solch herbe Kritik an den eigenen Leuten aus dem Mund eines preußischen Offiziers, Capitaine Künow?«
Reiser überlegte angestrengt, wie er dem Gespräch eine andere Richtung geben konnte.
»Heute Morgen wurde einer vom berittenen Schützenkorps aus dem Wasser gezogen.«
Frau Straßberg ließ die Pfanne, die sie zum Tisch bringen wollte, wieder auf den Herd sinken.
»Etwa aus der Spree?«
»Nein, aus dem Stadtgraben.«
»Hat er sich das Leben genommen?«
»Das wird Doktor Walther herausfinden. Bislang weiß ich nur sicher, dass er ein gebrochenes Nasenbein hat.«

Mit einem schrägen Blick auf Dumes stichelte Künow: »Dann tippe ich auf die Tat eines wackeren Bürgers. Wie ich höre, sind die Schützen nicht gerade beliebt bei den Berlinern. Tag und Nacht emsig beschäftigt, den Franzosen zu Diensten zu sein.«

Dumes lächelte säuerlich. Künow ließ sich nicht beirren.

»Seinen Arquebusiers hat der Kaiser eine Uniform verpasst und Gewehre gleich dazu, auf Kosten der Berliner, versteht sich. Nun reiten sie stolz durch die Straßen. Unsere tapfere Nationalgarde zieht in verlotterten Kleidern anstelle einer Uniform und mit Knüppeln und Dreschflegeln als Dienstwaffen umher.«

Frau Straßberg bat die noch immer am Tisch stehenden Herren, Platz zu nehmen, das Abendessen sei bereit. Dumes begann, vom Burgunder einzuschenken. Künow winkte dankend ab, mit dem Hinweis, französischer Wein bekomme ihm nicht, worauf Frau Straßberg ein wenig schnippisch bemerkte, Mosel gäbe es leider keinen.

»Ich bleibe beim Selbstgebrannten.«

Dumes sah in fragend an.

»Selbstgebrannter?«

»Roggenschnaps.«

»Sie brennen Schnaps aus Getreide?«

»In Pommern gibt es keinen Wein und Obst auch nicht gerade im Überfluss.«

»Roggenschnaps habe ich noch nie getrunken.«

»Dann sollten Sie den hier versuchen. Die Ingredienzien stammen von unserem Gut, der Roggen, das Brunnenwasser und die Eichen für die Fässer, nur die Flasche nicht.«

»D'accord, aber ich probiere ihn nur, wenn Sie nach dem Essen ein Eau-de-vie mit mir trinken und zum Essen mit uns allen ein Glas Wein.«

Künow willigte stillschweigend ein, indem er Dumes und sich die Schnapsgläser füllte. Die Frauen und Reiser lehnten dankend ab. Witwe Straßberg ging mit der Pfanne um den Tisch, verteilte die Fische, »Plötzen«, wie sie erklärte, und nötigte Reiser, ihren zu nehmen oder ihn zumindest mit ihr zu teilen. Der blieb standhaft. Dumes schenkte Roten ein. Man wünschte sich »Guten Appetit« und begann zu essen. Künow pulte mit der Gabel seinem Fisch die Backe aus.

»Pardon, wenn Sie gestatten.«

Bevor er antworten konnte, hatte Dumes Künows Fisch zerteilt und die Gräte beiseite gelegt. Dann erhob er sein Glas und die Runde stieß miteinander an.

»Santé! Prost! Zum Wohl! Wohlsein! Auf unser aller!«

Frau Straßberg reichte den Topf herum.

»Bitte nehmt Kartoffeln, es sind noch da. Wenigstens die gibt's reichlich.«

Dumes winkte dankend ab.

»Nun, Herr Reiser, wie ich höre, haben Sie heute Vormittag unseren famosen Monsieur Teulon kennengelernt. Ein Mann, der nach Höherem strebt. Um die Lotterie hat er sich bereits verdient gemacht. Kaum war er in sein Amt eingetreten, räumte er die Kasse leer, wodurch sich die Auszahlungen der nächsten Ziehungen verzögerten. Das erboste im Übrigen nicht nur die Berliner, sondern unsere Soldaten nicht minder. Auch die setzen bisweilen ihr weniges Geld aufs Ganze und ihre ganze Hoffnung aufs Glück.

Was den guten Teulon betrifft, wollte er sich nicht selbst bereichern, zumindest nicht auf derart plumpe Weise. Er mag noch jung sein, aber er ist ein Mann von altem Schlage, möglicherweise sogar eine ehrliche Haut. Vielleicht

auch nur klug genug, nicht das schnelle Geld zu suchen. Er will sich in Preußen einen Ruf erwerben, der ihm in Frankreich zu großen Aufgaben verhilft.«
»Und wie konnte er seine Fähigkeiten unter Beweis stellen?«
»Die Stadtkasse blieb mit ihren Kontributionen im Rückstand. Dummerweise waren zu der Zeit gerade Administrateur, Gouverneur und Stadtkommandeur Zahlungsverpflichtungen eingegangen. Der Geburtstag der Kaiserin, ein Besuch der Oper aus Paris, damit verbundene Empfänge und ein paar Kleinigkeiten mehr mussten beglichen werden. Es gab eine Liquiditätslücke, die Teulon dank der Lotterieeinnahmen überwinden half.«
»Als Polizei-Präsident will er jedenfalls im Hintergrund bleiben«, ließ Reiser einfließen. »Stadtrat Rück wird für ihn die Geschäfte führen. Mit seinen Deutschkenntnissen könnte Teulon auch kaum Zucht in unsere Ordnungskräfte bringen.«
Dumes wechselte das Thema.
»Haben Sie schon etwas über diesen Arquebusier herausgefunden, der bei der Bandmühle gefunden wurde?«
»Weit bin ich noch nicht gekommen. Ich war bei seiner Witwe.«
»Alors?«
»Nun ja, die Wohnung ist recht einfach. Aber Zucker, Kaffee, Wein und Cognac kamen auf den Tisch.«
»Hat die Frau gesagt, woher sie das alles haben?«
»Sie meinte, Franzosen hätten ihrem Mann immer mal was zugesteckt, für irgendwelche Dienste und Gefälligkeiten. Genaues wusste sie nicht.«
Künow setzte zu einer Bemerkung an, schloss jedoch den Mund wieder, ohne ein Wort gesagt zu haben. Eine Weile

aßen sie schweigend. Schließlich legte Friederike Messer und Gabel beiseite.

»In der Zeitung habe ich ein neues Kaffeerezept gefunden, angeblich von einem Gastwirt aus Dresden. Die Sachsen kennen sich ja aus mit Kaffee. Er soll weder bitter schmecken, noch streng riechen und aus der Kanne fließen wie feinster Mokka. Man kann sogar den Zucker weglassen.«

Die Tante horchte auf.

»Da bin ich gespannt. Hoffentlich nicht wieder das Übliche, gebrannte Zichorie, Runkelrübe, Erdmandel und dieses Zeug. Sieht aus wie Moorwasser, riecht nach Kamin und schmeckt wie angebrannte Bohnensuppe.«

Friederike räusperte sich.

»Man nehme ein Pfund handverlesene, getrocknete, lind geröstete und fein gemahlene Eicheln.«

»Ich hab's geahnt.«

»Nun warte doch mal, es geht ja noch weiter. Dazu kommt ein halbes Pfund gemälzte und geschrotete Gerste. Beides wird gemischt und ein Viertelpfund kräftiger Surinam- oder Javakaffee hinzugefügt. Zum Schluss zwei Kakaobohnen mahlen und beigeben.«

Die Tante winkte ab.

»Und woher kriege ich die? Also, ich weiß nicht, da nehme ich den Kaffee lieber gleich pur, wenn ich sowieso welchen brauche.«

»Aber so erhält man die siebenfache Menge.«

»Das macht die Sache nur schlimmer. Es will ja alles getrunken werden.«

»Was haben Sie denn jetzt vor, Herr Künow?« Reiser setzte sein Glas ab. »Wollen Sie wieder zurück auf Ihr Gut?«

»Nein, dort herrscht Männerüberschuss. Mein älterer Bruder will Gutsherr werden, mein Vater ist es noch und der Großvater hat vergessen, dass die Zeiten, als er es war, vorüber sind. Jetzt, wo ich mit großzügiger Erlaubnis des Kaisers wieder nach Berlin kommen durfte, bleibe ich auch hier.«

»Und wo sind Sie untergekommen?«

»Noch gar nicht. Ich werde mir eine Bleibe suchen.«

»Auf gar keinen Fall! Sie ziehen zu uns, in das freie Zimmer!« Um ihrem Beschluss Nachdruck zu verleihen, erhob sich Frau Straßberg. »Ich richte Ihnen schon mal Ihr Bett.«

Dumes wandte sich an Künow.

»Sie stehen im Wort. Jetzt wird mein Eau-de-vie probiert.«

Reiser nutzte die Gelegenheit, um sich zu verabschieden. Er griff nach Friederikes Hand, zog sie zur Tür.

Als sie auf der Straße standen, lehnte sie den Kopf an seine Schulter.

»Hast du die Tante gesehen?«

»Ja, natürlich. Wie meinst du das?«

»Und ist dir nichts aufgefallen?«

»Aufgefallen? Nein, sie war wie immer.«

»Wie immer! Also, jetzt denk mal nach.«

»Ein wenig aufgekratzt vielleicht.«

»Sonst nichts?«

»Hm.«

»Tante Anna trägt nicht mehr Schwarz.«

»Stimmt! Jetzt, wo du es sagst. Ich hatte gleich so ein Gefühl, dass irgendetwas anders war. Dieses bunte Kleid kenne ich noch gar nicht.«

»Ich schon! Seit Onkel Georg ertrunken ist, lag es mit allen anderen Sachen in der Truhe. Was meinst du, warum Sie so war, so – wie hast du gesagt?«

»Aufgekratzt.«
»Und warum?«
»Wegen Künow.«
»Dass Herr von Künow heute gekommen ist, hat sie bestimmt gefreut. Aber sie ist schon seit Längerem so – so aufgekratzt.«
»Ja?«
»Hast du denn gar keine Vorstellung, was der Grund sein könnte?«
»Der Grund? Es gibt einen Grund, meinst du? Nun ja …«
»Hast du wirklich nichts gemerkt?«
»Gemerkt, was denn?«
»Wie sie Herrn Dumes begrüßt hat und wie die beiden sich anschauen.«
»Meinst du?«
»Jetzt überleg mal. Herr Dumes wohnt seit sieben Monaten bei ihr. Er könnte schon lange in eine komfortablere Wohnung gezogen sein oder nach Napoleonburg.«
»Ist denn das großartige Lager in Charlottenburg überhaupt schon fertig?«
»Fertig oder nicht, er hat noch nie etwas davon gesagt, dass er überhaupt ausziehen will.«
»Nein?«
»Du kannst mir ruhig glauben, da ist was im Busch. Frauen merken so etwas. Aber das geht doch nicht.«
»Weil er Franzose ist?«
»Tante Anna ist drei Jahre älter als er!«

6

»Die meisten unserer Gardisten sind arme Schlucker. Nicht mehr wie im Herbst 1806, als es hieß, eine Nationalgarde aufzustellen. Seinerzeit kamen achtbare Bürger den Aufrufen nach, meldeten sich freiwillig, brachten Uniform und Ausrüstung mit und verzichteten auf Sold.« Oberst Jordan machte eine Pause, als erschienen für einen Moment vor seinem inneren Auge Bilder aus der Zeit, in der seine Truppe aufgestellt wurde.

»Damals ahnte niemand von ihnen, wie lange ihr Dienst dauern sollte. Bis heute steht in den Sternen, ob und wann unsere Soldaten wieder für Ruhe und Ordnung sorgen werden, wie sie es immer getan haben. Kann der Handwerksmeister Geld verdienen, wenn er monatelang Wache schiebt? Wie soll er Steuern zahlen, die pünktlich eingefordert werden, und seinen Beitrag zu Kontributionen, Tafelgeldern und was noch allem leisten? Statt selbst zum Dienst zu erscheinen, schickten die Meister erst ihre Gesellen, dann die Lehrlinge. Dann jeden, der froh war, sich ein paar Pfennige zu verdienen. Jetzt befehlige ich einen Haufen Leute, die nicht lesen und schreiben können, manche nicht einmal vernünftig reden.«

Reiser war gleich nach dem Frühstück zur Bürgergarde gegangen und stand im Büro an der Schleusenbrücke dem Oberst gegenüber. Er wollte von ihm mehr über den Schmuggel erfahren. Wenn jemand von der Obrigkeit darüber Auskunft geben konnte, dann Jordan. Seine Garde war Tag und Nacht für die Bewachung der Stadttore zuständig, die jegliche Güter und alle Menschen auf dem Weg in die Stadt passieren mussten. An den Toren wurde kontrolliert, registriert, kassiert und konfisziert. An ihren Schlagbäumen kam keiner vorbei, dafür sorgte die Akzisemauer, die um die ganze Stadt herum verlief und zu hoch war, um sie unbemerkt zu überwinden.

»Herr Oberst, kann es sein, dass gegen entsprechende Belohnung schon mal ein Auge zugedrückt wird?«

»Die Versuchung ist natürlich groß, wer will das leugnen. Aber wenn Sie die Dinge aus einer anderen Sicht betrachten, werden Sie mir zustimmen müssen, dass es schlichtweg unmöglich ist, Tag und Nacht jeden und alles zu kontrollieren, egal wie viele Gardisten am Tor stehen und wie gut gedrillt sie sind. Wenn wir jeden einzelnen, der vor dem Schlagbaum erscheint, einer Leibesvisitation unterziehen wollen, warten die Leute, bis keiner mehr rein- oder rauskommt. Dann können wir die Stadttore auch gleich schließen.«

»Lassen wir sechs Eier, einen Ringel Wurst oder eine Flasche Schnaps mal außen vor, die jemand heimlich bei sich trägt«, warf Reiser ein.

»Außen vor lassen, möchte ich es nicht nennen. Für mich ist ein Verstoß gegen ein Gesetz, unabhängig von Art und Umfang, ein Verstoß. Ich würde gern auch den kleinsten Spitzbuben erwischen, aber noch einmal, es ist unmöglich.«

»Haben denn diese kleinen Mengen überhaupt eine Bedeutung?«

»Wie man es nimmt. Sicher geht es eher darum, etwas für die eigene Familie zu besorgen oder Verwandte und Freunde zu unterstützen, als das große Geld zu verdienen. Trotzdem, insgesamt gesehen kommt da was zusammen.«

Reiser fasste sich ans Ohr.
»Zum Verkauf angeboten wird davon nur wenig?«
»So ist es.«
»Dann gelangt die Ware auf anderen Wegen in die Stadt. Dass einiges auf den Markt kommt, ist offensichtlich.«
Jordan ging zum Fenster, schaute eine Weile schweigend hinaus, wandte sich Reiser wieder zu.
»Sehen Sie, Herr Kommissar, Ihnen brauche ich es nicht lange zu erklären. Natürlich sind unsere Ganoven nicht plötzlich artige Landeskinder geworden, nur weil Berlin besetzt ist. Denen geht es ums Geld. Wie sie dazu kommen, ist ihnen egal. Heutzutage bringt schmuggeln mehr ein als stehlen. Also haben sie die Branche gewechselt. Ihnen auf die Schliche zu kommen, ist nicht so einfach. Sie lassen sich ständig etwas Neues einfallen.«
»Wie wahr«, stimmte Reiser zu.
»Dennoch versuchen wir unser Bestes. Besonders wichtig ist mir, dass unsere Garde nicht mit hineingezogen wird. Ich sagte ja, die Versuchung ist groß. Tagsüber sind die Wachen doppelt besetzt. Jede Fuhre wird von mindestens zwei Mann durchsucht. Unabhängig davon kann der wachhabende Unteroffizier jederzeit selber inspizieren und die Ladung von oben bis unten durchwühlen. Glauben Sie mir, das passiert häufig genug und führt jedes Mal zu Protesten.
Außerdem haben wir eine mobile Mannschaft, zu Fuß natürlich, wir sind ja nicht das reitende Schützenkorps. Die Männer sind den lieben langen Tag in der ganzen Stadt unterwegs, führen ohne weitere Begründung Nachkontrollen durch und bringen jeden, den sie erwischen, mitsamt der Mannschaft des Tores, durch das er gekommen ist, schnurstracks zur Stadtvogtei.

Dann gibt es eine Wachmannschaft für besondere Aufgaben, der meine vier zuverlässigsten Leute angehören. Die setze ich ein, wenn etwas im Busch ist. Schließlich haben wir unsere Informanten, selbst in den Häfen an Nord- und Ostsee.«

Reiser war beeindruckt.

»Ein Wunder, dass es überhaupt noch ein Pfund Kaffee bis hierher schafft.«

Er schluckte, der Satz war ihm nur so rausgerutscht. Jordan sah ihn von der Seite an.

»Übersinnliche Erklärungen beiseitegelassen, ist die Tatsache allemal erstaunlich. Schließlich herrscht das Kontinentalsystem. Napoleon ließ alle Häfen dichtmachen, um England von unseren Märkten abzuschneiden und in die Knie zu zwingen. Vor den Küsten patrouillieren französische Kriegsschiffe, an den Stränden halten Truppen des Kaisers Ausschau, die Häfen werden von französischen Inspektoren observiert, das Hinterland hat die Grande Armée okkupiert, die auch sämtliche Straßen überwacht. Und was haben wir in der Stadt? Kaffee, Zucker, Tee, Rum, Gewürze. Lauter wohlfeile Ware aus englischen Kolonien, deren Wert sich schlagartig mit jedem Moment vervielfacht, in dem sie Barrieren überschreitet: unsichtbare wie die Linie, die Napoleon auf den Globus gemalt hat und Kontinentalsperre nennt, sichtbare wie Schlagbäume, die an Stadttoren stehen. Alles Produkte im Übrigen, die die Franzosen ungeachtet des Banns, den ihr eigener Kaiser ausgesprochen hat, genauso schätzen wie wir.«

Jordan schwieg, sah wieder zum Fenster hinaus.

»Wohin man blickt, Franzosen.«

Reiser sog vernehmlich Luft durch die Nase. »Meinen Sie, da liegt der Hase im Pfeffer?«

»Ich meine gar nichts. Nur so viel, der eine gerät in Versuchung, weil er überleben, der andere, weil er in Saus und Braus leben will. Was der eine im Kleinen anstellt, unternimmt der andere im Großen. Auf Rügen ist General Grandjean zum Kommandanten bestellt. Von dort wird ein derart bizarres Phänomen berichtet, dass es an ein Wunder grenzt, und in diesem Fall an ein wahres Wunder, dass dem Kaiser davon noch nichts zu Ohren gekommen ist.
Bei helllichtem Tag gehen Schoner vor Anker, bis unter die Luken beladen mit den Köstlichkeiten der englischen Kolonien. Die Fischer verdienen mit dem Leichtern der Ware mehr Geld als mit dem Ausbringen der Netze. An Land steht der Zahlmeister des Herrn General, beschlagnahmt alles mit viel Brimborium als Schmuggelgut, stellt den Wert fest und bietet es an Ort und Stelle mit gehörigem Aufpreis zum Verkauf an. Der Eigner des gekaperten Schiffs verbucht einen Totalverlust. Sollte man meinen. Jeder denkt natürlich, er wird dort so bald nicht wieder auftauchen. Tatsächlich jedoch sieht man immer dieselben Segler auf Reede. Sind deren Kapitäne nun strohdumm oder bauernschlau? Haben die Patrouillenboote des Generals ihre Schiffe aufgebracht oder ihnen sicheres Geleit in den Hafen gegeben?«
Reiser schüttelte ungläubig den Kopf.
»Das würde bedeuten, der französische Kommandant umgeht selber die Blockade, die sein Kaiser befohlen hat.«
»Lieber Herr Kommissar, welche Schlüsse Sie aus solchen Berichten ziehen, bleibt Ihnen überlassen. Ich jedenfalls vermute, dass es hier bei uns eine Lücke gibt, durch die Schmuggelgut in die Stadt kommt, und zwar im großen Stil. Diese Lücke will ich aufdecken. Vor vier Tagen hat in

einer stillen Bucht bei Greifswald ein englischer Segler festgemacht.«

»Ein richtiger Schmuggler also?«

»Richtiger oder falscher, Schmuggler bleibt Schmuggler. Ich glaube jedoch eher, die Ladung ist für die üblichen Empfänger in Berlin bestimmt, nur dieses Mal an Rügen vorbei. Die Sendung dürfte heute Nacht die Stadt erreichen. Zum Empfang werde ich meine zuverlässigste Mannschaft vom Schönhauser Tor abziehen. Sie soll mit der vom Prenzlauer Tor wechseln. Wenn mich nicht alles täuscht, wird die Konterbande durch dieses Tor kommen. Wenn sie denn kommt.«

»Herr Oberst, Schmuggel ist ein schweres Verbrechen. So oder so muss sich die Kriminal-Deputation damit beschäftigen. Sie haben hoffentlich keine Einwendungen, wenn ich einen Assistenten zum Prenzlauer Tor schicke?«

»Kann ich Sie daran hindern? Aber bitte, ich weiß davon nichts. Sonst sieht es so aus, als traute ich meinen eigenen Leuten nicht.«

»Mein Assistent soll nur beobachten. Das erleichtert anschließend die Beweisführung, hoffentlich. Am Prenzlauer Tor, ist da nicht ein Kirchhof?«

»Ja, und der Schießplatz. Ihr Mann findet dort ausreichend Deckung und freie Sicht.«

Es klopfte an der Tür.

»Herein!«

Die Tür wurde einen Spalt weit geöffnet. Jemand steckte seinen Kopf hindurch.

»Treten Sie vor!«, dröhnte der Oberst.

Ein hagerer Mann mit grauem, eingefallenem Gesicht trat ein. Wirres Haar klebte ihm auf dem Kopf. Er machte einen unbeholfenen Schritt zur Seite, blieb mit hochgezo-

genen Schultern, eingeknickten Armen und an die Hüften gepressten Händen vor dem Türpfosten stehen, wie jemand, der Angst hatte, man wolle ihm die Taschen ausrauben, und kniff die Lippen zusammen.
»So machen Sie schon den Mund auf! Was gibt's?«
Oberst Jordan brüllte seine Befehle nicht. Er gab sie nur laut und deutlich. Der Mann starrte die Decke an, öffnete den Mund.
Jordan und Reiser warteten gespannt, was er zu sagen hatte. Es schien, als wolle er sie auf die Folter spannen. Erst jetzt fiel den beiden auf, dass er schnaufte. Schweißtropfen glänzten auf seiner Stirn.
»Jetzt entspannen Sie sich erst einmal, oder ist es so schwer, mir etwas mitzuteilen?«
»Ich bin gerannt, Herr Oberst.«
»Wieso denn das?«
»Um Ihnen schnellstens Meldung zu machen.«
»Und warum tun Sie es dann nicht?«
Der Gardist senkte den Blick, schluckte.
»Herr Oberst, Gardist Bock wurde tot aufgefunden.«
»Wo?«
»An der Bandmühle.«
»Etwa auf dem Rechen?«
»Ja.«
»Bock? Zu welcher Mannschaft gehört der?«
»Korporal Wegener.«
»Weiß der schon Bescheid?«
»Es ist nach ihm geschickt worden.«
»Lassen Sie mein Pferd satteln.«
Der Gardist machte umständlich kehrt, ließ die Tür hinter sich offen. Reiser und Jordan sahen sich fragend an. Der Oberst schloss die Knöpfe seiner Uniformjacke.

»Herr Kommissar, was ich Ihnen noch sagen wollte. Der tote Schütze gestern, also, der war uns nicht unbekannt. Es ist vielleicht drei Wochen her, da gab es einen Zwischenfall … Er hieß doch Radtke, oder?«

»Ja.«

»Schütze Radtke holte einen mit Planen abgedeckten Wagen am Hamburger Tor ab, wollte ihn an den Gardisten vorbeibringen und unseren Unteroffizier daran hindern, die Ladung zu überprüfen. Angeblich handelte es sich um eine geheime militärische Lieferung für das französische Regiment. Die Wache ließ ihn nicht weiterfahren. Daraufhin schickte Radtke den Fuhrmann weg. Er selber blieb beim Wagen. Wenig später kam ein Trupp Franzosen angeprescht. Sie zwangen unsere Wache, die Fuhre passieren zu lassen. Der Fuhrmann hatte sie alarmiert. Es gab ein Nachspiel bis rauf zum Stadtkommandanten. Der sicherte zu, er werde der Sache nachgehen. Bis heute hat man nichts mehr davon gehört. Niemand kann den Kommandanten zwingen, uns zu unterrichten. Jedenfalls blieb es ein Einzelfall.«

»Vielleicht ein Versuch, um herauszufinden, wie standhaft Ihre Leute sind?«

»Wenn es so wäre, wollte jemand wohl ausprobieren, ob er auf allerbequemste Art und Weise in die Stadt bringen kann, was immer ihm beliebt. Nun weiß er, dass es so nicht geht, und wird nach anderen Wegen suchen. Wir sehen uns an der Bandmühle.«

»Herr Oberst …«

»Ich weiß, wir rühren den Toten nicht an, bis Sie da sind, und überlassen alles Weitere Ihnen.«

7

Auf dem Weg zur Spandauer Brücke machte Reiser einen Schlenker zum Gericht am Molkenmarkt, um einen der Assistenten mitzunehmen. Der kleine Abstecher ersparte ihm, später durch die halbe Stadt zurückgehen zu müssen. Jordan würde in jedem Fall vor ihm bei der Bandmühle ankommen. Aber der Oberst war zuverlässig. Sorgen, dass in seinem Beisein bewusst oder unbewusst wichtige Hinweise vernichtet wurden, brauchte er sich nicht zu machen.

Reiser betrat das Gericht und ließ nach Assistent Krüger schicken. Auf dem Pult fand er einen Steckbrief, der darauf wartete, von ihm freigegeben zu werden. Der vierundzwanzig Jahre alte Diener François Prudhomme hatte den kaiserlich-französischen Quartiermeister um 6000 Taler erleichtert und war mit der Beute geflohen. So schloss sich also der Kreis. Erst nahmen es die großen Franzosen von den kleinen Berlinern, dann die kleinen Franzosen von den großen.

Ein Gerichtsdiener meldete, der Herr Assistent sei auf Dienstgang unterwegs. Reiser hinterließ, Krüger solle nach seiner Rückkehr unverzüglich zur Bandmühle kommen.

Die drei Angler hatten sich vor den Gaffern von der Brücke gerettet und grüßten ihn schon von Weitem. Im Vorbeieilen gab Reiser ein Zeichen, er käme noch einmal zurück. Auf dem kleinen Platz neben der Mühle stand eine Gruppe Männer vor dem auf dem Boden liegenden Toten.

Sie drängten sich um Oberst Jordan, offenbar Gardisten. Von der Mauer des Kanals sahen ihnen Arbeiter der Mühle zu, auf der Brücke standen die üblichen Gaffer.
Reiser warf einen kurzen Blick auf das Gesicht des Toten. Über Stirn und Ohren hingen strähnig und unregelmäßig gestuft aschblonde Haare, als hätte der Mann sie selber geschnitten. Der breite Schädel trug Züge bäurischer Schläue und Sturheit.
Jordan zog Reiser am Ärmel beiseite.
»Als ich kam, brachten die von der Mühle ihn gerade an Land. Einer von unseren Leuten – Fritsche, links, der Dicke – war von Anfang an dabei und hat beobachtet, wie sie mit dem Kahn rüberruderten und ihn in Schlepp nahmen. Nach Meinung von Fritsche sind sie sehr vorsichtig mit ihm umgegangen.«
»Er gehört zur Bürgergarde?«
»Ja, Gardist Hugo Bock.«
»Kannten Sie den Mann?«
»Kennen ist zu viel gesagt bei über tausend Leuten. Wenn Sie mehr über ihn wissen wollen, reden Sie am besten mit seinem Unteroffizier.«
Er wandte sich zur Seite und rief den bei der Leiche stehenden Gardisten zu:
»Wo bleibt eigentlich Korporal Wegener?«
»Noch nicht aufgetaucht. Sie suchen nach ihm.«
»Herr Kommissar, falls Sie noch Fragen haben, bitte jetzt. Ich würde gerne wieder an die Arbeit.«
Reiser schüttelte den Kopf.
»Im Moment nicht. Falls doch, komme ich zu Ihnen. Das heißt, eines noch: Hatte der Mann Familie?«
»Meine Leute hier sagen, er lebte allein. Allerdings kannten sie ihn nur dienstlich.«

Der Tote trug eine melierte Jacke, deren grober Stoff offenbar aus Wolle unterschiedlicher Farben gewebt war. Etwa in Höhe des Herzens zeichnete sich ein handtellergroßer dunkler Fleck ab. Reiser schlug die Jacke zurück. Die linke Seite des hellen Leinenhemds war dunkelbraun verfärbt.

Unterhalb des Brustkorbs ging ein Schnitt durch den Stoff, Reiser schätzte ihn fast zwei Zoll breit. Ein kurzer Blick auf die Wunde ließ vermuten, dass sie von einer breiten, flachen Waffe stammte, die dem Opfer in den Leib gerammt worden war. Ob der Stich den Tod des Mannes verursacht hatte oder nicht, mochte Doktor Walther feststellen. Jedenfalls handelte es sich um eine brutale Gewalttat.

Reiser klopfte die Taschen an Jacke und Hose des Toten ab. Außer ein paar Münzen und einem Schlüssel trug der Mann nichts bei sich.

Assistent Krüger erschien im rechten Moment. Er kannte nicht die geringste Scheu, den Toten anzufassen und nach weiteren Spuren zu suchen. Krüger drehte den Leichnam in Seitenlage, schob Hemd und Jacke hoch, konstatierte, dass es auf dem Rücken keine Austrittsöffnung gab, betrachtete Hals, Hand- und Fußgelenke eingehend, durchkämmte mit einem Holzspan die Haare, um die Kopfhaut besser sehen zu können, und gab das Ergebnis seiner Untersuchung zum besten.

»Einzelner, gezielter Stich in die Brust, keine Anzeichen von Kampf oder Gegenwehr. Der Stich kam von vorn, aus geringer Entfernung. Ich vermute, der Tote stand dem Täter unbefangen gegenüber und wurde von der Attacke überrascht.«

Reiser lobte den jungen Mann.

»Das letzte Wort hat der Prosektor«, fügte er hinzu. »Bringen Sie ihn zu ihm und warten Sie dort auf mich. Ich statte auf dem Weg zur Charité den berittenen Schützen in der Artilleriekaserne am Oranienburger Tor einen kurzen Besuch ab.«

Krüger trat von einem Bein aufs andere.

»Wie soll ich das machen, ihn zur Charité bringen?«

»Im *Grünen Baum* in der Neuen Schönhauser verkehren zwei Totengräber. Sagen Sie ihnen, ich hätte Sie geschickt, die wissen dann schon Bescheid.«

»Woran erkenne ich die beiden?«

»Jede Beschreibung erübrigt sich. Glauben Sie mir, sehen und erkennen ist eins. Solch ein Pärchen gibt's nur einmal.«

Reiser ging zur Gruppe der Arbeiter, die wenige Schritte entfernt abseits der Gardisten standen.

»Wer hat den Toten entdeckt?«

»Richard und ich.«

Die beiden für den Kahn zuständigen Arbeiter traten vor.

»Und wie?«

»Genau wie den gestern.«

»Das heißt?«

»Wir sind zur Mühle gekommen, haben aufgeschlossen und gleich den Rechen kontrolliert.«

»Schön, und weiter?«

»Na, wir haben ihn gesehen und das Boot geholt.«

Reiser machte eine Kopfbewegung Richtung Graben.

»Sie meinen diesen alten Kahn?«

Der Mann zuckte die Schultern.

»Wir haben nur den. Jedenfalls sind wir zum Rechen gerudert. Er lag auf dem Rücken, mausetot. Wir wollten ihn schon rüberholen, als die Angler kamen und uns zuguckten. Plötzlich riefen sie, wir sollen warten, sie kennen den, der sei von der Bürgergarde. Die sind dann losgerannt zu Gardisten, die hier in der Nähe wohnen. Es stand schnell fest, dass er tatsächlich zur Garde gehört, und der Dicke da vorne hat einen von ihnen losgeschickt und mir gesagt, ich soll die Leiche an Land holen. Aber vorsichtig, er würde mir genau auf die Finger sehen. Wäre gar nicht nötig gewesen, sich so aufzuspielen. Der hier ist von ganz alleine mitgekommen.«

Reiser schaute unschlüssig zur Leiche auf dem Boden. Die Mühlenarbeiter warfen sich einen Blick zu.

»Brauchen Sie unser Boot wieder?«

Er winkte ärgerlich mit der Hand ab und ging zur Brücke. Die drei Angler sahen ihm erwartungsvoll entgegen.

»Guten Morgen, Herr Kommissar. Hat man Ihnen schon gesagt, dass es der Bock ist?«

»Den ham se massakriert.«

»Oder?«

»Sie haben den Toten also gekannt?«

»Der Bock hat bei uns uffe Brücke ne janze Zeit jebettelt. Aber letzten Herbst isser jekomm un' hat uns eröffnet, dett er zur Jarde jeht. Im Winter is' itt bei den' inne Wachstube anjenehmer als hier.«

»Mit seinem dauernden Gejammer konnte er einem ganz schön das Geschäft verderben.«

»Aber manchmal hat eener ooch een Fisch mehr jekooft und ihm jeschenkt.«

»Den hat er uns dann gleich für den halben Preis angeboten, oder?«

»Fisch mocht er nich.«

»Wasser auch nicht, hat sich angeblich mit Scheuersand gewaschen.«

»Hat er zumindest gesagt, aber dem hat man besser kein Wort geglaubt, oder?«
»Der hat jeflunkert, dett sich die Balken biejen.«
»Den Blöden hat er markiert. Dass er zu dumm wär, einen schrägen Eimer Wasser umzukippen. Damit niemand auf die Idee kam, so einem Dämlack Arbeit zu geben.«
»Wollte den Leuten weismachen, dass er nichts dafür konnte, wenn er arm dran war, oder?«
»In Wirklichkeit war er mal Lehrer oder so was. Hat aber nie damit angegeben, was er alles kann. Hat immer untertrieben. Lesen und schreiben konnte der wie ein Gelehrter. Hat mir ab und zu bei der Korrespondenz geholfen.«
»Und Zahlen konnte der sich merken. Wenn wir am Abend zusammengepackt haben, wusste der ganz genau, wie viel jeder von uns verdient hat, oder?«
Reiser bremste die Redeflut.
»Weiß man etwas über seine Lebensumstände?«
»Wie meen se'n ditt?«
»Hatte er Familie, lebte er allein, gab's Freunde, Bekannte?«
»Der war nicht von hier.«
»Nee, hat andauernd von seim Dorf jeschwärmt und dem Fluss, an dem's liecht.«
»Neiße, oder?«
»Wann haben Sie ihn denn das letzte Mal gesehen?«
»Tja, das ist schon eine Weile her. Früher ist er ab und zu auf einen Plausch vorbeigekommen. Aber in letzter Zeit nicht mehr.«
»Hat doch keen Fisch jemocht.«
»Angeln lag ihm auch nicht.«
»Da blieb nicht viel, worüber man reden konnte, oder?«
»Na dann, die Herren, Petri Heil.«

8

Über Hackischen Markt und Oranienburger Straße nahm Reiser den kürzesten Weg zur Kaserne der reitenden Artillerie beim Oranienburger Tor. Die Fassade des vor nicht einmal zehn Jahren neu errichteten Mannschaftsgebäudes galt als Blickfang. Die übrigen Gebäude dahinter lagen weitgehend verwaist und waren allesamt abbruchreif, weshalb kein französischer Soldat auch nur einen Fuß über die Schwelle setzte. Eine Abteilung verbündeter Truppen der Grande Armée, Reiser war entfallen, aus welchem Land sie kamen, hatte vor einem Jahr eine Weile darin gehaust und was noch halbwegs intakt war endgültig verwüstet.

Nachdem die Kachelöfen kurz und klein geschlagen waren, machten sie offene Feuer, um die Säle zu beheizen. Als Heizmaterial diente alles, was brennbar war. Türen wurden zerhackt und Dielen zersägt. Angekohlte Bretter und Bohlen, die im Hof herumlagen, zeugten von unkontrolliert ausgebrochenen Bränden, denen die Vandalen nur Herr wurden, indem sie die Fußböden herausrissen und aus dem Fenster warfen.

Die berittenen Schützen hatten sich, so gut es ging, in einem der lang gezogenen Gebäude eingerichtet, die U-förmig den Anspannhof umschlossen. Früher hatten die Schlafsäle der Soldaten im warmen Mief des Stockwerks über den Pferdeställen gelegen. Die Schützen brauchten keine Unterkunft. Sie wohnten daheim. Ihnen ging es um Stallungen für ihre Pferde und einige Diensträume.

In einem langen Gang der Remise, in den durch hohe, von Schmutz und Spinnweben fast blinde Fenster mattes Licht drang, standen ein halbes Dutzend der stolzen Reiter beisammen.
Reiser grinste in sich hinein, als ihm spontan in den Sinn kam, weshalb diese Bruchbude so ausgesprochen geeignet schien, ihr Hauptquartier abzugeben. Die Decken waren hoch genug, dass sie ihre Federhüte aufbehalten konnten.
Kaum wurden die Männer Reisers gewahr, unterbrachen sie ihre Gespräche. Einer von ihnen trat vor, reckte die Brust, zog die Augenbrauen hoch und die Mundwinkel runter, was er wohl für einen angemessen verächtlichen Gesichtsausdruck hielt. Es war Schütze Schmidt, der ihm seit ihrer ersten Begegnung bei der Leiche Radtkes wohl andauernd über den Weg lief.
»Soll ditt wieder een Kondolenzbesuch wer'n?«
»Gibt es denn einen besonderen Grund oder sollte ich allgemein mein Beileid aussprechen?«
»Statt Ihre Zeit damit zu vabring'n, überall rumzuschnüffeln, wär't sachjemäßer, den Täter zu fassen.«
»Täter? Welchen Täter?«
»Der ihn uff'm Jewissen hat.«
»Sie meinen also, er wurde ermordet?«
»Watt jloob'n Sie denn? Datt er sich dett Leben jenomm hat?«
Wie auf ein Stichwort gaben die übrigen ihre Kommentare dazu ab.
»Kurt?«
»Der doch nicht!«
»Dazu hatte er doch gar keinen Grund.«
Reiser blickte in die Runde.

»Sie scheinen sich ja alle recht sicher zu sein. Vielleicht wissen Sie auch, wer ihn um die Ecke gebracht hat, oder zumindest, warum es jemand hätte tun sollen.«
»Ich weiß nur, dass er tot ist.«
»Das weiß ich selber.«
Die Schützen schwiegen und taxierten Reiser grimmig.
»Schön, dann fangen wir mal von vorne an. Wo hat sich Ihr Freund Kurt die eingeschlagene Nase geholt?«
»Einjeschlag'ne Nase?«
»Weiß wer was davon?«
»Wir haben mit Kurt bei der Garnisonswirtin ein paar Bier getrunken, da war er quietschfidel.«
»Wann war das?«
»Am späten Nachmittag.«
»Bis wann ging das?«
»'n bisschen länger.«
»War Radtke die ganze Zeit dabei?«
»Der ist irgendwann weg.«
»Einfach so ... durch den Kamin?«
»Durch den Kamin?«
»War nur so eine Redensart.«
»Reden die bei Gericht alle so'n krauses Zeug?«
»Warum ist er überhaupt gegangen?«
Keine Antwort, die Schützen blickten sich fragend an.
»Hat er sich nicht verabschiedet?«
»Er is nach'm Abtritt jejang'n und ab übern Hof. Jezahlt hat er übrijens ooch nich. Der schuldet uns noch een. Na, verjeb'n wir's ihm.«
»Wann war das?«
»Es ging auf den Abend zu.«
»Wohin er wollte, weiß wohl niemand?«
Kopfschütteln.

»Nur, dass er noch was vor hatte.«
»Na, vielen Dank, Sie waren mir eine Hilfe. Wo finde ich den Major?«
Ein Schütze wies mit dem Kopf zur Tür am Ende des Ganges. Reiser klopfte und trat ein, ohne auf Antwort zu warten.
Glohr thronte hinter einem riesigen Tisch an der gegenüberliegenden Seite einer saalähnlichen Halle, die zu durchqueren ein Pferd durchaus hilfreich gewesen wäre.
»Guten Tag, Herr Major. Ich komme wegen Ihres Schützen Kurt Radtke. Sie wissen, ich soll seinen Tod untersuchen. Aber ich muss gestehen, ich habe nicht die geringste Vorstellung, in welcher Richtung ich nachforschen soll. Ich frage daher einfach ins Blaue: Haben Sie irgendeine Vermutung, wieso einer Ihrer Schützen tot im Festungsgraben lag?«
»Den Tag und die Nacht, bevor Schütze Radtke bei der Bandmühle gefunden wurde, hatte er frei, sagt der Dienstplan. Ich pflege meinen Männern nicht hinterherzuspionieren und mir ist auch nichts zu Ohren gekommen. Daher kann ich Ihnen leider gar nicht weiterhelfen.«
Reiser wischte mit der Hand über die Tischkante und schnippte den Staub von seinen Fingern.
»In seiner Hosentasche wurde Falschgeld gefunden.«
Glohr lehnte sich zurück.
»Haben Sie Geld bei sich?«
Reiser schaute verdattert. »Ja.«
»Legen Sie es auf den Tisch. Wir werden sehen, wie viel davon nicht aus der königlichen Münze stammt.«
»Es geht nicht um ein paar Pfennige. Aber lassen wir das. Ich habe Radtkes Witwe aufgesucht.«
»Sehr aufmerksam von Ihnen.«

»Der Tisch war reichlich gedeckt.«
»Sehr aufmerksam von ihr.«
»Kaffee, Zucker, Wein, Cognac.«
Glohr legte den Kopf ein wenig zur Seite, sah ihn an. Reiser erwiderte den Blick, ohne ein Wort zu sagen.
»Spricht etwas dagegen, sich ein paar gute Dinge zu leisten?«
»Überhaupt nicht. Nur geht es um den Haushalt eines einfachen Schützen.«
»Schauen Sie, unsere vielfältigen Aufgaben bringen es mit sich, dass meine Männer in häufigem Kontakt zu Heer und Verwaltung des Kaisers stehen. Dort zeigt man sich gerne erkenntlich, wenn wir Diensten, die sie entlasten, zu ihrer Zufriedenheit nachkommen. Gibt es dagegen etwas einzuwenden?«
»Was wissen Sie vom Vorfall am Hamburger Tor?«
»Vorfall?«
»Radtke wollte eine Fuhre ohne Kontrolle an der Wache vorbeibringen.«
»Fuhre? Wovon reden Sie? Soweit mir bekannt, handelte Radtke im Auftrag der französischen Armee.«
»Es gibt Vorschriften, die auch für die Franzosen gelten. Keine Ladung darf ohne Kontrolle an den Torwachen vorbei in die Stadt gebracht werden.«
»Die Sache ist erledigt. Der Stadtkommandant hat sie geregelt. Das Schützenkorps muss sich keine Vorwürfe machen.«
»Major Glohr, vielen Dank. Das wär's; fürs Erste zumindest.«
Der Major winkte gnädig ab.
Auf seinem Rückweg fand Reiser den Gang leer. Er trat ins Freie, bog hinter der Kaserne in die Charitéstraße ein.

Nach einigen Schritten sagte hinter ihm jemand seinen Namen. Er blieb stehen und drehte sich um. Einer der Schützen, denen er vor einigen Augenblicken begegnet war, kam auf ihn zu.

Vorhin hatte der Mann zwar kein Wort gesagt, war ihm aber gleich aufgefallen. Während Schmidt und die restliche Gockeltruppe mit verkrampftem Gehabe ihre Wichtigkeit demonstrierten, trug er Uniform und Zweispitz mit lässiger Selbstverständlichkeit. Den breiten Oberkörper hielt er aufrecht, ohne sich in die Brust zu werfen. Was Reiser am meisten auffiel, war der aufmerksame, fast lauernde Blick seiner hellwachen Augen, die ihn musterten.

»Herr Kommissar, kann ich Sie mal sprechen?«

Reiser warf einen Blick auf die Rangabzeichen der Uniform.

»Korporal, Sie heißen?«

»Fritz Bumke.«

»Worum geht es?«

»Sie sind doch wegen Radtke gekommen?«

»Ja und?«

»Der Major weiß es nicht. Radtke war in Schmuggel verwickelt.«

»Soso.«

»Ja.«

»Damit kann ich nicht viel anfangen. Sonst noch was?«

»Genaues weiß ich auch nicht. Er gab gerne mit Kaffee, Zucker und solchen Dingen an. Hatte immer reichlich davon.«

»Warum erzählen Sie mir das?«

»Ich dachte, Sie sollten es wissen.«

»Ich weiß es bereits.«

»Ah so?«

»Ich war bei seiner Witwe, um sie vom Tode ihres Mannes zu unterrichten.«
»Radtkes Tod hat seine Frau sicher schwer getroffen, uns alle übrigens. Eigentlich war er ja kein schlechter Mensch.«
»Soll ich Ihnen sagen, was ich glaube?«
»Woher soll ich das wissen?«
»Dass Sie recht haben.«
»Tatsächlich?«
»Ja, aber da gibt es noch eine Kleinigkeit. Wir haben das Falschgeld prüfen lassen, das er in den Taschen trug.«
»Prüfen? Wozu das denn? Es genügt doch, wenn man weiß, dass es falsch ist.«
»Seines stammte nicht aus der Werkstatt irgendeines Pfuschers. Es wurde fachmännisch hergestellt. Man könnte fast meinen, in einer offiziellen Münze. In England vielleicht oder in Frankreich.«
»Ja und?«
»Sie wissen nicht zufällig, wie er daran gekommen ist?«
»Ich? Wieso? Ich weiß gar nichts. Ich wollte doch nur helfen.«
Bumke taxierte ihn schweigend, deutete einen Gruß an, machte kehrt und verschwand mit großen Schritten hinter der Straßenecke.

9

Den Prosektor der Charité, Doktor Walther, hatte Reiser vor über zehn Jahren kennengelernt. Damals ging es um den Fund einer unbekannten, männlichen Leiche, Reisers erste eigene Ermittlung. Er hatte den Toten seinerzeit zur Sektion in die Charité schaffen lassen, die eine erstaunliche Überraschung ans Tageslicht brachte, die ihrerseits weitere Verbrechen heraufbeschwor.

Seitdem war er Doktor Walther treu geblieben, wie sie es untereinander scherzhaft nannten. Im Vergleich zum damals noch schäbigen Armenkrankenhaus hatte sich die Charité mit ihrem letzten, großen Umbau zu einem drei Stockwerke hohen, imposanten Bauwerk gemausert.

Der Pedell an der Pforte schickte Reiser zum Sektionsraum. Er klopfte und steckte den Kopf durch die geöffnete Tür. Der Chirurg stand mit dem Rücken zu ihm, weit über den Sektionstisch gebeugt. Von der anderen Seite des Tisches ließ Krüger sich keinen Handgriff des Chirurgen entgehen.

»Guten Tag, Doktor Walther.«

Ohne von seiner Arbeit aufzusehen, grüßte der Mediziner zurück und antwortete, es dauere noch einen Moment, der Herr Kommissar könne aber gerne schon hereinkommen. Reiser zog den Kopf wieder ein.

»Herr Krüger schaut Ihnen ja aufmerksam zu. Mir genügt dann später ein Bericht.«

Er blieb auf dem Gang stehen und sah aus dem Fenster, bis nach einer Weile die Tür zum Sektionsraum geöffnet wurde und Walther mit Krüger im Schlepptau zu ihm trat. Reiser reichte dem alten Herrn die Hand, erkundigte sich nach dem Befinden seines Sohnes, Doktor der Medizin und Chirurg wie der Vater.

»Er ist immer noch in Memel. Wo soll er auch sein, als Leibarzt des Königs? Als ich das letzte Mal von ihm hörte, ging es ihm gut. Aber das ist schon eine Weile her. Er schreibt nicht gern. Die Post wird kontrolliert. Reisende bringen kurze Nachrichten von ihm mit, wenn jemand hin und wieder den langen Weg nach Berlin auf sich nimmt. Und selbst? Hat es mittlerweile geklappt mit der eigenen Wohnung?«

»Zwei Zimmer, in der Spandauer Straße.«

»Das hört sich doch gut an. In letzter Zeit machen Sie sich rar. Schauen Sie doch hin und wieder einfach mal vorbei.«

»Seit ich nicht mehr im Revier in der Linienstraße bin, mache ich Dienst in ganz Berlin und nicht selten auch in einem der umliegenden Orte. Die Wege sind weit und die Zeit ist knapp. Hat sich denn bei dem Toten von gestern etwas Interessantes ergeben?«

»Interessant? Nun ja, früher konnte man von Glück reden, wenn jemand kam, der an etwas anderem als einer natürlichen Ursache gestorben war. Sobald die Studenten davon erfuhren, standen sie Schlange, um an der Sektion teilzunehmen.

In diesen Tagen gibt es eine regelrechte Konjunktur unnatürlicher Todesursachen. Alle haben einen einzigen Grund, Selbstmord. Niemand ringt mehr lange mit seinem Gewissen, wie in besseren Zeiten, bevor er den folgenschweren Entschluss fasst. Heute geschieht es gleichsam beiläufig. Die Leute legen ihr Leben ab wie einen schäbigen Kittel, der ihnen nicht mehr behagt.

Obenan stehen Erhängen und Ertrinken, das sind die volkstümlichen Varianten. Wer keinen Strick auftreiben kann, sucht sich ein Gewässer, Zugang und Nutzung gibt es umsonst. Kugeln finden wir kaum noch. Um auf derlei extravagante Weise seinem Leben ein Ende zu bereiten, hätte man rechtzeitig eine Schusswaffe und die dazugehörige Munition verstecken müssen. Aber wer denkt schon daran, solange es ihm gut geht?«

»Was ich Sie immer schon fragen wollte: Weisen Selbstmörder häufiger Verletzungen auf, die nicht mit der eigentlichen Todesursache in Verbindung gebracht werden können?«

»Wenn das so einfach zu beantworten wäre. Gestern wurde die Leiche eines Herrn Kroggel eingeliefert. Den könnten Sie auch kennen, ihm gehörte der Stoffladen in der Heidereutergasse. Nein? Meine Frau hat dort oft eingekauft. Kroggels Vater war ein alter Geizkragen, der jeden, wo er nur konnte, übers Ohr haute. Am schlimmsten presste er seine Mieter aus, die sich nicht wehren konnten. Als er endlich starb, schlugen die Leute drei Kreuze hinter ihm her. Dann erbte sein Sohn Wilfried das Haus und stand bald im besten Verhältnis zu allen.

Als die Leute nach dem Krieg immer weniger verdienten, wussten seine Mieter nicht ein noch aus. Darauf halbierte Kroggel den Mietzins. Dann konnten sie gar nicht mehr bezahlen und er stundete ihnen das Geld. Schließlich brachten sich kurz hintereinander zwei von ihnen um. Die restlichen zogen aus. Er wollte das Haus verkaufen, aber niemand bot ihm auch nur einen roten Heller dafür. Nachdem er seinen Hausrat Stück für Stück verschleudert hatte, lud er Freunde und Nachbarn zu einem Abschiedsessen ein und sagte ihnen, er könne in Berlin nicht länger leben.

Am nächsten Morgen, das war vorgestern, sperrte er die Haustüre zu, ging zum Rathaus, gab beim Kämmerer den Schlüssel seines Hauses ab und bat um Erlaubnis, den Uhrenturm zu besteigen. Er wollte einen letzten Blick auf seine geliebte Stadt werfen, bevor er sie für immer verlasse. Einige Zeit später liefen auf der Straße die Leute laut schreiend zusammen. Der Büttel schaute nach. Vor dem Uhrenturm lag Kroggel mit verrenkten Gliedern in seinem Blut. Ich habe den Mann nebenan, wollen Sie ihn sehen? Es lohnt sich, ich habe gerade mit den Studenten eine Menge äußerst seltener Knochenbrüche und innerer Verletzungen freigelegt. Aber fragen Sie mich nicht, was davon seinen Tod herbeigeführt hat.«

Reiser zog die Schultern hoch, schüttelte sich.

»Doktor Walther, meine Frage hatte einen konkreten Hintergrund. Der Tote aus dem Graben, der gestern Mittag gebracht wurde, hatte eine gebrochene Nase, wenn ich meinem eigenen laienhaften Urteil Glauben schenke. Aber daran stirbt man nicht gleich. An Genickbruch schon eher.«

»Ja natürlich, kommen wir auf den zu sprechen. Also, der Mann hat tatsächlich einen Genickbruch erlitten. Die typische Todesursache, wenn sich jemand aufhängt – fachgerecht aufhängt, um genau zu sein. Der Halswirbel bricht durch starken Druck des Knotens von der Seite gegen den Schädel. Vorausgesetzt, der Knoten ist den Regeln der Kunst entsprechend geknüpft und angebracht. Den gleichen Effekt kann der Ruck eines Sprunges hervorrufen, an dessen Ende sich das Seil plötzlich strafft. Vorausgesetzt, es wurde für ausreichende Fallhöhe Sorge getragen. Wie Sie sehen, ist ein gewisses Maß an Umsicht und Sorgfalt notwendig. Wenn Knoten oder Sprung nachlässig ausge-

führt werden, erstickt die Person qualvoll. Am Hals unseres Toten sind allerdings keinerlei Spuren einer Strangulation zu finden, womit ich Erhängen ausschließe.
Der Schädel weist einen nahezu waagerecht verlaufenden Bruch im Scheitelbein mit Knochensplitterung auf, ungefähr vier Zoll lang. Wodurch der verursacht wurde, lässt sich nicht mit Bestimmtheit sagen. Entweder man versetzte dem Mann von seitlich hinten einen Schlag mit einem eckigen Gegenstand oder er stürzte aus einer gewissen Höhe und traf dabei mit dem Hinterkopf auf eine stabile Kante. Sollte es ein Schlag gewesen sein, wurde er von jemandem ausgeführt, der Übung besaß und größer war als sein Opfer. Oder ein wenig erhöht hinter ihm stand. Bei einem Sturz muss der Mann rückwärts gefallen sein und zwar aus erhöhter Position, sagen wir von einer Treppe oder Leiter. Das zumindest schließe ich aus Lage und Verlauf des Bruchs.
Was war nun die Todesursache? Allein schon das durch gewaltsame Krafteinwirkung verursachte Trauma könnte tödlich gewesen sein, muss aber nicht. Aber wir haben ja noch den Genickbruch. Der führt fast ausnahmslos in kürzester Zeit zum Tode. Nach meinem Dafürhalten kann zwischen Bruch der Schädeldecke und des Genicks nur kurze Zeit verstrichen sein, falls sie nicht gleichzeitig erfolgten.«
»Was schließen Sie daraus?«
»Ich halte es für plausibel, dass ein Hieb oder Sturz die Ursachen des Genickbruchs waren.«
»Sie sagen plausibel.«
»Möchten Sie weitere Versionen hören? Der Mann ist gestürzt und lebte noch. Um das zu ändern, wurde ihm schnellstens der Hals umgedreht. Oder ihm wurde mit

einem brutalen Griff das Genick gebrochen. Wobei durchaus das Nasenbein etwas abbekommen haben könnte. Sicherheitshalber hat man ihm auch noch den Schädel eingeschlagen. Aber bringt Sie die Kenntnis der genauen Reihenfolge weiter? Auf jeden Fall kam er erst ins Wasser, nachdem der Tod bereits eingetreten war. Die wenigen, kaum sichtbaren Blutflecken auf seinen Kleidern waren bereits eingetrocknet. Daraus schließe ich zweierlei. Der Bruch des Genicks folgte kurze Zeit nach dem des Nasenbeins. Anschließend wurde er ins Wasser geworfen. Wie viel Zeit dazwischen verstrich, lässt sich kaum sagen. Vielleicht wusste man nicht, wohin mit ihm. Oder der Leichnam musste erst zum Wasser geschafft werden.«

»Immerhin können wir jetzt ausschließen, dass er unglücklich in den Graben stürzte, sich dabei die Verletzungen zuzog und am Ende jämmerlich ertrank. Wie lange lag der Tote im Wasser?«

»Ich vermute, längstens einen halben Tag. Weit getrieben ist er nicht, sonst müsste es deutliche Schleifspuren auf Haut und Kleidung geben.«

»Was ist mit seiner Nase?«

»Fraktur des *os nasale*, vulgo Nasenbein, kurz vor dem Tode hervorgerufen.«

»Wodurch?«

»Einen Stoß oder Hieb.«

»Das dachte ich mir, aber womit?«

»Die Haut ist intakt, der Knochen gebrochen. Diese Art Verletzung ist häufig Folge von Wirtshausschlägereien, bei denen man sich mit Fäusten traktiert. Nur dass unser Toter keine weiteren Verletzungen aufweist, die auf einen entsprechenden Kampf hindeuten, wie er bei solchen Gelegenheiten stattfindet.«

»Ein richtig klares Bild ergibt sich für mich aus Ihren Befunden nicht.«
»Dafür liegen bei Ihrem zweiten Kandidaten die Dinge einfacher, aus medizinischer Sicht zumindest. Einer von der Bürgergarde, sagte man mir.«
»Stimmt.«
»Ist das nicht eigenartig? Erst einer von den Schützen, dann einer von der Garde? Wie auch immer, bei ihm konnte ich die Todesursache zuverlässig bestimmen: Stichverletzung. Herzbeutel und rechte Herzkammer wurden durchtrennt, der Tod trat in kürzester Zeit ein. Der Stichkanal weist von unterhalb der Rippen nach schräg oben, das Tatwerkzeug drang durch den Brustraum und traf auf einen hinteren Rippenbogen, der es aufhielt.«
»Können Sie etwas zu dem Tatwerkzeug sagen?«
»Die Einstichwunde weist zum Brustbein hin einen fingerbreiten, ausgefaserten Rand auf, nach außen eine schmale, scharfe Schnittkante. Der Stich durchdrang den gesamten Brustkorb, ohne dass das Heft aufsetzte. Wir haben es hier mit Sicherheit mit einem länglichen, spitzen, einschneidigen Gegenstand zu tun, vermutlich ein Dolchmesser.«
»Wie groß mag es sein?«
»Die Klinge ist eineinhalb Zoll breit. Die Länge kann ich nur schätzen, mehr als acht Zoll.«
Assistent Krüger meldete sich zu Wort.
»Wenigstens handelt es sich um eine ungewöhnliche Waffe.«
Reiser seufzte.
»Dann brauchen wir sie ja nur noch zu finden. Doktor Walther, es würde mich wundern, wenn Sie keine Mutmaßung über die Tat als solche hätten.«

»In diesem Fall ziehe ich weder Selbstmord noch Unfall in Betracht. Grundsätzlich zumindest, man weiß ja nie. Es gibt nur einen einzigen Stich, gleich der erste Versuch führte also zum Ziel. Das könnte auf eine geübte Hand hindeuten. Dennoch glaube ich, der Täter vertraute eher auf rohe Kraft als auf jahrelange Erfahrung. Er stieß heftig zu, in der Hoffnung, dass der Dolch, wenn er den Brustkorb traf, irgendwie seinen Weg zwischen zwei Rippen hindurch finden würde.«
»Da sehen wir immerhin schon etwas klarer.«
»Es gibt noch etwas.«
»Ja?«
»Ich habe es eigentlich schon erwähnt, aber ich bin mir nicht sicher, ob es auch deutlich wurde.«
»Weil wir Ihren Ausführungen nicht aufmerksam folgen?«
»Daran hege ich keinen Zweifel. Aber manchmal laufen Einzelheiten Gefahr, unterzugehen, wenn man nicht ausdrücklich auf sie hinweist.«
Krüger sah fragend vom Prosektor zum Kommissar. Reiser lächelte. Er kannte den Doktor.
»Wie wäre es, wenn Sie mir einfach offenbaren, worum es geht?«
»Die Waffe ist ein Dolchmesser.«
»Das hörte ich Sie deutlich sagen.«
»Die Klinge wies nach außen, der Rücken nach innen.«
»Der Täter ist Linkshänder. Wie lange mag der Tote eigentlich im Wasser gelegen haben?«
»Das ist schon merkwürdig, in etwa die gleiche Zeit wie der vom Tag vorher. Und die Strecke, die er zurückgelegt hat, ist ähnlich kurz oder lang, wie Sie wollen. Schleifspuren, die davon herrühren, dass eine Leiche den Grund des

Gewässers entlanggetrieben ist, fehlen bei beiden, an Kleidern wie Extremitäten. Fragen Sie nicht nach einer Schätzung der Entfernung zwischen der Bandmühle und dem Ort, an dem sie ins Wasser gelangten. Die Nachtwächter sollten für einige Zeit den ganzen nördlichen Festungsgraben beobachten, bevor noch einer bei der Mühle auftaucht.«

Reiser reichte dem Prosektor die Hand.

»Vielen Dank, Doktor Walther, Sie waren wie immer eine große Hilfe.«

»Ich schaue mir die beiden mit den Famuli noch genauer an. Wenn etwas Neues dabei herauskommt, schicke ich eine Nachricht.«

Auf dem Rückweg überschüttete Krüger Reiser mit seinen Erkenntnissen.

»Ein Schütze und ein Gardist werden an zwei aufeinanderfolgenden Tagen an derselben Stelle aus dem Wasser gezogen. Da soll es keine Verbindung geben?

Der Schütze, meint der Doktor, könne aus Versehen oder Unachtsamkeit ums Leben gekommen sein. Jedenfalls hat er sich das Genick nicht bei einem Sturz ins Wasser gebrochen. Wie kam er dann hinein? Angenommen, er hatte einen Unfall und war noch am Leben; so jemand ruft doch nach Hilfe und hüpft nicht mit letzter Kraft in den Graben. Wenn er schon tot ist, gleich gar nicht.

In krumme Geschäfte war der Mann auch verstrickt. Schmuggel und Falschgeld, das ist nicht ohne. Wer da den falschen Leuten in die Quere kommt, wird seines Lebens nicht mehr froh. Also, bei dem kommt Unfall doch wohl kaum in Frage.

Bei dem Gardisten sieht es schon anders aus. Alles deutet auf Mord hin. Aber der Mann ist ein unbeschriebenes

Blatt. Wer will so jemanden aus dem Wege räumen und warum? Und was hatte der eine Tote mit dem anderen zu tun?«

Reiser ließ den Assistenten reden, ohne ihn zu unterbrechen, bis sie den Hackischen Markt erreichten. Dort gab er ihm die Hand und bestellte ihn für den Abend zur Rosenstraße in die Wohnung zu Frau Straßberg. Er solle sich darauf einrichten, die Nacht auf Posten im Freien zu verbringen.

10

Friederike fiel Reiser schon in der Tür um den Hals und zog ihn auf den Stuhl neben sich. Sie war am Nachmittag bei einem Konzert der Kirchgessner gewesen. Frau Lips, die Nachbarin, hatte zwei Billets von einer Hofcharge bekommen, der ganz und gar kein Liebhaber der Glasharmonika war.
Die Veranstaltung hatte im Haus des Kattunfabrikbesitzers Mann in der Wallstraße stattgefunden, einer prächtigen Villa voller teurer Möbel und einem Haufen livrierter Diener. Es wurde gemunkelt, der Mann verdiene unglaublich viel Geld mit Aufträgen für König Jerôme von Westfalen. Nachdem Napoleon seinem Bruder vor einem Jahr die Königswürde zugesprochen hatte, ließ der sein Heer neu einkleiden. Unter dem Kontinentalsystem durften die Tuche natürlich nicht aus England stammen. Ohne die billige Konkurrenz von der Insel konnte Mann großzügig kalkulieren, dem König kam es nicht auf jeden Heller an. Seine Untertanen zahlten für die Armee.
Die Kirchgessner hatte großartig gespielt, schwärmte Friederike. Unglaublich, wie ein Mensch durch Musik so viel Seele und Erhabenheit ausdrücken konnte. Alle im Saal wurden von Rührung ergriffen. Zwei Damen fielen sogar in Ohnmacht. Eine Bekannte von Frau Lips wusste zu berichten, dass Soldaten der Grande Armée in das Haus der Kirchgessner in Gohlis eingedrungen waren. Nicht nur, dass sie plünderten. Diese Vandalen bedrängten sie, eine blinde Künstlerin! Aber nun reiste sie wieder

und gab Konzerte. In Karlsbad hatte sogar Goethe, bei seinem Kuraufenthalt, ihr zugehört, zweimal!
Reiser hielt Friederike bei der Hand und freute sich an ihrer arglosen Schwärmerei. Als er ihr lächelnd ins Gesicht schaute, machte sie ihm mit den Augen immer wieder verstohlene Zeichen in Richtung der Tante, die am Herd stand. Erst kam er nicht dahinter, was es zu bedeuten hatte. Dann fiel ihm das helle Kleid auf, das die Witwe trug. Sie hatte die Trauerkleidung wohl endgültig abgelegt.
»Tante Anna, ist Leutnant von Künow mit seinem neuen Zimmer eigentlich zufrieden?«
»Rittmeister«, murmelte Reiser.
»Was hast du gesagt?«
»Rittmeister.«
Frau Straßberg drehte sich zu den beiden um.
»Ein bisschen kahl ist das Zimmer schon. Aber zum Glück habt ihr ja das Bett hiergelassen.«
Es klopfte. Dumes trat ein, wünschte allen einen guten Abend.
»Hat der Lieferant den Wein schon gebracht?«
Frau Straßberg lächelte ihn an.
»Ja. Sie kamen zu zweit, die Kisten sind recht schwer und sie mussten ja auch die Treppen hoch. Ich habe sie in der Ecke beim Fenster abstellen lassen, weil ich nicht wusste, wohin damit. Ihr Zimmer ist ja nicht gerade riesig. Aber wir können den Wein jederzeit zu Ihnen bringen.«
»Das ist schon recht so. Wenn er hier nicht stört.«
Reiser entdeckte die stabilen Zimmermannskisten erst jetzt. Er schätzte, jede fasste ein Schock Flaschen.
Es klopfte. Künow trat ein, grüßte in die Runde und machte der Wirtin Komplimente über die geschmackvolle

Bereicherung ihrer Kücheneinrichtung. Sie sah ihn fragend an.
»Nun, die beiden Schreine in der Ecke neben dem Fenster. Gestern standen sie dort noch nicht.«
Alle lachten, Frau Straßberg sagte nur »Ach Sie« und bat zu Tisch.
»Heute gibt es Suppe. Außer Gemüse und Kartoffeln haben wir nichts auftreiben können. Gott sei Dank hatte ich wenigstens noch ein Stück Speck. Hoffentlich schmeckt's.«
Nach dem Essen zog Dumes eine Flasche Wein auf. Künow ließ sein Glas ohne Protest und Widerrede füllen. Mit einem verschmitzten Blick auf Dumes kündigte er eine Anekdote an, die er aufgeschnappt hatte.
»Ein Jüngling sprach einen französischen Soldaten an, der die Mulacksgasse entlangpromenierte. Er kenne ein Fräulein, das gern die Bekanntschaft eines galanten jungen Mannes machen möchte. Ob der Herr Soldat jemanden empfehlen könne. Der Angesprochene bekundete Interesse, die Angelegenheit selber zu übernehmen.
Es traf sich gut, dass sie gerade vor dem Haus standen, in dem das reizende Fräulein wohnte. Über den Obulus zur Deckung der mit einem gemütlichen Beisammensein verbundenen Unkosten wurde man sich schnell einig. Nachdem ihm das Geld in die Hand gezählt worden war, betrat der Bursche das Haus. Der Soldat solle einen Moment warten, bis alles vorbereitet sei und er zurückkäme, um ihn der Dame vorzustellen.
Das Haus besaß einen Durchgang zu einem Garten, von dem eine Passage auf die Rosenthaler Straße führte. Diesen Weg nahm der Strolch. Nach einer Weile passte er auf der Rosenthaler Straße mit der gleichen Geschichte einen

anderen französischen Soldaten ab. Wiederum einigte man sich binnen Kurzem. Die Kanaille sackte den Vorschuss ein und nahm den Weg wie zuvor, nur in anderer Richtung. Kaum trat er auf die Mulacksgasse, lief er dem ersten Soldaten in die Arme, der sein Geld nicht ohne Weiteres in den Wind schreiben wollte. Er war im ganzen Haus treppauf, treppab gelaufen, hatte an Türen geklopft, nach dem Burschen und einer Demoiselle gefragt und war mit Flüchen und Beschimpfungen überschüttet worden. Nun packte er den Schlawiner, der wie am Spieß zu schreien begann. Der Krakeel lockte den anderen Soldaten aus der Nachbarstraße herbei. Beide begriffen sofort, welchen Streich der Schlingel ihnen gespielt hatte. Dem Filou gemeinsam die Taschen leeren und das Jackett vollhauen, war eins. Das Bürschchen hat sich seitdem in der Gegend nicht mehr blicken lassen, soll aber andernorts bereits Nachahmer gefunden haben.«

Die Geschichte des gewitzten Schnösels, der zwei einfältige Soldaten – gewiss Gascogner – reinlegt, den aber seine eigene Überheblichkeit einholt, fand Dumes umwerfend komisch. Die Tante und Friederike schauten pikiert.

Reiser fragte Dumes, ob er schon etwas von einem Vorfall am Hamburger Tor gehört habe, in den ein berittener Schütze verwickelt war. Dumes verneinte und fragte zurück, was daran so interessant sei.

»Der Schütze wurde gestern tot aus dem Stadtgraben gezogen und an derselben Stelle heute ein Gardist.«

»Tödliche Gewässer mitten in Berlin?«

»Ertrunken ist keiner von beiden.«

»Meucheln von Ordnungskräften oder gar eine Verschwörung gegen die Ordnung?«

»Wir tappen im Dunkeln.«

»Was gab es überhaupt am Hamburger Tor?«
»Dort hat der Schütze, der gestern im Graben gefunden wurde, am helllichten Tag versucht, unter den Augen der Garde ein Fuhrwerk an der Kontrolle vorbei in die Stadt zu bringen.«
»Der Mann ist ein Fall für die Anstalt. Pardon, war.«
»Er berief sich darauf, es sei vertraulich, ein Transport der französischen Armee.«
»Den ein Trupp Soldaten dann tatsächlich durchschleuste«, hakte Dumes ein. »Jetzt erinnere ich mich. Die Affäre hat Wellen geschlagen, wurde aber unter den Tisch gekehrt. Ein bedauerlicher Einzelfall, der nicht mehr vorkommen wird, hieß es.«
Reiser druckste herum. Er wusste nicht, wie offen er gegenüber Dumes sein konnte.
»Die Vorgehensweise betreffend mag es gelten. Dennoch hörte ich von glaubwürdigen Vermutungen, dass in größerem Umfang Schmuggelgut in die Stadt gebracht wird.«
»Dann sollte man den Wachen an den Stadttoren auf die Finger schauen.«
»Richtig, bei der Kontrolle liegt eine Schwachstelle. Aber die Ware an den Wachen vorbeischmuggeln, ist eines. Sie in der Stadt an den Mann bringen, ein anderes. Wenn es in großem Stil geschieht, braucht es ausreichend Geld oder Kredit, um sie zu finanzieren, sowie einen Ort, um sie vor unserer Polizei, deren Agenten, sonstigen Spitzeln, neidischen Nachbarn, geldgierigen Ganoven und französischen Inspektoren sicher zu lagern. Schließlich und endlich bedarf es einer Menge diskreter Kontakte, um sie zahlungsfähigen Käufern anzubieten. Das alles zusammengenommen, sehe ich kaum einen Berliner, der dafür in Frage käme.«

Künow hob eine Augenbraue. Dumes drehte sein Glas zwischen den Fingern, nippte daran, stellte es ab.
»Dann werden Franzosen die Finger im Spiel haben.«
Reiser sah ihn überrascht an.
»Halten Sie das für möglich?«
»Wieso nicht?«
Künow richtete sich auf.
»Immerhin geht es darum, ein Dekret des Kaisers zu übertreten.«
»Und so etwas kann es bei uns nicht geben?«
»Nun ja …«
»Lieber Herr Reiser, was all die Waren betrifft, die aus den Kolonien der Engländer stammen, sind sie bei den Franzosen ebenso begehrt wie bei den Preußen. Auch wir leiden unter dem Kontinentalsystem. Gerne würde der einfache Soldat sich täglich Kaffee, Zucker, Pfeffer leisten. Nur lässt es sein Sold nicht mehr zu. Vergessen wir aber nicht die zahllosen Beamten der zivilen Verwaltung, die mit Frauen und Mätressen, Kind und Kegel, Köchen und Dienstmägden nach Berlin gekommen sind, um hier auf großem Fuß zu leben. Da haben Sie Ihren Kreis solventer Käufer.
Was unseren Herrscher betrifft, ist nicht jeder mit allem einverstanden, was er in letzter Zeit unternimmt. Die Schließung der Häfen zählt zu einem der kleineren Übel. Unser Volk hat den Kopf hingehalten, um Revolution und Vaterland gegen Heere von Fürsten zu verteidigen, die in den Krieg geschickt wurden, um den Franzosen eben jene Köpfe abzuhauen.
Nun thront ein Imperator über uns, den wir selber gerufen haben. In kürzester Zeit hat er drei seiner Brüder zu Königen und unzählige seiner Getreuen zu Fürsten, Her-

zogen, Grafen und sonstigem Adel erhoben. Mit seiner Noblesse d'Empire setzt er eine Adelsklasse wieder ein, die abzuschaffen eines der erfreulichsten Ergebnisse unserer Revolution war.«
Künow schnaufte.
»Kann Ihr Kaiser von seinen Soldaten nicht volle Loyalität erwarten?«
»Die waren wir einem General schuldig, der an der Spitze seiner Truppen gegen Aggressoren kämpfte, die unser Land und unsere Freiheit bedrohten. Jetzt sind wir diejenigen, die fremde Länder überfallen. So mancher sieht Sinn und Ziel nicht mehr, wofür er kämpfen soll. Wohin werden wir noch marschieren, bis Moskau oder lieber gleich nach Peking?«
»Immerhin spricht man von Napoleon als dem unbesiegbaren Feldherrn.«
»Wir siegen uns ins Verderben.«
Es klopfte. Reiser entschuldigte sich, ging zur Tür, um zu öffnen, trat auf den Flur und gab Krüger letzte Instruktionen für seinen nächtlichen Einsatz. Nach Sonnenuntergang sollte der Kriminal-Assistent unbemerkt einen Posten beziehen, von dem aus er das Prenzlauer Tor und jeden, der hindurch wollte, beobachten konnte, ohne selber bemerkt zu werden.
Krüger wollte wissen, worum es ging.
»Es könnte sein, dass eine Fuhre kommt, die heimlich in die Stadt gebracht werden soll. Was auch passiert, Sie bleiben auf Ihrem Posten und beobachten, sonst nichts. Und sorgen Sie für ausreichende Deckung! Gleich morgen früh erwarte ich Ihren Bericht. Am besten kommen Sie bei mir zu Hause vorbei, Spandauer Straße Nummer 4. Viel Erfolg.«

Reiser blieb bei der Tür stehen.
»Wir nutzen die Gelegenheit und verabschieden uns.«
Friederike lud im Hinausgehen Künow für den nächsten Morgen ein, ihre Wohnung zu besichtigen.
»Herr Dumes, kommen Sie doch auch auf einen Kaffee vorbei, mit Tante Anna.«
Sie zog Reiser am Arm die Treppe hinunter und konnte es kaum erwarten, ihm von den Klatts zu berichten. Am Morgen war sie in den Laden gegangen, um Brot zu holen. Der Bäcker hatte sie selber bedient. Als sie ihn nach Marie fragte, schüttelte er den Kopf.
»Sie ist zu ihrer Schwester nach Köpenick. Völlig niedergeschlagen war er, der arme Herr Klatt. Als ob die beiden nicht schon genügend Sorgen hätten.«
»Was meinst du damit?«
»Du hast es mir doch selber erzählt: das teure Mehl, der festgesetzte Brotpreis. Jetzt sollen sie das Mehl auch noch in Courant bezahlen. Aber die Leute haben nur Scheidemünze und der Wechselkurs wird jeden Tag schlechter. Das Backen kostet mehr als das Brot.«
»Hat er dir das erzählt?«
»Ja, und dass es hinten und vorne nicht reicht. Niemand will ihm mehr Kredit geben, das Haus gehört schon der Bank.«
»Diese Geschäftsleute klagen immer.«
»Du kennst ihn doch auch. Herr Klatt jammert niemandem einfach etwas vor. Aber es kommt noch dicker. Es gibt doch diese Vorschrift, wie viel genau ein Brot wiegen muss und was es kosten darf. Der Kommandant hat angekündigt, die Bäcker streng observieren zu lassen. Wenn nötig, sollen Polizisten in den Läden Wache stehen. Nicht etwa, damit kein Brot gestohlen wird. Die sollen aufpas-

sen, dass der Bäcker sein Brot herausgibt. Wenn einer sich weigert, holt es der Polizist aus der Backstube und verkauft es selber.«

11

Auf dem Alexanderplatz angekommen, kehrte Polizei-Assistent Arthur Krüger im *Goldenen Hirsch* beim Ochsenmarkt ein. Die preußischen Kriegsinvaliden, die dem Gasthof wegen ihrer Gehhilfen, die sie überall abstellten, zu seinem früheren Namen *Stelzenkrug* verholfen hatten, waren hier nur noch selten anzutreffen. Das bisschen Geld, das sie in unregelmäßigen Abständen erhielten, reichte nicht für einen Besuch.

Ihren Platz hatten deutsche Soldaten der Grande Armée eingenommen, die sich zu landsmannschaftlichen Runden trafen. Bis auf die Württemberger, die eine Kaschemme an der Prenzlauer Straße vorzogen. Auch die Franzosen saßen für sich, in einer anderen Ecke des großen Schankraums.

Krüger trank ein Moll, schlang eine Bulette hinunter und steckte ein Solei in die Tasche, für später. Es wurde Zeit aufzubrechen, um einen geeigneten Beobachtungsposten zu suchen. Einem Händler, der auf dem Ochsenmarkt gerade seinen Scharren zusperrte, schwatzte er einen löchrigen Sack und ein Büschel Stroh ab.

Um die Wache am Prenzlauer Tor machte er über die Bernauer Straße einen großen Bogen. In einigem Abstand hinter dem letzten Haus überquerte er einen dicht bepflanzten Obstgarten. Auf dem Schützenplatz hielt er sich einige Schritte zwischen den Baumreihen neben der Schießbahn. Von dort ab boten ihm die Friedhofsmauer und der Kirchhof mit seinen Sträuchern und Büschen reichlich Deckung. Allerdings schränkten sie auch die Sicht zum Prenzlauer Tor ein.

Krüger folgte der Schießbahn, die in einer Böschung auslief. Er nahm sie auf allen vieren und kroch weiter bis zu einem bequemen Platz, von dem aus das Wachhaus mit dem Schlagbaum gut einzusehen war. Kaum angekommen, stellte er fest, dass der Patrouillenweg der Akzisemauer nur wenige Schritte entfernt vorbeilief. Wenn die Wachen ihren Dienst wirklich ernst nahmen, würden sie ihn hier bald aufstöbern.

In der zunehmenden Dunkelheit schlich er noch eine Weile herum und bezog Stellung unter eine Schlehe, die auf der Kuppe des Hangs stand. Der dürre Strohsack war nicht gerade ein bequemer Sessel, würde aber wenigstens Kälte und Feuchtigkeit des Bodens fernhalten.

Er nahm die Gegend in Augenschein. Links von ihm verlief die Prenzlauer Allee vom Tor weg ein Stück weit parallel zur Akzisemauer, bis diese nach rechts abknickte und hinter dem Hügel, auf dem er saß, verschwand. Die Straße selber war von seinem Platz aus gut einsehbar. Niemand konnte sich dem Tor nähern, ohne von ihm bemerkt zu werden.

Das Wärterhaus am Tor machte den Eindruck beschaulicher Ruhe. Eine blakende Funzel beleuchtete die Wachstube. Wobei – beleuchtet war zu viel gesagt. Unstete Schatten geisterten durch den Raum, ohne dass man sagen konnte, ob sich jemand bewegte oder bloß das Licht flackerte. Hin und wieder kam einer der Gardisten heraus, um sich an der frischen Luft die Füße zu vertreten oder sein Wasser abzuschlagen.

Am sternenklaren Himmel zeigte sich keine Wolke. Nach einer guten Stunde stieg der Mond auf, sandte ein opakes,

milchiges Licht. Fahle Schatten erhielten scharfe Konturen. Allmählich wurde es taghell. Es war Vollmond.
Die Prenzlauer Allee lag ruhig und menschenleer. Ihr Fahrweg führte wie ein bleiches Band den Mühlenberg hinauf, wo die Chaussee zwischen Alleebäumen verschwand. Auf dem Hang gegenüber standen acht Windmühlen, die Hauben einheitlich, fast militärisch ausgerichtet. Von den Flügeln war nicht mehr zu erkennen als ihre schmalen Kanten. Sie glichen einer Gruppe vermummter Riesen, die mit geschulterten Gewehren regungslos Wache standen, wobei sie lange Schatten warfen. Hin und wieder wehte vom Torhaus anschwellendes Gelächter herüber. Ansonsten blieb alles ruhig, bis auf ein Käuzchen, das unten vom Friedhof rief. Ein Fuchs schnürte über das karge, frisch gepflügte Feld, verharrte abrupt, machte wie aus dem Nichts einen hohen Satz und landete, alle viere ausgestreckt, wieder auf dem Boden. Ob er etwas gefangen hatte, konnte Krüger nicht erkennen. Für eine Weile war von dem Tier nichts mehr zu sehen, dann tauchte es wieder auf und trottete die Furchen entlang, bis es endgültig hinter einem Hügel verschwand.
Krüger stutzte. Oben am Hang winkten zwei Hände aus dem schwarzen Tunnel der Alleebäume. Er kniff die Augen zusammen. Die Schemen nahmen deutlichere Umrisse an. Im Mondlicht traten die Blessen zweier Pferde hervor, deren Köpfe im Takt des Trotts ihrer Schritte hin- und herschaukelten. Das also waren die geheimnisvoll winkenden Hände.
Die Gäule zogen einen Leiterwagen, dessen Ladefläche mit einer Plane abgedeckt war. Das Fuhrwerk hielt an. Die Straße vor ihm wurde abschüssig. Sicher wollte der Kutscher absteigen und die Bremsen prüfen, damit er nicht

auf dem letzten kurzen Stück seiner Fahrt noch in Schwierigkeiten kam.
Der Fuhrmann verharrte auf seinem Bock. Worauf wartete er? Krüger reckte den Hals vor, konnte nichts erkennen.
Die Pferde schüttelten ihre Mähnen, scharrten mit den Hufen. Eine Eule glitt wie ein Schatten durch die Luft, schwebte lautlos über den Hang und verschwand mit zwei federleichten Schwüngen ihrer Flügel hinter dem Kamm.
Krüger kniff die Augen zusammen. Hatte sich auf dem Hang gegenüber etwas gerührt? Die der Prenzlauer Straße nächstgelegene Mühle setzte sich ruckartig in Bewegung. Im hellen Mondlicht wurden ihre Flügel immer klarer sichtbar. Sie zeigten den Schatten eines weithin erkennbaren X. Die Mühlenhaube war gedreht worden.
Krüger zog den Kragen höher. Sicher kam bald Wind auf. Müller merkten das vorher und brachten ihre Mühlen rechtzeitig in Position, um jeden Luftzug auszunutzen. Angeblich hatten sie ein noch feineres Gespür für wechselndes Wetter als Seeleute.
Das Fuhrwerk setzte sich in Bewegung. Nach kurzer Strecke bog es unversehens rechts ins Feld ab. Von Krügers Beobachtungsposten aus war nicht zu erkennen, ob dort ein Weg um die Kuppe des Hanges führte. Jedenfalls verschwand der Wagen dahinter.
Während der Mond seine Bahn zog, blieb es auf der Chaussee ruhig. Krüger fröstelte. Allmählich begann die Kälte, ihm unter die Kleider zu kriechen. Die Nacht war fast vorüber, bald ging die Sonne auf. Zeit für alle, aus der Stadt zu strömen, die aufs Land wollten, um dort etwas zu ergattern, und für die Bauern, die ihnen entgegenkamen, um ihr bescheidenes Angebot in die Stadt zu bringen.

Reichlich Zeugen, die eifersüchtig darüber wachen würden, dass die Gardisten an den Stadttoren nicht nur sie selbst, sondern auch jeden anderen kontrollierten. Er konnte getrost seinen Posten verlassen und zur Gipsgasse gehen, wo in einer kleinen Kammer sein Bett für einen kurzen Schlummer auf ihn wartete.

Krüger reckte Arme und Beine. Statt den weiten Umweg über den Schießplatz zu nehmen, ging er am Friedhofszaun entlang bis zu einem Pfad, von dem aus er die Torwache einsehen konnte. Die Tür zur Wachstube stand offen. Drinnen war es still. Zwei Gardisten saßen am Tisch, stützten die Köpfe auf ihre Fäuste, als dösten sie vor sich hin oder grübelten darüber nach, wie die Zeit vergehen mochte, wenn sie es nicht mehr taten. Vielleicht erschien ihnen im Traum auch eine gute Fee und erlöste sie von allem vergeblichen Sinnieren.

Am Schlagbaum lehnte ein Gardist, bedenklich vornüber gebeugt, als habe ihn nach langem, hartnäckigem Widerstand ein unbezwingbarer Schlaf übermannt. Krüger trat behutsam auf, um ihm keinen unnötigen Schrecken einzujagen.

In der Linienstraße verfiel er in einen ermatteten Trott und hatte Mühe, die Augen offen zu halten. Der Fahrweg vor ihm begann, sich zu wölben und zu schlängeln, wie ein Nachthemd, das in einer Brise schlingert. Die Häuser beugten sich vor, um das Schauspiel aus der Nähe zu betrachten. Ihre geradlinigen Fassaden gerieten außer Form und verschwammen mit dem schunkelnden Gehsteig zu einem wogenden Farbband.

In unendlicher Ferne bog etwas im Schneckentempo um eine Ecke und kam auf ihn zu – Zweispänner, Leiterwagen, Plane. Funken von Erinnerung blinkten aus dunklen

Tiefen seines Bewusstseins. Hatte er dieses Gefährt nicht schon einmal gesehen? Aber wie viele Zweispänner gab es nicht in Berlin? Das Getrappel der Hufe war kaum zu hören, als seien Geistergäule vorgespannt. War nicht vorhin ein Fuhrwerk lautlos hinter einer Bergkuppe verschwunden?

Auf einen Schlag war Krüger hellwach, drückte sich in einen Hauseingang. Das Gespann kam näher. Der Kutscher saß zusammengesunken auf dem Bock. Die Schirmmütze tief ins Gesicht gezogen, blickte er apathisch über die schaukelnden Köpfe der Zossen und schien außer dem Fahrweg nichts wahrzunehmen. Der war bestimmt wer weiß wie lange schon unterwegs. Womöglich noch länger.

Das rechte Vorderrad wollte mit seinen gedrechselten, rot und grün bemalten Speichen nicht recht zu dem grauen, schmucklosen Karren passen. Vielleicht hatte es unterwegs einen Unfall gegeben und der Stellmacher das nächstbeste Rad angeschlagen, das er in seiner Werkstatt fand.

Krüger wartete, bis ihn die Pferde passiert hatten. Mit einem Satz sprang er zum Wagen.

»He, was fahren wir da durch die Nacht?«

Der Fuhrmann schreckte auf und sah sich entgeistert um.

Krüger griff nach der Plane, riss sie zur Seite. Jemand schnellte vor ihm in die Höhe. Zwei Augen blitzten ihn an. Ein Arm holte aus, sauste nieder.

Krüger nahm einen enormen Gong wahr, den der Schlag eines ungeheuren Klöppels in Schwingung versetzte. Gewaltiges Dröhnen erfüllte seinen Kopf, als sei er die Kuppel eines Domes. Gleichzeitig fühlte er sein Gehirn auf die Größe eines Kirschkerns schrumpfen.

Lautlose Schatten breiteten ein Trost bringendes Tuch aus. Das Getöse verlor sich rücksichtsvoll im Nirgendwo.
Nach einer zeitlosen Ewigkeit kam ihm die beklemmende Vorstellung, er beobachte sich bei dem angestrengten Versuch, herauszufinden, was seine Nase wahrnahm. Das hätte er gern genauer betrachtet, aber die Augen wollten sich nicht öffnen. An ihren Lidern hingen Bleigewichte. In seinem Kopf dröhnte es wie in einer Hufschmiede. Ein felsenschweres Gewicht lastete auf seiner Brust. Der Schmied hatte seinen Amboss auf ihr abgestellt. Warum roch es eigentlich so durchdringend nach Pferdemist?
Krüger versuchte, sich aufzustützen. Es gelang ihm nicht, sein Arm war gelähmt. Verbissen zerrte er daran, bis ihm dämmerte, dass sein Körper auf ihm lag. Endlich hoben sich die Lider einen schmalen Spalt. Er brauchte eine Weile, um zu verstehen, was sich seinen Augen bot. Das schmutzig gelbe Band vor ihm war ein Fahrweg. Daneben Häuser, deren Dächer im Licht lagen. Kein fahler Mondschein, rötlicher Glanz, die Sonne schien darauf. Höchste Zeit, dass die Bauern ihre Rösser anspannten.
Richtig: Pferde, Fuhrwerk, die Plane, zwei Augen, ein Schatten, der Gong. Langsam nahmen die Bilder Konturen an. Kaum eine Handbreit vor seiner Nase lag ein Pferdehaufen auf der Straße. Krüger rollte sich ächzend zur Seite, stützte vorsichtig erst eine, dann beide Hände auf. Als er den Kopf anhob, fuhr ihm ein greller Schmerz durchs Hirn. Bei der Vorstellung, ein Schmied stecke glühende Hufeisen in seinen Schädel, um sie abzuschrecken, drehte sich ihm der Magen um. Säuerlicher Speichel kroch aus den Wundwinkeln. Er würgte. Etwas presste heftig von innen gegen die Augäpfel, versuchte, sie aus ihren Höhlen zu drücken.

Schwer atmend und mit hängendem Kopf verharrte er auf Händen und Knien. Kleine, spitze Steinchen piksten in die Haut. Er holte tief Luft, richtete den Oberkörper vorsichtig auf, setzte erst einen, dann den anderen Fuß auf den Boden, stieß sich hoch, kam schwankend zum Stehen, torkelte zur nächsten Hauswand, lehnte die Schulter an. Ein paar Schritte weiter sank er ächzend auf einen kniehohen Granitpfosten.

12

Künow erschien früh am Morgen gut gelaunt zu seinem Antrittsbesuch. Reiser begrüßte ihn herzlich und entschuldigte Friederike, die sich in ihrem Zustand nicht zeigen wollte. Alpträume hatten ihr die ganze Nacht über den Schlaf geraubt, was sie glauben ließ, nun selber wie ein Gespenst auszusehen.

Sie hätte nicht zum Glasharmonikakonzert gehen sollen, dachte Reiser. Ihr labiles Nervenkostüm hielt solche Aufregungen nicht aus.

»Warum haben Sie Herrn Dumes nicht mitgebracht?«

»Er musste zeitig los. Heute gibt es Sold. Da wird früh zum Appell geblasen, marschiert, präsentiert, exerziert, defiliert, damit die Soldaten den ganzen Tag über auf Trab sind und am Abend nicht allzu sehr über die Stränge schlagen.«

Reiser ließ Wasser ein, stellte den Kessel auf den Herd und schnupperte unschlüssig am Inhalt zweier Dosen. Friederike hatte alle Zutaten des gepriesenen Rezepts zur Herstellung eines vollwertigen Ersatzkaffees besorgt und die Mischung vorbereitet. Er reichte sie Künow, der bestätigend nickte.

»Riecht grässlich.«

Sie beschlossen, dem Rat von Witwe Straßberg zu folgen und lieber wenig, dafür richtigen Kaffee zu trinken, und wählten die andere Dose.

»Herr Künow, haben Sie eigentlich schon Pläne für die Zukunft geschmiedet?«

Der Rittmeister hatte sich bei einigen Offizieren seiner ehemaligen Truppe umgehört. Viele von ihnen standen in Diensten des österreichischen oder russischen Heeres, um weiter gegen Napoleon zu kämpfen und ihren Lebensunterhalt zu verdienen. Einige waren zur deutschen Legion des englischen Königs gegangen. Ein Einziger hatte sich Napoleon angeschlossen. Für ihn, den Einarmigen, gab es beim Militär keine Verwendung.
»Aber darüber mache ich mir keine Sorgen. Lassen wir das mal beiseite. Ich habe mich gestern bis lang in die Nacht mit Dumes unterhalten. Er hat mir vieles von sich erzählt. Dinge, die Frau Straßberg schon wusste, wie er sagte. Aber sie hat mit keinem Menschen darüber geredet, weil er es so wünschte.«
»War die Tante denn dabei?«
»Nein, sie ging früh zu Bett. Habe ich eigentlich schon erwähnt, dass das Eau-de-vie aus der Touraine sehr gut ist? Kann durchaus unserem Doppelkorn Paroli bieten. Wir haben etliche Gegenproben gemacht.«
»Was hat Herr Dumes Ihnen denn erzählt?«
»Der Mann war Revolutionär!«
»Nun ja, Franzose.«
»Eigentlich heißt er Archimbald Honoré du Mesnil sur Bellegarde, Comte de Cerdure. Er ist eines von fünf Kindern, der ältere von zwei Söhnen. Mit gerade mal einundzwanzig Jahren wurde er 1789 als Vertreter des örtlichen Adels zur Versammlung der Generalstände nach Paris entsandt. Dort gehörte er bald zum engeren Kreis um Mirabeau, bis ihm klar wurde, dass dessen wortgewaltige Reden lediglich dem eigenen persönlichen Vorteil dienten. Statt, wie man es von Dumes erwartete, allein die Interessen des Adels zu vertreten, stimmte er für die allgemeinen

Menschenrechte. Daraufhin entzogen ihm die Adeligen, die er vertrat, sein Mandat. Auf die Nachricht hin, er trete für die Verfassung ein, enterbte ihn sein Vater. Um mit diesem Kapitel endgültig abzuschließen, legte er den Adelstitel ab und nennt sich seitdem Honoré Dumes.«

Reiser unterbrach.

»Mirabeau? Hat der nicht in seinen *Geheimen Briefen* über die Machenschaften der Rosenkreuzer geschrieben?«

»Jedenfalls hat er von den Verfemten seine Lektionen gelernt und selber die unglaublichsten Intrigen gesponnen. Nur unter anderen Etiketten. Dumes' spätere Verehrung für Danton kühlte ebenfalls ab, nachdem es kaum noch zu übersehen war, dass der große Volkstribun obenan auf der Zivilliste des königlichen Bestechungsbüros stand. Für die Politik ist der gute Dumes nicht geschaffen. Also meldete er sich beim Revolutionsheer, als die Preußen und Österreicher in Frankreich einmarschierten. Er wollte sein Vaterland verteidigen und mit ihm die Idee der Revolution.«

»Zu welcher Faktion gehörte er denn?«

»Anfangs zu den Radikalen, mit denen er wegen des Urteils gegen Ludwig XVI. brach. Nach seiner Meinung ging es bei der Hinrichtung des Königs und erst recht der Königin um heiße Rache und kalte Berechnung und nicht um kühlen Kopf und gerechte Behandlung.«

»Aber in der Armee machte er seinen Weg?«

»Die Tribunen des *Terreur* warfen ihm vor, mit Adelsprivilegien zur Welt gekommen zu sein, die Racheengel der Gegenrevolution, darauf verzichtet zu haben.«

»Und heute?«

»Der kleine Korse und große Kaiser sammelt immer mehr titelsüchtige und raffgierige Emporkömmlinge um sich. Ein Revolutionär gilt nichts mehr, alter Adel noch weniger. Bei dem, was Dumes sagt, könnte man glauben, der gloriose Feldherr hat seine beste Zeit hinter sich.«

»Wieso?«

»Die Herren Marschälle und Generäle sehen nur noch zu, wie sie ihr Schäfchen ins Trockene bringen. Das kenne ich von unserer königlichen Armee zur Genüge. Eine Zeit lang lebt sich's gut von altem Ruhm. Bis der wahre Zustand offenbar wird. Aber dann ist es zu spät.

Seit fast einem Jahr leben die hohen Herren wie Maden im Speck und der gemeine Soldat liegt auf der faulen Haut. Dabei werden die Feinde des Kaisers nicht weniger. In Spanien brodelt es. Dort bekommt es Napoleon nicht mit einem Heer zu tun, das seinem König aus Angst oder Gewohnheit gehorcht, sondern mit einem Volk, das seine Unterdrücker vertreiben will. Österreich, Preußen und Russland sind besiegt, aber nicht befriedet. England hält sich nicht heraus, nur zurück, wartet auf den richtigen Moment. Der Brocken ist zu groß. Er wird sich daran verschlucken.«

»Sie beide scheinen sich ja gut zu verstehen, Sie und Dumes.«

»Wir stimmen durchaus nicht in allem überein. Dumes ist überzeugter Republikaner. Den König stürzen! Das ist undenkbar. Aber er ist auch ehrenhafter Soldat, der für seine Ideen einsteht.«

»Hat er auch etwas dazu gesagt, ob Franzosen in Schmuggelgeschäfte verwickelt sein könnten?«

»Er wusste wenig darüber, will sich aber umhören. Ich hatte den Eindruck, er traut manchem seiner Landsleute alles Mögliche zu.«

Es klopfte. Reiser bat seinen Assistenten herein und führte ihn zum Tisch.

»Nehmen Sie Platz, Herr Krüger, und trinken Sie eine Tasse Kaffee mit uns.«
Künow musterte den Kriminal-Assistenten kritisch.
»Ihre Kleidung macht einen derangierten Eindruck.«
»Ich komme ohne Umweg von der Erledigung meines Auftrags und hatte noch keine Zeit, sie zu wechseln.«
Zwischen kurzen, hastigen Schlucken berichtete Krüger von Wache stehenden Riesen, einer Kutsche, die verschwand und wieder auftauchte, rufenden Käuzchen, schnürenden Füchsen, schwankenden Straßen, aus dem Nichts auftauchenden Männern, einem riesigen Gong, einem Pferdehaufen vor seiner Nase und anschwellenden Beulen an seinem Schädel.
Künow besah sich Krügers Hinterkopf. Er pfiff durch die Zähne, gab Reiser mit Gesten zu verstehen, dass er den Grund für den konfusen Bericht des Assistenten, eine riesige Beule, gefunden habe, ließ ihn ein Tuch anfeuchten und band es dem jungen Mann wie einen Turban um den Kopf.
»So, jetzt gehen wir alles noch einmal in Ruhe durch.«
Reiser hatte neuen Kaffee gebrüht, die Tassen voll gegossen und Krüger gegenüber Platz genommen.
»Das Fuhrwerk fuhr also nicht den Berg hinunter, sondern bog ab, verschwand hinter dem Hügel und tauchte in der Linienstraße wieder auf. Von wo eigentlich?«
»Hm, tja, von wo? Mir war ein wenig schläfrig, wissen Sie! Ich habe ja die ganze Nacht kein Auge zugetan. Wo ging ich denn gerade, als ich es sah?«
»Kam es von rechts oder von links?«
»Von rechts oder links? Warten Sie, also, ja natürlich, von rechts.«
»Sie waren auf dem Nachhauseweg?«
»Ja.«

»Zur Gipsgasse?«
»Ja.«
»Und zwar?«
»Die alte Schönhauser runter, dann in die Weinmeister und zur Gipsgasse.«
»Sie waren aber noch in der Linienstraße, das steht fest?«
»Ja.«
»Die Fuhre muss vom Schönhauser Tor gekommen sein. Hinter der Prenzlauer läuft sonst keine Straße von rechts.«
Künow pfiff durch die Zähne.
»Jetzt wird's spannend.«
Reiser rieb sich das Ohr und nickte.
»Also, wir beginnen noch einmal von vorne. Die Kutsche kam unter den Alleebäumen heraus und hielt an. Wie ging es dann weiter? Schildern Sie das bitte genau und lassen Sie nichts aus.«
»Eine Eule ...«
»Die lassen wir einfach weiterfliegen.«
»Also ... der Kutscher fuhr los. Ich dachte erst, er will zum Prenzlauer Tor, aber dann bog er ins Feld ab und verschwand.«
»Sonst nichts?«
»Hm, ich weiß nicht, nein, eigentlich nichts. Ein Wind kam auf.«
Künow schaltete sich ein.
»Wind? Was für ein Wind? Letzte Nacht hat sich kein Lüftchen gerührt. Hatten Sie vielleicht ein Fläschchen Breslauer dabei?«
»Nein, aber der Müller oben auf dem Berg drehte seine Mühle.«
»In den Wind?«
»Na ja, wohin sonst?«

»In den Wind, der gar nicht geweht hat?«
»Die merken das doch im Voraus.«
»Diesem hochsensiblen Müller sollte man gelegentlich ein paar Fragen stellen.«
Krüger schaute dumm aus der Wäsche. »Wieso?«
»Entweder unser Müller ist wetterfühlig und dann kommt der Wind auch irgendwann, oder der Wind bleibt aus und es gab einen anderen Grund, die Mühle zu drehen.«
»Ja, aber warum?«
»Wann fuhr die Kutsche los, bevor oder nachdem die Mühle gedreht wurde?«
»Die Kutsche stand, die Eule flog über den Hang, die Mühle kam in Bewegung, der Kutscher fuhr los. Sie meinen, er hat darauf gewartet?«
Reiser grinste Künow zu.
»Das ergibt einen Sinn.«
Krüger schaute beide fragend an.
»Aber wozu? Glauben Sie, er hat ihm ein Zeichen gegeben?«
»Ihn umgeleitet. Oberst Jordan ließ die Wachen wechseln. Die vom Prenzlauer Tor waren am Schönhauser. Davon hat unser empfindsamer Müller Wind gekriegt, und zwar auf völlig prosaische Art und Weise, vermute ich.«
»Prosaische Art und Weise?
»Jemand wird es ihm gesteckt haben.«
Krüger beugte sich vor.
»Soll ich Oberst Jordan Bericht erstatten?«
»Für Berichte ist jetzt keine Zeit. Wir brauchen die Adressen der Gardisten, die eigentlich am Prenzlauer Tor Dienst gehabt hätten. Denen sollten wir schnellstens einen Besuch abstatten. Lieber Künow, vielen Dank für Ihren Besuch. Es tut mir leid, aber die Pflicht ruft.«

»Wohin gehen Sie?«
»Zur Dienststube der Bürgergarde.«
Noch auf der Treppe fragte Reiser den Assistenten, ob er jemanden auf dem Fuhrwerk erkannt habe. Krüger schüttelte den Kopf, stöhnte leise auf und tastete nach seiner Beule.
»Vom Gesicht des Kutschers war nicht viel zu sehen. Und dieser Kerl unter der Plane tauchte so überraschend auf und schlug dermaßen schnell zu ... Ich weiß nicht einmal, womit. Obwohl ich es ja abbekommen habe.«
»Tja, damit kommen wir wohl nicht weiter.«
»An etwas kann ich mich aber deutlich erinnern. Das Vorderrad passte nicht zum Wagen.«
»Was heißt das?«
»Die Speichen hatten eine andere Farbe als die übrigen.«
»Welche Farbe hatten sie denn?«
»Welche?«
»Die übrigen.«
»Darauf habe ich nicht geachtet. Aber dieses hatte gedrechselte Speichen, rot und grün bemalt. Das ist mir gleich aufgefallen. Die gehörten nicht zu einem Leiterwagen, eher zu einer Kutsche.«
»Welches Rad war es?«
»Warten Sie ... Ich stand im Hauseingang, der Wagen kam von links – vorne rechts.«
»Na, das ist doch schon was.«
Vor der Haustür gab Reiser seinem Assistenten die Hand und schickte ihn zu Bett, sich ein wenig ausruhen. Er selber würde die Adressen der Wachen vom Schönhauser Tor erfragen, ihm bei Gericht weitere Anweisungen hinterlassen und unverzüglich mit der Befragung der Wachleute beginnen.

13

Die Dienststube an der Schleusenbrücke war mit drei Mann besetzt. Einer von ihnen, der Einzige in Uniform, mit den Dienstabzeichen eines Korporals an der Jacke, saß tief vornübergebeugt am Tisch. Er konzentrierte seine ganze Aufmerksamkeit darauf, etwas Buchstabe für Buchstabe in eine Kladde einzutragen, und hob nicht einmal den Kopf, als Reiser eintrat und sich vorstellte. Man konnte nur hoffen, dass der Mann nicht dazu verdonnert war, den Dienstbericht zu schreiben, sonst würden die Wachen der nächsten Tage Schlange stehen müssen, bevor sie an die Reihe kamen.

An der Wand neben dem Fenster lehnte ein kahlköpfiger, älterer Gardist mit starkem Bauchansatz und sah dem Korporal wehmütig zu. Ob beim Schreiben oder Sitzen, verriet sein leerer Blick nicht. Der Dritte, ein kleiner Drahtiger mittleren Alters, schien sich über den Besuch des Kommissars zu freuen. Oder über die Abwechslung, die er brachte. Aufgeräumt lächelnd, nahm er neben seinem Buchstaben malenden Vorgesetzten Aufstellung und teilte mit, ohne die Frage überhaupt abzuwarten, der Oberst sei nicht anwesend.

Reiser war es nur recht, es ersparte umständliches Berichten und Erwägen. Er fragte in die Runde, welche Mannschaft gestern Abend Wache am Schönhauser Tor gehabt hatte. Der Korporal schaute von seiner Kladde auf.

»Ja also, gestern war Dienstag, nicht wahr?«

»So ist es.«

»Am Schönhauser Tor, sagen Sie. Das war Polley mit seinen Leuten. Wollen Sie die Namen von allen?«
»Ja, und die Adressen.«
»Der Polley, wo wohnt der denn wieder?«
Der Korporal legte die Stirn in Falten und starrte angestrengt vor sich auf die Tischplatte, als würde dort jeden Moment eine Schrift aufleuchten und ihm Auskunft erteilen. Dann zuckte er mit den Schultern, hob den Kopf und sah zu dem am Fenster Stehenden hinüber, der den Anschein erweckte, jeden Moment einzunicken.
»Erich, der Polley, wo wohnt der?«
»Wieso der Polley?«
»Wieso, wieso? Wo wohnt der?«
»Ich denk, er will wissen, wer gestern Wache am Schönhauser Tor hatte.«
»Ja und?«
»Gestern hat der Oberst die Wachen gewechselt. Die vom Schönhauser sind zum Prenzlauer und die Prenzlauer zum Schönhauser. Polley war gestern mit seinen Leuten beim Prenzlauer Tor.«
»Stimmt, dann war der gar nicht beim Schönhauser.«
Bevor der Mann fortfuhr, weitere logische Schlussfolgerungen anzustellen, unterbrach ihn Reiser.
»Schön, nachdem wir das festgestellt haben, wer hat dann am Schönhauser Tor Wache geschoben?«
»Na, die vom Prenzlauer.«
Reiser verdrehte die Augen. Gegen die Logik des Mannes war kein Kraut gewachsen. Er wandte sich an den Kleinen, der immer noch lächelnd neben seinem Vorgesetzten stand.
»Wie heißt der Wachhabende …?«
»Ich weiß, gestern, Schönhauser Tor.«

Der Gardist strahlte über das ganze Gesicht, zog das großformatige Dienstbuch zu sich heran, sah einen Augenblick aufmerksam hinein, tippte mit dem Finger auf eine bestimmte Stelle, presste ihn aufs Papier und kam um den Tisch herum, indem er die Kladde neben sich über die Platte zog, den Finger sorgfältig auf die bewusste Eintragung pressend. Reiser beugte sich vor. Säuberlich, in fein gemalten Buchstaben stand dort »Korporal Franz Wegener«.

»Schön, und wo wohnt der?«

Die Antwort fand sich nach einigem Suchen und Blättern in einer anderen Kladde, die aus der Schublade hervorgeholt wurde.

»Kleine Frankfurter Straße 9, zweite Etage.«

»Wissen Sie mehr über ihn?«

»Wegener ist Maurergeselle, lebt auf dem Trockenen. Seit zwei Jahren wurde in der ganzen Stadt kein neues Haus mehr gebaut. Der Meister hat ihn als Ersten auf die Straße gesetzt. Weil er keine Familie hat, sagt Wegener.«

»Wer ist denn in seiner Mannschaft?«

Dieses Mal kam die Antwort wie aus der Pistole geschossen, der Korporal kannte die Mannschaften wohl auswendig. Man musste ihm nur den Vorgesetzten nennen.

»Vetter, Alfred – Schröder, Karl – Bock, Hugo.«

Der vom Fenster ließ einen matten Zwischenruf hören.

»Bock? Der lag doch im Wasser.«

»Stimmt, waren die etwa nur zu dritt auf Wache? Das geht doch nicht!«

»Da ist bestimmt wer an seine Stelle gerückt.«

»Und zwar?«

»Heißt der nicht Rach?«

»Stimmt.«

»Kurt.«
»Ja? Was denn?«
»Wieso?«
»Du hast mich doch gerufen.«
»Quatsch, der Rach, der heißt Kurt.«
»Da gab's sogar noch Zank, weil der Schultz meinte, warum gerade der. Er wäre schon länger dabei.«
»Wieso wollen die eigentlich unbedingt zum Wegener? Ist doch egal, wo man Wache schiebt, Dienst ist Dienst. Ich finde diesen Wegener nicht besonders angenehm.«
»Tja, wer weiß.«
Reiser räusperte sich.
»Wo finde ich die Mannschaft?«
»Die haben heute alle frei, wegen der Nachtwache.«
»Dann hätte ich gerne auch die Adressen seiner drei Leute – und die von Bock.«
Bis auf Bock wohnten die Männer nicht weit von ihrem Vorgesetzten. Reiser notierte ihre Anschriften, die er gleich anschließend für Krüger bei Gericht hinterlegen wollte. Er griff schon nach der Türklinke, als ihm noch eine Frage einfiel.
»Wer weiß eigentlich von der Einteilung der Wachen?«
»Den Wachplan kennt jeder von uns, er hängt doch aus. Der Wechsel gestern Abend wurde erst am Nachmittag bekannt gegeben. Das ist nicht ungewöhnlich. Es kann schon mal Gründe geben. Ist ja auch egal, wo man sich die Nacht um die Ohren schlägt.«
»Dann wussten nur die Wachen, wer wo stand?«
»Bei der Einteilung schon. Aber sobald sie Posten bezogen haben, weiß es jeder, der durchs Tor geht.«
»Da haben Sie natürlich recht. Dann wünsche ich noch einen schönen Tag.«

Das Haus in der Kleinen Frankfurter Straße sah heruntergekommen aus. Die Treppe der dunklen Stiege knarrte, als wolle sie jeden Moment zusammenkrachen, der Handlauf klebte wie Kleister. Stickiger Mief stand im Treppenhaus, Reiser hielt sich die Nase zu. Auf dem zweiten Stockwerk raubte der Gestank den Atem. Reiser ging zu einem kleinen Verschlag neben der Treppe, vor dem ein zerfranstes Tuch hing, und zog den Vorhang zur Seite. Ein nicht geleertes Nachtgeschirr kam zum Vorschein.
Er klopfte an die nächstbeste Tür. Den Rand des Türblattes zierten fettige Fingerabdrücke, das Schlüsselloch umgab ein schwarz glänzender Rand. Aus der Wohnung drang deutliches Schnarchen. Niemand öffnete. Reiser hämmerte mit der Faust gegen die Tür, bis sie bedenklich in den Angeln rüttelte. Es dauerte eine Weile, dann wurde sie mit einem Ruck aufgerissen. Vor ihm stand, nur mit einer Hose bekleidet, ein feister Mann, der ihn um einen Kopf überragte. Ohne ein Wort zu sagen, verschränkte der Kerl die Arme vor der Brust und fixierte Reiser mit feindseligem Blick.
»Wohnt hier Franz Wegener?«
Sein Gegenüber stand wie eine aus der Form geratene Statue, zuckte mit keiner Wimper.
»Wohnt er in dieser Wohnung oder nebenan?«
Keine Regung. Nur das regelmäßige Heben und Senken des haarigen Brustkorbs ließ erkennen, dass in dem Standbild Leben steckte.
»Ich möchte ihn sprechen.«
Der Kerl griff mit einer Hand nach dem Türdrücker.
Reiser drängte vor, stellte einen Fuß auf die Schwelle.
»Oberst Jordan hat mir Ihre Anschrift gegeben.«
Der Mann hielt inne, musterte ihn von oben bis unten.

»Wer sind Sie?«
»Kommissar Reiser vom Kriminal-Gericht. Und Sie sind Franz Wegener, nicht wahr?«
»Was wollen Sie?«
»Ein paar Fragen stellen.«
Der Fleischklotz zog die Stirn in Falten, schwieg. Reiser war sicher, an der richtigen Adresse zu sein.
»Na, dann wollen wir mal.«
Er zwängte sich, ohne abzuwarten, bis er eingelassen wurde, an dem immer noch wie angewurzelt im Türrahmen Stehenden vorbei und prallte auf einen unsichtbaren, soliden Wall aus kaltem Schweiß und säuerlich riechendem Alkohol. Wozu brauchte der Mann überhaupt eine Tür?
Im dahinterliegenden Zimmer stand die Luft.
»Ich mach mal das Fenster auf und lass die Fliegen raus, sonst ersticken die noch.«
Reiser blickte sich in dem Raum um. In der gegenüberliegenden Wand gab es ein einziges Fenster. Die Scheiben waren, wenn überhaupt, zum letzten Mal geputzt worden, bevor der Glaser sie eingesetzt hatte. Mittlerweile war es für eine Behandlung mit Wasser und Seife zu spät, der in Jahren gehärteten Kruste würde man nur noch mit Hammer und Meißel zu Leibe rücken können. Gleich links neben der Tür stand ein Bollerofen. Sein Rohr hing in einem für dessen Umfang zu großen Loch des Kamins, in den Spalt ließen sich mit Leichtigkeit zwei Finger übereinander stecken. Wenn hier jemand Feuer machte, konnte man ihm nur einen Schutzengel wünschen.
An den beiden seitlichen Wänden war jeweils ein Bett aufgestellt. Das rechts schien unbenutzt, jedenfalls machte der nackte Strohsack den Eindruck. Wegener hatte früher

wohl untervermietet, es mittlerweile aber nicht mehr nötig. Die vier Stühle am Tisch deuteten darauf hin, dass sich einmal vier Personen schichtweise die beiden Betten geteilt hatten. Zumindest auf einen eigenen Stuhl hatte jeder Untermieter Anspruch. Sitzgelegenheiten für Besucher enthielt die Miete nicht.

Ein Regal aus angedunkeltem Fichtenholz baumelte an einem Nagel. Dort, wo der andere in der Wand gesteckt hatte, war ein handtellergroßes Loch aus dem Putz gebrochen. Nirgendwo waren Teller oder Besteck zu sehen. Offensichtlich aß der Hausherr nicht daheim, sondern grundsätzlich auswärts. Getrunken wurde allerdings auch zu Hause, wie ein vor Schmutz starrendes Glas bewies. Das einzige, das es gab.

»So geht's dem ehrlichen Maurergesellen heutzutage, den keiner mehr arbeiten lässt.«

Reiser musterte sein Gegenüber. Ihm lag die Bemerkung auf der Zunge, darüber könne er doch froh sein, so bliebe wenigstens Zeit, seinem Beruf in der eigenen Wohnung nachzugehen. Er sagte aber nichts und tat, als denke er angestrengt nach, um die ganze Tragweite der Bemerkung zu erfassen.

Wegener stützte eine Faust auf den Tisch, die andere in die Hüfte.

»Können wir dann anfangen? Ich habe noch was vor.«

»Sie sind also Franz Wegener?«

Die Frage blieb unbeantwortet. Entweder spielte der Kerl den Bockigen oder meinte, alle Welt müsse ihn kennen. Ein wenig pieksen würde ihn dazu bringen, den Mund aufzumachen.

»Füsilier der Bürgergarde.«

»Korporal.«

»Korporal, ja natürlich, Korporal der Bürgergarde Franz Wegener. Sie waren gestern Abend der Wachhabende am Schönhauser Tor, wurde mir gesagt.«
»Na, das wissen Sie dann ja.«
»Gab es irgendwelche besonderen Vorkommnisse?«
»Besondere Vorkommnisse welcher Art?«
»Welcher Art auch immer.«
»Sie waren auf der Wachstube an der Schleusenbrücke?«
»Ja.«
»Dann hätten Sie dort einen Blick in meinen Dienstrapport werfen sollen.«
»Das habe ich getan.«
»Na gut, das wissen Sie dann ja auch schon. Wozu also das ganze Gefrage?«
»Auf der Alten Schönhauser Straße wurde letzte Nacht ein Fuhrwerk gesehen.«
»Was geht das die Wache an? Für die Ruhe in der Stadt sind die Nachtwächter zuständig.«
»Um Ruhe geht es nicht. Der Fuhrmann war sehr rücksichtsvoll, man konnte sein Gespann kaum hören.«
»Wie soll die Wache ein Fuhrwerk bemerken, das lautlos die Straßen entlangfährt?«
»Es kam vom Tor.«
»Vom Tor? Was wollen Sie damit sagen? Ich bin sehr gespannt, zu erfahren, wie ein Wagen samt Pferden und Kutscher durch das geschlossene Tor kommen soll. Wenn jemand behauptet, einer meiner Männer hätte in der Nacht das Tor geöffnet und heimlich eine Fuhre in die Stadt gelassen, soll er kommen und den Schurken zeigen.«
Reiser musterte den Mann. Machte nicht gerade einen hellen Eindruck, der Bursche. Aber einfach überrumpeln ließ er sich nicht. Dummdreist war der passende Ausdruck für

ihn. So jemanden musste man aus der Reserve locken. Es gab keinen Zweifel, die Wachmannschaft musste mit dem Fuhrmann unter einer Decke stecken. Aber wie war die Sache abgelaufen? Krüger hatte nichts gesehen. Öffneten die Wachen den Schlagbaum und winkten die Fuhre durch? Gab es zum Schein eine Kontrolle? Nahmen sie sich an Ort und Stelle ihren Anteil?
Wegener kannte die Einzelheiten. Wenn Reiser jetzt etwas Falsches behauptete, wusste der gleich, dass er sich auf gut Glück etwas aus den Fingern saugte.
»Der Wagen kam eigentlich die Prenzlauer hinunter. Bis die Mühle gedreht wurde. Dann fuhr er hinter einer Bergkuppe quer übers Feld.«
»Klingt ganz nach einer fantastischen Geschichte. Eine Mühle dreht sich und ein Fuhrwerk verschwindet, kaum zu glauben.«
»Falsch, der Kutscher wartet, bis ihm der Müller mitteilt, ob er gefahrlos auf der Prenzlauer weiterfahren kann oder dort hopsgenommen wird.«
»Von wem haben Sie denn diese Räuberpistole?«
»Kriminal-Assistent Krüger. Er hat es mit eigenen Augen gesehen.«
Wegener gab sich unbeeindruckt.
»Dann hat Ihr Assistent sicher auch mitbekommen, was der Müller dem Fuhrmann sonst noch alles erzählte?«
»Die Fuhre wurde zum Schönhauser Tor umgeleitet, wo Sie und Ihre Leute Dienst schoben.«
»Ach, das Märchen geht noch weiter?«
»Jedenfalls wird es kein gutes Ende haben, wenn Sie erst mal vor dem Richter stehen.«
»Seit wann glaubt der an Märchen? Der will eindeutige Angaben. Bin gespannt, was Sie ihm bieten werden.«

»Es gibt weitere Zeugen, die gesehen haben, wie der Müller Zeichen gab.«
Wegener blieb ungerührt. Seine Antwort kam jedoch ein wenig brüsk.
»Mühlen drehen, das machen die andauernd.«
»Mitten in der Nacht? Um die Zeit ist das eher merkwürdig.«
»Wieso fragen Sie nicht einfach den Müller und den Kutscher?«
»Daran habe ich auch schon gedacht. Wobei, den Wagen sollte man auch nicht vergessen. Wir wissen, wo er stecken muss. Die Polizei wurde zu erhöhter Vigilanz aufgefordert. Ich habe die Beschreibung selber aufgesetzt. Kaum zu verwechseln, das Fuhrwerk.«
»Dann ist es wohl nur noch eine Frage der Zeit, bis das Geheimnis des lautlosen Karrens aufgedeckt wird.«
Reiser überhörte den Spott. Mit diesem abgebrühten Kerl würde er so nicht weiter kommen. Er wartete nur darauf, dass Wegener ihn fragte, wieso dieser neunmalkluge Assistent, der alles so genau beobachtet hatte, nicht wusste, was am Tor passiert, wohin der Wagen weitergefahren und wo der Kutscher geblieben war.
Keiner sagte mehr etwas. Die beiden standen sich gegenüber, als versuchten sie, vom Gesicht des anderen abzulesen, was er dachte. Reiser beendete den stummen Gedankenaustausch.
»Wann haben sie eigentlich bemerkt, dass Bock fehlt?«
»Bemerkt, dass er fehlt? Hätte ich etwa auf den aufpassen sollen? Vorgestern, also Montag, hatten wir die frühe Tagwache, da hat der Bock ganz normal Dienst gemacht. Danach war frei. Gestern Mittag habe ich erfahren, dass er tot ist.«

»Er war für heute Nacht eigentlich als Wache eingeteilt?«
»Ja, aber Tote sind vom Dienst befreit.«
»Ein Ersatzmann war schnell gefunden?«
»Die Leute drängeln sich danach, bei uns Dienst zu tun. Wenn man so will, hat er gar nicht gefehlt.«
»Sagen Sie, alle Gardisten Ihrer Mannschaft wohnen hier in der Nähe, nur Bock nicht. Wie kommt das?«
»Ist eben so. Der war immer ein Eigenbrötler, meinte, er sei was Besonderes.«
»Sie mochten ihn wohl nicht?«
»Jedenfalls habe ich ihn mir nicht selber ausgesucht wie meine anderen Leute. Wurde mir vom Leutnant aufs Auge gedrückt. Angeblich kannten die sich von früher.«
Reiser verabschiedete sich mit einem kurzen »Na dann« und verließ das Haus. Ohne recht zu wissen, warum, postierte er sich in einem Torbogen schräg gegenüber Wegeners Haustür. Der erschien wenige Augenblicke später, schaute kurz links und rechts den Gehweg entlang und marschierte los. Reiser folgte ihm in sicherem Abstand.

14

An der Einmündung der Landsberger Straße blickte sich Wegener nach allen Seiten um. Reiser machte einen Schritt zur Seite in die nächste Hauseinfahrt, die ihm Deckung gab, und zählte bis dreizehn, bevor er um die Ecke linste. Wegener war nirgendwo zu sehen.
Auf der anderen Straßenseite klaffte eine Lücke in der Häuserzeile. Reiser lief hinüber und sah eine massige Gestalt mit großen Schritten die freie Fläche zur Judengasse hin überqueren und die Lietzmanngasse ansteuern.
Er ahnte, wohin Wegener unterwegs war – zu den Scheunen. Dort fiel ein Fuhrwerk, das man verstecken wollte, nicht weiter auf.
Bis zur Bernauer Straße war die Bebauung löchrig und bot wenig Sichtschutz. Er ließ sich zurückfallen, verringerte in Mudrichsgasse und Prenzlauer Straße wieder den Abstand und blieb Wegener in der Hirtengasse enger auf den Fersen. Von ihr zweigten die Scheunengassen ab.
Hier standen Bretterbuden und stattliche Hallen dicht an dicht und bunt durcheinander. Auf den freien Flächen dazwischen wurden nachts Pferde und Esel in Pferche gesperrt, die Fuhrleute aus den Wagen errichteten, vor die sie ihre Tiere tagsüber spannten. Reiser pirschte sich näher heran. Zwischen Dritter und Vierter Scheunengasse blieb Wegener vor einem engen Gang zwischen zwei Schobern kurz stehen und sicherte nach allen Seiten. Reiser duckte sich hinter eine mit Stroh bepackte Karre, die darauf wartete, entladen zu werden.

Unter der Karre hindurch sah er Wegener nur noch bis zu den Knien, genug, um zu verfolgen, in welchem der Schuppen er verschwand. Die groben Bretter der Holzbude überlappten sich wie Planken eines geklinkerten Schiffsrumpfes. Nirgendwo fand er einen Spalt, der den Blick ins Innere freigab. Immerhin waren die Bretter der Wände dünn genug, um zu hören, worüber drinnen gesprochen wurde.

»Ihr habt Kurt Rach auf Wache ja schon kennengelernt. Er gehört jetzt zu uns. Bestimmt gibt es bald mal ein Treffen, bei dem ihr ausführlich mit ihm reden könnt, wenn kein Dienst ist. Nicht wahr, Kurt?«

»Auf jeden Fall.«

»Das geht ganz schön flott, dass einer ersetzt wird. Der Hugo ist noch nicht mal unter der Erde.«

Wegener reagierte ungehalten.

»Eine Wache hat vier Mann, das wisst ihr. Ich musste mich selber darum kümmern, bevor der Leutnant uns irgendwen vor die Nase setzt. Und was Bock anbetrifft, hat der in letzter Zeit ziemlich viel gemeckert.«

»Na ja, ein bisschen mehr stünde uns schon zu, bei dem, was sich die Schützen und die Franzosen einstecken.«

»Wofür denn? Was braucht ihr mehr als zu tun, als Augen und Mund geschlossen halten?«

»Wenn die Sache auffliegt, sind wir unsere Posten los und andere Arbeit gibt's nicht.«

»Arbeit brauchst du nicht mehr, wenn du in der Stadtvogtei sitzt. Also pass schön auf, dass du dich nicht verplapperst.«

In der Scheune saß Wegener mit seiner Mannschaft. Reiser sah sie zwar nicht, konnte die vier Männer aber schnell an den Stimmen auseinanderhalten. Offensichtlich hatten sie

das Fuhrwerk hier bewacht, und die Scheune diente nur als Zwischenlager, bis die Ware zu ihrem endgültigen Bestimmungsort gebracht wurde.
»Wann übernimmt denn der Capitaine, wie heißt er wieder?«
»Das weiß ich nicht, nur, dass er Capitaine sein soll. Sagt zumindest Bumke. Bumke ist der Einzige, den die Franzosen zu sich lassen. Was haben wir heute? Kaffee, Zucker, Rum, Pfeffer. Hier sind eure Anteile.«
»Sag mal, wir bekommen die Ladung doch als Erste. Können wir da nicht ein bisschen mehr abzwacken?«
»Ihr kriegt den Hals wohl nie voll? Die Franzosen wissen ganz genau, wie viel auf dem Wagen liegt. Das wird alles sauber notiert, bevor die Fuhre abgeht.
Jetzt mal was anderes. Eben kam einer vom Kriminal-Gericht zu mir und stellte dumme Fragen. Sein Assistent hat beobachtet, wie der Müller die Mühle gedreht hat und der Kutscher vom Weg zum Prenzlauer Tor abgebogen ist. Ich glaube nicht, dass er mehr gesehen hat. Die Fuhre ist ihm dann wohl zufällig in der Linienstraße wieder begegnet. Hat da aber auch nichts rausgefunden, nur kräftig was auf den Dez gekriegt.
Kann sein, dass die der Sache nachgehen, warum sich mitten in der Nacht eine Mühlenhaube dreht. Wer stattet dem Müller mal einen freundschaftlichen Besuch ab? Übernimmst du das? Gut, mach's bald, am besten gleich. Nimm seinen Anteil mit und fühl ihm auf den Zahn. Fühlen, nicht gleich ziehen. Ihm nur klarmachen, er soll sich schon mal eine vernünftige Erklärung einfallen lassen.
Das war's dann für heute. Die Fuhre wird bald geholt. Ich habe ja schon gesagt, dass Zeugen nicht erwünscht sind.«
Alles deutete darauf hin, dass die Versammlung zu Ende

ging, im allgemeinen Aufbruch konnte Reiser nicht mehr verstehen, wer was sagte. Man verabschiedete sich, verabredete dies und jenes, die Tür des Schuppens wurde geöffnet und wieder geschlossen. Dann blieb es ruhig.
Reiser wartete ungeduldig, bis die Schritte sich entfernt hatten und er sein Versteck verlassen konnte. Er musste auf schnellstem Wege Jordan benachrichtigen, damit der Wegener und seine Leute verhaftete und die Fuhre sicherte.
Die Fuhre! Es waren also tatsächlich Franzosen mit von der Partie, ohne dass die Torwachen wussten, wer dahintersteckte. Das war gut eingefädelt. Für den Fall, dass mal etwas schiefging, kannten die Gardisten den Empfänger der Schmuggelware nicht. Möglicherweise misstrauten die Franzosen der Bürgergarde auch rundheraus – anders als den Schützen, ihren Lieblingen. Da vertrauten sie selbst einem Bumke, diesem verschlagenen Brigadier.
Bumke, der einen aus seinem eigenen Korps verpfiff. Der dem Kommissar vom Kriminal-Gericht unbedingt mitteilen musste, dass der tote Radtke etwas mit Schmuggel zu tun gehabt hatte. Weshalb? Um Radtke nachträglich eins auszuwischen? Um zu zeigen, welch ein Biedermann er war, der solch dunkle Geschäfte zutiefst verurteilte? Um eine falsche Fährte zu legen und von sich selber abzulenken? Vielleicht wollte er mit Radtke einen früheren Geschäftsrivalen belasten und gleichzeitig ihn, den Kommissar, beruhigen nach dem Motto: »Jetzt ist er tot und der Spuk vorüber«? Oder sie hatten unter einer Decke gesteckt und Bumke schob Radtke die Sache vorsorglich in die Schuhe. Vielleicht kam ihm dessen Tod ganz gut zupass.
Von den Gardisten war nichts mehr zu hören. Reiser lugte aus seinem Versteck. Die Gasse vor der Scheune war leer.

Er nahm besser einen anderen Weg, wenn er nicht jemandem in die Arme laufen wollte, der vielleicht gerade jetzt das Fuhrwerk holen kam. Vorsichtig tastete er sich rückwärts an der Scheunenwand entlang.
Ein Stich in den Rücken ließ ihn hochschrecken.
»Kein Ton, Freundchen, sonst war's dein letzter!«
Er drehte den Kopf. Hinter ihm stand Bumke, ein Gewehr in den Händen. Das aufgepflanzte Bajonett wies mit der Spitze zwischen Reisers Schulterblätter.
»Vorwärts, hier gibt's nur einen Eingang.«
Jemand meldete sich von drinnen.
»Bist du's, Fritz?«
Wegener! Der war gar nicht gegangen. Der hatte still in der Scheune gesessen und auf Bumke gewartet.
»Ja. Mach mal auf, wir haben Besuch.«
Die Tür ging auf.
»Glaub ich's? Ist der mir etwa nachgeschlichen?«
Wegener bog Reiser die Arme auf den Rücken, schob ihn die drei Schritte bis an das Fuhrwerk, stieß ihn dagegen. Eine Runge bohrte sich zwischen zwei Rippen, raubte ihm den Atem. Reiser japste nach Luft. Er wollte etwas sagen, bekam aber keinen Ton heraus. Der schmierige Korporal presste ihm mit einem Knie das Kreuz und mit einer Pranke das Gesicht gegen das Fuhrwerk. Es hatte ein auffällig rot-grünes Rad.
Aus den Augenwinkeln sah er Bumke das Gewehr abstellen und zwei Stricke von einem Nagel nehmen, der aus einem Pfosten der Seitenwand ragte. Um die Festigkeit des Tauwerks zu prüfen, zog Bumke die Stricke einige Male ruckartig auseinander, dass es klatschte. Zufrieden mit dem Kopf nickend, kam er näher, beugte sich vor und fesselte Reisers Füße.

Wegener warf den Kommissar herum, wobei er ihm fast den Arm auskugelte. Reiser wollte vor Schmerz aufschreien, riss den Mund auf. Bumke quetschte ihm brutal eine rohe Kartoffel zwischen die Zähne, die er wie durch Zauberei plötzlich in der Hand hielt. Reiser hatte das Gefühl, dass er ihm jeden Moment den Kiefer ausrenkte.
Mit verzweifelter Kraft biss er zu, hielt aber augenblicklich inne. Wenn es ihm gelänge, die Knolle durchzubeißen, würde er sich an dem Brocken in seinem Mund verschlucken und daran ersticken. Er würgte gegen den dumpfen Geruch in der Nase, das sandige Gefühl auf der Zunge und den muffigen Geschmack am Gaumen an. Röchelnd fiel er auf den gestampften Boden. Eine dünne Strohschicht dämpfte den Aufprall des Kopfes.
Bumke beugte sich über ihn, legte den anderen Strick um seine Handgelenke, zog stramm zu, machte einen Knoten und kontrollierte, ob er hielt, indem er an seinen Armen riss. Reiser warf den Kopf hin und her, stöhnte. Bumke trat ungerührt zu Wegener.
»Was machen wir jetzt mit ihm?«
»Schieß ihn tot!«
»Wo es jeder hört? Dann können wir gleich die Wache holen. Warum nimmst du nicht dein Messer?«
Wegener knurrte.
»Messer? Was für ein Messer?«
»Mit dem du Bock erstochen hast.«
»Ich Bock erstochen? Mach keine Scherze!«
»Jedenfalls hast du schnell Ersatz gefunden.«
»Das war mit dem Rach schon vorher so abgemacht. Wenn Bock ausfällt, rückt er an seine Stelle. Vielleicht solltest du dem Schnüffler den Hals umdrehen, wie Radtke.«
»Warum hätte ich das tun sollen? Nur weil der mir zwi-

schen den Füßen rumgelaufen ist? Mit seinen Andeutungen, er wüsste, wie man mit den Franzosen richtig gute Geschäfte macht? Dummes Geschwätz. Ich hab mir den Aufschneider immer vom Leib gehalten.«
»Und was war mit diesem angeblichen Militärtransport?«
»Davon weiß ich nichts.« Bumke klang ärgerlich. »Der Capitaine steckt bestimmt nicht dahinter, der ist viel zu vorsichtig. Vielleicht hat unser Maulheld jemanden gefunden, der auf seine Prahlereien reingefallen ist. Wollte sein eigenes Geschäft aufmachen. Ist ja nie was rausgekommen. Die Franzosen haben das im Stillen geregelt, unter sich.«
»Und Radtke kriegte die Quittung.«
»Weiß man's?«
»Also gut, und was ist jetzt mit dem da?«
»Wir packen ihn zur Fuhre. Ich nehme ihn mit zum Capitaine. Dem wird schon was einfallen.«
»Dann bringen wir ihn doch am besten gleich zu ihm!«
»Würdest ihn wohl gern kennenlernen?«
»So hab ich das nicht gemeint.«
»Mach dir mal keine Sorgen. Die sagen mir Bescheid, sobald die Luft rein ist. Mir! Sonst niemand. Überflüssige Mitwisser wollen die nicht.«
»Dann sollen die sich was einfallen lassen. Stecken ja auch den größten Batzen ein.«
»Was ist eigentlich mit dem Gold von diesem Bankbesitzer, das raus soll?«
»Wird schon noch. Nur nichts überstürzen und kein Wort zu niemand. Das ist ganz allein unser Ding. Lass dir was einfallen, wie du deine Leute am Tor raushältst.«
»Wieso will der überhaupt Gold aus der Stadt schmuggeln? Sonst geht's doch immer nur rein.«

»Hier konfiszieren es ihm entweder die Franzosen oder die Stadt nimmt es ihm ab, um Schulden zu bezahlen.«
»Woher hat er es denn?«
»Sag mal, merkst du gar nichts? Wann hast du das letzte Mal einen Friedrich d'Or in der Hand gehabt?«
»Schon ne Weile her«, maulte Wegener.
»Na also! Und was glaubst du, wo die ganzen Goldmünzen hin sind? Einfach in Luft aufgelöst?«
»Keine Ahnung.«
»Jedes Goldstück das du ausgibst, kommt irgendwann zur Bank. Die behält es und rückt nur Scheidemünze raus. Daher haben sie's. Wenn sie genügend Gold eingeschmolzen haben, rufen sie uns, und wir schaffen es raus. Dann gibt's Geld für uns beide. Und jetzt fass mit an, dass wir ihn auf die Fuhre kriegen.«
Reiser sah die beiden näher kommen. Sie packten ihn an Armen und Beinen, nahmen Schwung, schmissen ihn wie einen Sack auf die Ladung Kartoffeln, unter der das Schmuggelgut versteckt sein musste. Er konnte seinen Aufprall nicht abfedern und der Schmerz fuhr ihm durch sämtliche Knochen.
Bumke und Wegener entfernten sich. Reiser hörte, wie die Tür ins Schloss fiel. Bumke kehrte allein zurück.
»So, Herr Kommissar, noch ein wenig Geduld, bis es losgeht. Ist nur ein kurzes Stück. Ich decke Sie schon mal mit der Plane zu.«
Reiser riss die Augen auf und schüttelte heftig den Kopf.
»Nein? Ich soll die Plane offen lassen? Wieso? Wegen der Kartoffeln? Tja, die riechen. Das ist nun mal so. Aber sie schmecken doch gut. Was ist überhaupt mit der in Ihrem Mund? Möchten Sie lieber einen Knebel? Na schön, ich will mal nicht so sein. Ein Mucks, und ich stopfe Sie voll

Absender

Name **Vorname**

Straße

PLZ/Ort

E-Mail

☐ Bitte informieren Sie mich über Ihr ebook-Angebot.

Alter **Beruf**

Tel.: 030 / 440 23 810 Fax: 030 / 440 23 819 post@bebraverlag.de

Bitte als
Postkarte
freimachen

Antwort

be.bra verlag GmbH
– Kundenbetreuung –
KulturBrauerei Haus 2
Schönhauser Allee 37

D-10435 Berlin

Kartoffeln, bis sie Ihnen zu den Ohren rauskommen. Die Plane muss jedenfalls drüber. Sie wollen doch bestimmt auch nicht, dass jemand Sie in dieser Lage sieht.«

Bumke bog mit den Daumen Reisers Ober- und Unterkiefer auseinander, pulte mit einem Finger die Kartoffel hervor, stopfte ihm blitzschnell einen verknüllten Lappen in den Mund, legte einen Tuchstreifen darüber und verknotete ihn am Hinterkopf. Dann zog er die Plane des Fuhrwerks sorgfältig zurecht.

Reiser hielt einen Augenblick die Luft an, musste danach umso tiefer atmen. Er hatte das Gefühl, keine Luft zu bekommen, zerrte verzweifelt an den Fesseln. Sie saßen so fest, dass sie ihm das Blut abschnürten. Die Plane lag schwer auf seinem Gesicht. Er drehte den Kopf zur Seite. Von dem faulig-erdigen Geruch stockte ihm der Atem.

15

Krüger hatte es im Bett nicht lange ausgehalten. Dass ihm dieses verdächtige Fuhrwerk entkommen war, ließ ihm keine Ruhe. Mit der Notiz des Kommissars in der Tasche, hatte er die Adressen der drei Gardisten abgeklappert, aber keinen von ihnen zu Hause angetroffen.

Unbeirrt war er weiter zur Wohnung von Hugo Bock in der Rosenthaler Straße 56 gegangen, um sich darin ein wenig umzuschauen. Schließlich wussten sie noch so gut wie nichts über den toten Gardisten.

Die Wohnung lag im Parterre nach hinten raus. Er klopfte an die Tür gegenüber.

Eine Frauenstimme rief: »Herein.«

Er öffnete die Tür. Aus aufmerksamen Augen musterte ihn eine rundliche Frau unbestimmten Alters. In der rechten Hand hielt sie ein kurzes Messer, das aufblitzte.

»Guten Tag, ich bin Kriminal-Assistent Krüger.«

»Kindervater. Sie wollen sicher zu mir?«

»Nein, ich möchte mir die Wohnung ansehen, in der Herr Bock gewohnt hat.«

»Dass so schnell jemand kommt, hätte ich gar nicht gedacht.«

Krüger runzelte die Stirn. Bock war gestern im Wasser gefunden worden, heute suchte er die Wohnung des Toten auf. Sollte das nun ein Lob für tüchtige Polizeiarbeit sein oder eine zynische Bemerkung? Die dachte wohl, sie würden Däumchen drehen. Wenn die wüsste, was in der Zwischenzeit alles passiert war.

»Entschuldigung, Frau Kindervater, so war doch der Name? Ich weiß nicht recht, was Sie meinen.«
»Aber Sie sind von der Polizei?«
»Nein, also gewissermaßen schon. Warum fragen Sie?«
»Na, ich habe der Polizei gemeldet, dass bei Herrn Bock eingebrochen wurde. Vor einer halben Stunde!«
»Davon höre ich zum ersten Mal. Erzählen Sie es mir bitte auch.«
»Ich kam gerade vom Besorgungsgang zurück, und als ich meine Tür aufschloss, ging durch den Zug die vom verblichenen Herrn Bock auf. Sie war nur beigezogen.«
Die Frau unterbrach ihr Kartoffelschälen, legte das Messer beiseite, nahm die Schüssel mit den Schalen vom Schoß, stellte sie auf den Tisch, holte einen Topf vom Herd, goss aus einer Kanne Wasser hinein, spülte die Kartoffeln darin sorgfältig ab, fischte sie heraus, ließ sie auf den Tisch kullern, schüttete das verbrauchte Wasser aus dem Fenster, goss frisches in den Topf, legte die Kartoffeln hinein und wischte die Hände an ihrer Schürze ab.
»Dann kommen Sie mal mit.«
Sie ging über den Flur und drückte die Tür zur Wohnung von Bock auf. Ein zusammengefaltetes Stück Papier fiel auf den Boden, Frau Kindervater hob es auf und präsentierte es ihm.
»Habe ich dazwischengeklemmt. Das Schloss ist kaputt, aufgebrochen.«
In Bocks Wohnung herrschte ein einziges Durcheinander. Die Türen einer Anrichte standen weit offen, ihre Schubladen waren herausgezogen und auf einen Haufen geschmissen worden. Vor einem Regal lagen Bücher, leere Einbände und ausgerissene Seiten über- und durcheinander. Zertretene Schachteln und verbeulte Dosen bedeck-

ten den Boden. In der Ecke neben dem Fenster türmte sich ein Stoß aufgerissener Kuverts, dazwischen Papiere, die sie wohl enthalten hatten. Lauter wertloser Plunder. Das Bettzeug war auseinandergerissen und zertrampelt worden. Über die Bezüge der dreiteiligen Matratze verliefen kreuz und quer tiefe Schnitte, die Rosshaarfüllung hing büschelweise heraus. Es sah danach aus, als habe der Einbrecher seine Wut darüber, nichts Brauchbares gefunden zu haben, an der Matratze ausgelassen.

»Das hat alles der gemacht, der hier eingebrochen ist. Herr Bock war ein sehr ordentlicher Mensch.«

»Wann ist es passiert?«

»Heute Morgen bin ich fort, um was Essbares aufzutreiben, da war die Tür noch zu. Als ich zurückkam, stand sie offen. Ich habe durch den Spalt gefragt: Ist da wer? Dann hab ich was rascheln gehört und schnell gerufen: Albert, komm doch mal her, hier ist jemand in Bocks Wohnung. Ich hab nur so getan, als wär er da. Mein Albert ist ja schon seit über einem Jahr tot.

Ich bin dann in meine Wohnung, hab durch die Tür gelauscht, ob sich bei Herrn Bock noch was rührt. Als es da eine Weile ruhig blieb, bin ich rüber zu ihm. Niemand zu sehen, aber das Fenster stand offen, da ist der wohl raus.«

»Und dann haben Sie es gleich gemeldet?«

»Also, erst mal hab ich die Kartoffeln und Rüben bei mir abgestellt. Die hatte ich ja auf dem Flur stehen lassen. Dann habe ich die Wohnung gut zugemacht.«

»Frau Kindervater, haben Sie eine Ahnung, was der Einbrecher gesucht haben könnte?«

»Blöd muss er gewesen sein. Der Herr Bock hatte doch selber nichts. Einmal hat er mir zum Geburtstag Kaffeebohnen geschenkt, echte, eine ganze Tasse.«

»Wissen Sie, woher er die hatte?«
»Na, woher schon?«
»Gesagt hat er nichts?«
»Das ist doch kriminell, darüber spricht man doch nicht.«
»Wissen Sie schon …?«
»Das weiß hier jeder. Erstochen worden soll er sein. Wer dem Herrn Bock so etwas antun konnte. Der hat keiner Fliege was zuleide getan.«
Krüger verabschiedete sich. Irgendein kleiner Gauner, der ausbaldowert hatte, dass niemand in der Wohnung war und auf möglichst bequeme Weise ein paar Kleinigkeiten mitgehen lassen wollte, hatte bei Bock eingebrochen. Was gab's da schon zu holen. Bei einem von der Bürgergarde! Der Mann besaß doch selber nichts. Nicht nur, dass die Nachbarin es sagte. Man sah es auf einen Blick.
Viel war nicht herausgekommen bei seinen Nachforschungen. Nur, was konnte jemand sonst noch tun, der nicht so recht auf den Beinen war? Eine Mütze Schlaf täte jetzt doch gut. Aber erst einmal musste er zum Gericht, den Kommissar informieren. Vielleicht hatte der bei seinen Ermittlungen mehr Glück gehabt.

16

Frau Straßberg schaute nervös zur Tür.
»Wo Gustav nur bleibt. Er ist doch sonst immer pünktlich und hat noch nie beim Abendessen gefehlt, ohne sich vorher abzumelden.«
Friederike seufzte. Die Tante jammerte weiter.
»Es wird auch alles kalt. Wir fangen schon mal an und ich mache ihm später etwas warm.«
Dumes lehnte sich vor.
»Herr Künow, Sie waren doch heute Morgen bei Herrn Reiser. Hat er Ihnen erzählt, was er vorhat?«
»Nein, darüber hat er nichts gesagt.«
Es klopfte. Die vier sahen sich fragend an. Frau Straßberg öffnete die Tür, stutzte.
»Herr Krüger? Guten Abend, Sie kommen sicher, um Gustav, also Herrn Reiser, zu entschuldigen?«
Krüger machte ein erstauntes Gesicht.
»Hier ist er auch nicht? Wir wollten uns beim Gericht treffen. Aber dort ist er nicht erschienen. Ich dachte, er ist aufgehalten worden und gleich hierher gegangen, als es Zeit fürs Abendessen wurde.«
Friederike schlug eine Hand vor den Mund und sah mit ängstlich aufgerissenen Augen in die Runde. Krüger trat von einem Bein aufs andere. Frau Straßberg zog ihn am Ärmel ins Zimmer.
»Waren Sie denn heute Nachmittag nicht zusammen?«
»Nein. Er hatte eine Nachricht mit Adressen von Gardisten hinterlassen, die befragt werden sollten. Merkwürdig

ist, dass ich keinen von ihnen angetroffen habe, als ich sie in ihren Wohnungen aufsuchen wollte. Anschließend wollten der Kommissar und ich uns beim Gericht treffen.«

Künow hakte nach.

»Haben Sie eine Ahnung, wohin er gegangen ist?«

»Es ging um die Mannschaft, die gestern Nacht am Schönhauser Tor Wache hatte. Er wollte mit dem Korporal sprechen, mit Wegener.«

»Warum?«

»Es gab Hinweise, dass seine Wache ein Fuhrwerk durchs Tor gelassen hat.«

Dumes warf Künow einen Blick zu und wandte sich wieder an den Assistenten.

»Wohin kann der Kommissar sonst noch gegangen sein?«

»Wenn ich das wüsste. Vielleicht hat er bei Wegener etwas erfahren, dem er gleich nachgegangen ist.«

»Das klingt nicht gerade beruhigend. Ich hoffe, ihm ist nichts ...«

Friederike legte eine Hand aufs Herz. Mit der anderen umklammerte sie die Tischkante. Die Tante fasste sie bei den Schultern.

Dumes stand auf und zog Krüger beiseite.

»Wollte der Kommissar diesen Wegener arretieren?«

»Das glaube ich nicht. Wir konnten ihm nichts vorwerfen. Ich habe dieses Fuhrwerk gestern Nacht erst vor, dann in der Stadt gesehen. Es muss durch das Schönhauser Tor gekommen sein. Aber ich habe es nicht dabei beobachtet. Als ich nachsehen wollte, was es geladen hatte, wurde ich von jemandem niedergeschlagen, den ich nicht erkannt habe. Das reicht nicht, um Wegener ins Gefängnis zu werfen.«

Künow gesellte sich zu ihnen.

»Ich glaube, es ist jetzt höchste Zeit, den Gardisten ein paar Fragen zu stellen. Holen wir uns die Burschen, einen nach dem anderen.«
Krüger schaute entsetzt.
»Unmöglich, das ist Aufgabe der Bürgergarde.«
»Wie Sie meinen. Aber die dürfen keine Zeit verlieren. Sollte Ihre Vermutung stimmen, haben wir es mit gerissenen Schiebern zu tun. Die fackeln nicht lange. Ich wage nicht, mir vorzustellen, was passiert, wenn Reiser denen in die Finger gerät.«
Friederike stöhnte auf.
»Ich unterrichte sofort Oberst Jordan«, stieß Krüger hervor. »Die Bürgergarde soll Wegener und seine Truppe aufstöbern und schnellstens zum Gericht bringen. Dort werde ich mich um sie kümmern.«
Künow und Dumes nickten sich zu.
»Da wollen wir dabei sein.«
Krüger hob beide Hände.
»Das entspricht nicht den Vorschriften.«
Dumes schüttelte den Kopf.
»Junger Mann, Reglements, glauben Sie mir, haben Sinn, Zweck und Ziel. Für den Kretin macht es Sinn, ihnen blind Folge zu leisten. Der Kluge überlegt, wie er sie interpretiert, damit sie ihren Zweck erfüllen. Der Couragierte stellt sich die Frage, welche er über den Haufen wirft, um die richtigen Ziele zu verfolgen. Wer Vorschriften stur befolgt, ist ein Sklave. Wer die Zwecke nicht erkennt, denen sie dienen, ein Narr. Und wer sich kein erhabenes Ziel setzt, bleibt ein Barbar. Was machen wir nun mit Ihren Reglements?«
Künow lächelte spöttisch. Krüger schaute entgeistert vom einen zum anderen.

»Meine Herren, ich gehe jetzt, Oberst Jordan alarmieren. Tun Sie, was Sie für richtig halten.«

Im Quartier der Garde an der Schleusenbrücke erfuhr Krüger, dass der Oberst, wie gewöhnlich um diese Zeit, daheim weilte. In seinem Haus weigerte sich das Dienstmädchen zunächst, den gnädigen Herrn beim Abendessen zu stören. Als Krüger sich nicht abweisen ließ und erregt auf das Mädchen einredete, erschien der Oberst, die Serviette unter dem Kinn, um nach dem Rechten zu sehen. Mit der Zunge zwischen den Zähnen nach Speiseresten suchend, hörte er sich den hastig vorgetragenen Bericht ohne Zwischenfrage an.
»Sie haben für Ihr Anliegen leider keinen günstigen Zeitpunkt gewählt, werter Herr Krüger. Sobald die Nachtwachen ihre Posten bezogen haben, und sie sind vor etwa einer halben Stunde ausgerückt, bleibt nur noch eine Notbereitschaft im Quartier. Die ist zu klein, um mehrere Kommandos zu bilden. Ich lasse sofort nach Leuten schicken und vier Trupps formieren, die Wegener mit seinen Leuten freiwillig oder in Eisen zum Gericht bringen. Das kann etwas dauern. Die Garde ist zu Fuß, wie Sie wissen, und wir haben Abendbrotzeit. Auch Sie sollten die nicht ungenutzt verstreichen lassen. Nur weil Sie hungern, finden wir Ihren Kommissar kein bisschen schneller.«

17

Reiser atmete flach. Die dumpfe Luft unter der schweren Plane hatte ihn in einen Dämmerzustand zwischen Schlaf und Ohnmacht versetzt. In einer dunklen endlosen Höhle sah er sich riesige Säcke Kartoffeln einen steilen Weg hinauf zum Ausgang schleppen. Jedes Mal, wenn er, das Tageslicht vor Augen, seine Last abstellte und mit vor Anstrengung zitternden Knien darauf niedersank, um eine Verschnaufpause einzulegen, löste sich auf geheimnisvolle Weise der Knoten aus starkem Faden, mit dem er den Sack eigenhändig zugebunden hatte, und die Kartoffeln kullerten ausgelassen den abschüssigen Weg hinab, als spielten sie Fangen miteinander. Er meinte sogar, sie bei ihrem übermütigen Treiben kichern zu hören.
In weiter Ferne wurde ein Tor geöffnet. Wie durch dichten Schneefall gedämpft, näherte sich Getrappel von Hufen. Ruhige, kurze Kommandos waren zu hören, die seltsame Mischung von Worten und Kunstlauten, mit denen Pferde dirigiert werden. Ketten klirrten. Bumke spannte an. Die Plane wurde gelüpft und wieder fallen gelassen. Der Brigadier hatte wortlos kontrolliert, ob die Fesseln noch hielten und der Knebel richtig saß.
Nach kurzer Fahrt machte das Fuhrwerk Halt. Schritte entfernten sich, Torangeln kreischten, die Schritte kamen zurück. Das Fuhrwerk ruckte an, blieb stehen, ein Tor wurde geschlossen, die Plane heruntergezogen. Reiser blinzelte. Trüber Lichtschein fiel durch ein Band länglicher Fenster in eine riesige Halle. Hohe Backsteinmauern

trugen das Gebälk ihres Dachstuhls. Das einzige Gebäude von derartigen Ausmaßen, das in der Nähe der Scheunen lag, war die alte, leer stehende Artilleriekaserne der preußischen Armee in der Jacobsstraße. Sie war baufällig und durfte nicht betreten werden. Wer sie in Beschlag genommen hatte, konnte sicher sein, dass niemand ihn beobachtete oder gar störte.

Bumke löste die Fußfesseln, zerrte den Gefangenen an den Beinen zum Heck des Wagens, bis Reiser von alleine, Füße voran, zu Boden glitt. Er spürte eine Faust in seinem Genick. Der Brigadier zog ihm den Knebel aus dem Mund.

»Wenn du schreist, gibt's eins drüber«, sagte er und schob ihn zu einer angelehnten Tür. Reiser wollte sie mit dem Fuß aufdrücken, stieß mit dem Kopf dagegen, als sie nicht nachgab. Der Geruch von Pferdestall schlug ihm entgegen. An Pfosten und Stangen vorbei, die den Stall unterteilten, führte ein Mittelgang zu einer Pforte.

Bumke presste mit einer Hand Reisers Kopf gegen die Mauer, während er mit der anderen einen schweren Kippriegel anhob, die Tür öffnete, seinen Gefangenen hindurchschob und sie hinter sich zuzog. Reiser hörte den Kippriegel fallen. Von dieser Seite ließ sich die Tür nicht öffnen.

Ein Stoß in den Rücken trieb ihn voran. »Los!« Sie stolperten einen stockdunklen Gang mit unebenem, rutschigem und abschüssigem Boden entlang. Von der niedrigen Decke tropfte es. Schimmliger Geruch, zum Schneiden dick, stand in dem Stollen. Reiser glitt aus, schrammte mit Schulter und Stirn gegen die nasskalte Wand, bevor er sein Gleichgewicht wiederfand. Das Echo ihrer Schritte wurde kürzer und heller. Eine schwere Tür versperrte ihnen den Weg. Sie war nur angelehnt.

Der Raum, den sie betraten, maß etwa fünf Schritte in jede Richtung. Eine Ölfunzel, die an einem Haken der gegenüberliegenden Wand hing, blakte Rauchfäden zur Decke. Niemand war zu sehen, aber irgendwer musste die Lampe versorgt haben. An einer Seite des Raumes stand ein roh gezimmerter Tisch.

Außer dem Zugang, durch den sie gekommen waren, gab es zwei weitere. Neben dem Tisch versperrte eine übermannshohe Gittertür mit massivem Schloss den Weg in ein geräumiges Treppenhaus. Gegenüber war ein niedriger, rechteckiger Durchbruch in die Mauer eingelassen, dessen massive Tür aus dicken Holzbohlen zusätzlich von Eisenbändern und -nieten verstärkt wurde. Der daumendicke, verrostete Riegel mündete in einen soliden Granitquader, über dem Riegel zeichnete sich das Viereck einer vergitterten Öffnung ab. Die Klappe davor hing an einem Scharnier herunter und gab den Blick in den dahinterliegenden Raum frei, der nichts anderes zu sein schien als ein dunkles Loch.

Auf dem Gang kamen Stimmen näher. Mit schrillem Quietschen wurde die Gittertür geöffnet. Zwei unglaublich massige Gestalten, die Reiser mindestens um eineinhalb Köpfe überragten, traten ein. Sie nahmen von Bumke nicht weiter Notiz, warfen nur einen abschätzigen Blick in Reisers Richtung und fragten: »C'est lui«?

Bumke nickte.

Der Ältere der beiden kam Reiser mit seinen abgeschnittenen Hosenbeinen, dem aufgekrempelten Hemd, der langen Weste darüber und dem blau-weiß gestreiften Halstuch wie ein Matrose vor. Vom anderen nahm er nicht mehr wahr als eine monströse Narbe. Ein glutroter, fingerbreiter Wulst verlief, auf der Stirn beginnend, über die

linke Wange bis zum Kinn. Die buschige schwarze Augenbraue war gespalten, die dunkle Höhle darunter leer. Das stahlgraue rechte Auge blitzte.
Der Seemann zog ein Messer, tapste auf Reiser zu, richtete die Klinge auf seinen Bauch und schnitt mit einem Ruck die Fesseln an den Handgelenken durch. Dann ging er mit schaukelndem Schritt zu der niedrigen Tür, schob den Riegel zurück und hielt sie mit breitem Grinsen und einladender Handbewegung auf. Reiser liefen unwillkürlich Schauer den Rücken hinunter. Das Auge, wie er den Zweiten ohne nachzudenken taufte, packte seinen Arm, schob ihn vor sich her, gab ihm einen mächtigen Schlag auf den Rücken und wünschte mit fröhlichem »Bon séjour« einen angenehmen Aufenthalt.
Durch einen schmalen Spalt zwischen Klappe und Tür fiel ein dünner Streifen Licht in das Verlies. Der Boden des runden Raumes bestand aus gestampfter Erde. Die großen Quader der Mauern glänzten vor Feuchtigkeit, modriger Geruch füllte das Verlies. Eine Decke schien der Raum nicht zu haben, stattdessen blickte man in schwarzes Dunkel. Außer einem knöchelhohen Steinpodest war nichts zu entdecken, worauf man sitzen oder liegen konnte. In der Ecke lag ein Bündel Stroh, das zu dünn war, um der Bequemlichkeit zu dienen, und zu faulig für eine Dekoration.
Reiser wusste, dass Kerker von Kasernen immer in den entferntesten Ecken lagen, weit weg von allen Soldaten, damit die Gefangenen nicht die geringste Möglichkeit hatten, Kontakt zu ihnen aufzunehmen. Hier mochte man schreien, so viel man wollte und so laut man konnte, niemand würde es hören. Fenster gab es keine. Die einzige Verbindung zur Außenwelt war das vergitterte Loch in

der Tür. Außenwelt – verdiente das Kabuff davor überhaupt diesen Namen?
Reiser fuhr mit einer Hand über das niedrige Podest. Es fühlte sich kalt und feucht an. Der schwache Lichtschein zeichnete eine zarte Linie auf seine Beinkleider. Ihm fiel eine Geschichte ein, die Künow erzählt hatte, als der damalige Leutnant noch bei Witwe Straßberg das Zimmer neben ihm bewohnte. Wegen Trunkenheit beim Wachdienst drohte ein Soldat, zum Spießrutenlaufen verurteilt zu werden. Während der Verhandlung vor dem Militärgericht wirkte der Mann derart meschugge, dass es Künow als Beisitzer gelang, die Strafe auf sechs Monate strenger Einzelhaft abzumildern. Damals kannte der junge Leutnant die Haftbedingungen noch nicht. Unter Einzelhaft stellte er sich vor, der Mann dürfe nur beim Hofgang und zum Gottesdienst Mitgefangene treffen.
Tatsächlich bekam der Verurteilte das gesamte halbe Jahr keine einzige Menschenseele zu sehen. Zu unregelmäßigen Zeiten wurde einmal am Tag durch ein Loch in der Decke ein Laib Brot in die Zelle geworfen und auf dem gleichen Weg Wasser in einem Kübel am Seil hinuntergelassen.
Eine Unterlage aus zwei Händen voll Stroh diente als Schlafstatt. Allerdings musste der Gefangene davon genügend Stroh abzweigen, um seine Exkremente, für die es weder Abtritt noch irgendein Gefäß gab, zu bedecken. Hin und wieder fiel ein frisches Bündel Stroh von oben in die Zelle. Aber nie öffnete sich die Tür, um das alte Stroh hinausschaffen zu können.
Wurde während des Prozesses noch heftig darüber gestritten, ob der Übeltäter zur Zeit seines Dienstvergehens wirklich verrückt gewesen sei, bezweifelte es niemand mehr, der ihm nach Verbüßen der Strafe begegnete.

Welches Schicksal blühte ihm selber? Ewig gefangen halten konnten sie ihn nicht. Einfach laufen lassen ebenso wenig. Er wusste jetzt, dass nicht nur Bumke und Wegener in Schmuggel verwickelt waren, sondern auch Angehörige der französischen Armee. Sie gaben sich auch keine Mühe, irgendetwas zu verheimlichen. Die Gesichter der beiden Kerkerwärter würde er in hundert Jahren wiedererkennen. Das bedeutete doch, es war schon entschieden, was mit ihm passierte. Es blieb ihnen nichts anderes übrig, als ihn umzubringen. Die Frage war nur, wann?

Reiser lauschte darauf, was draußen gesprochen wurde. Sein Französisch war nicht überragend, aber er konnte Gesprächen folgen, vorausgesetzt, sie wurden nicht in einem allzu exotischen Dialekt oder unverständlichen Kauderwelsch geführt. Seine beiden Bewacher machten es ihm leicht, die Kunst vieldeutigen diplomatischen Parlierens war ihnen nicht geläufig. Sie brachten die Sätze eher stockend vor und in einfachen Worten.

»Wird er umgebracht?«

»Ja.«

»Und?«

»Das ist das kleinere Problem«

»Wie meinst du das?«

»Er muss weg.«

»Ja, und?«

»Verschwinden.«

»Na ja.«

»Ohne Spuren.«

»Hm.«

»Das ist einer vom Gericht. Der hat rumgeschnüffelt. Weiß zu viel.«

»Wenn einer tot ist, schweigt er still.«

»Aber wenn sie ihn finden, hören die nicht eher auf zu suchen, bis sie sich wundgelaufen haben.«
»Hm.«
»Ja.«
»Kennst du eigentlich Bruno?«
»Bruno? Wer soll das sein? Gehört der zu uns?«
»Bruno, der Korse.«
»Korse? Meinst du Korsar?«
»Korse!«
»Soso, Korse. Und was ist so Besonderes an dem?«
»Bruno hat Schweine.«
»Ja, und?«
»Die fressen alles.«
»Das machen alle Schweine.«
»Tot oder lebendig.«
»Die fressen Lebendiges? Davon hab ich noch nie gehört.«
»Nur die Zähne nicht und ein paar Knochen.«
»Dann hält er die wohl knapp.«
»Von dem bleibt nicht viel übrig.«
»Von dem? Er?«
»Ja.«
»Pfui Teufel. Was ist dann mit den Schweinen?«
»Was soll damit sein?«
»Die kann doch niemand mehr essen.«
»Wieso nicht? Der Wurst schmeckt man das nicht an.«
»Das ist ja widerlich.«
Das Gespräch erstarb.
Die Frage, wie sie ihn umbringen würden, hatte er sich noch gar nicht gestellt. Reiser schloss die Augen und lehnte den Kopf an die kalte Mauer. Im Stroh raschelte und fiepte es. Ratten spielten Katz und Maus.

18

Krüger saß im Dienstzimmer des Gerichts Rach und Vetter gegenüber. Die beiden Gardisten waren in ihren Wohnungen festgenommen und hergebracht worden.
Auf dem Kanzleitisch lagen säuberlich aufgestapelt zwölf Friedrich d'Or. Rach hatte sich widerstandslos bis zum Molkenmarkt abführen lassen. Beim Betreten des Gerichts riss er sich plötzlich los, griff seine Bewacher an und gebärdete sich wie toll. Der Saum seines Mantels löste sich, Goldstücke fielen heraus und kullerten über die Straße. Rach ließ umgehend von den Wachen ab und sammelte auf Knien kriechend seinen Schatz wieder ein. Ihn dabei zu überwältigen, war ein Leichtes.
Fragen nach der Herkunft des Geldes beantwortete er ausweichend und pampig. »Gespart« sollte es sein. Und wo verdient?
»Hier und da.«
»In diesen Tagen findet kaum jemand überhaupt eine Arbeit, aber sie gleich mehrere?«
»Die Erbtante hat dazu beigesteuert.«
»Hat die Dame auch Namen und Adresse? Wir würden sie gern fragen, wie viel sie erübrigen konnte.«
»Sie hat mir nichts gegeben, nur verraten, wo es zu holen ist.«
»Ach, und da wartete es sehnsüchtig, dass Sie kamen, um es endlich zu erlösen.«
»Glauben Sie, es ist so einfach, an Geld zu kommen?«
»Nein, verraten Sie mir, wie es geht.«

»Es war vergraben.«
»Und wo?«
»Hab ich vergessen.«
»Wo waren Sie heute Nachmittag?«
»Spazieren, ist das verboten?«
»Werden Sie nicht frech, ich stelle hier die Fragen.«
»Vetter, wo waren Sie?«
»Wie Rach.«
»Sie beide hatten gestern Nacht zusammen mit Wegener und Schröder Wache am Schönhauser Tor.«
»War das eine Frage?«
»Hatten Sie?«
»Ja.«
Es klopfte. Künow steckte den Kopf durch die Tür.
»Dürfen wir?«
Krüger schluckte trocken. Dumes trat ein. Künow folgte ihm, pfiff durch die Zähne.
»Schöner Batzen Geld. Wem gehört der?«
Krüger deutete auf Rach.
»Dem? Der ist zu blöde, bis zwei zu zählen. Das sieht doch jeder!«
»Er sagt, er hätte es verdient und gespart und von seiner Erbtante den Hinweis auf einen vergrabenen Topf bekommen.«
»Sterntaler sind keine dabei?«
Dumes unterbrach die beiden.
»Ist das die ganze Wachmannschaft?«
»Nein.«
»Wo sind die übrigen?«
»Wegener und Schröder haben die von Oberst Jordan beauftragten Gardisten nicht angetroffen. Sie werden noch gesucht.«

»Haben Sie aus den beiden schon herausgekriegt, wo Reiser sein könnte?«
»Nein, sie weichen aus oder leugnen.«
Dumes zeigte mit dem Finger auf Vetter.
»Herr Krüger, leihen Sie mir den für ein paar Momente aus?«
Krüger wusste nicht recht, was sagen. Dumes packte Vetter kurzerhand am Arm, zog ihn hinter sich her durch die Tür. Künow sagte mit einer verächtlichen Kopfbewegung zu Rach:
»Diesem Klotzkopf wäre ich gern auf dem Kasernenhof begegnet, den hätte ich Mores gelehrt.«
Rach sprang auf, schmiss dabei den Stuhl um, brüllte laut, er drehe jedem den Hals um, der ihn beleidige. Wutschnaubend wollte er sich auf den Rittmeister stürzen, verrückte dabei den Tisch, der mit lautem Quietschen über den Boden schrammte. Krüger ging dazwischen, rief nach den Wachtmeistern.
Künow hielt Rach die geballte Faust entgegen, forderte ihn auf, anzugreifen, mit so einem werde er noch immer fertig. Rach stutzte, entdeckte den leeren schlenkernden Ärmel, glotzte dämlich. Zwei Wachtmeister stürzten ins Zimmer und überwältigten ihn, obwohl er sich heftig wehrte. Selbst als er auf dem Boden lag, dauerte es eine Weile, bis sie ihm Handfesseln anlegen konnten.
Dumes platzte herein, Vetter im Schlepptau.
»Herr Krüger, sperren Sie die beiden ein. Kommen Sie meine Herren, vite.«
Krüger ließ die zwei Gardisten von den Wachtmeistern zur Stadtvogtei bringen. Zu dritt brachen sie auf.
»Wohin wollen Sie?«, fragte Krüger.
»Zum Alexanderplatz.«

»Zum Alexanderplatz?«
»Ja, dort sehen wir weiter.«
Dumes ging voraus, fragte über die Schulter:
»Dieser Bursche, wie hieß er wieder?«
»Vetter.«
»Er hat zugegeben, seine Mannschaft würde des Öfteren Fuhrwerke durchlassen, ohne sie zu kontrollieren, nachts, dann sei es am einfachsten. Gestern Nacht auch. Heute Nachmittag trafen sich alle, um ihre Anteile abzuholen.«
Krüger und Künow nahmen Dumes in die Mitte.
»Das hat er Ihnen gesagt? Bei mir hat er den Mund nicht aufgekriegt. Wie haben Sie das angestellt?«
Über Dumes' Gesicht huschte ein spöttisches Lächeln.
»Eine lange Geschichte, ich erzähle Sie Ihnen später. Es kam einiges Interessantes heraus. Vetter hat mit einem gewissen Bock von Zeit zu Zeit ein Glas getrunken. Der war sehr sparsam, kalkulierte andauernd, schrieb auf, wie viel er bezahlte. Mit anderen redete er kaum. Mit ihm schon, sagt Vetter. Ein wenig komisch, der Mann, wenn Sie wissen, was ich meine.«
Krüger unterbrach ihn.
»Wozu hat er Ihnen das erzählt?«
»Damit es plausibel klingt, dass dieser Bock ihm vertrauliche Dinge verraten hat. Vor ein paar Wochen gab es großen Tumult. Bock meuterte, die Anteile seien nicht gerecht verteilt. Wegener wollte Beweise. Bock sagte, er führte Buch. Da hat Wegener ihn beschimpft und bedroht. Alors, an dem Tag ist Bock Wegener gefolgt, als alle gingen. Wegener ist retour zum Schuppen, in dem die Fuhre stand. Später tauchte einer auf, den Bock schon mal bei den Arquebusiers gesehen hatte. Nach einer Weile kam Wegener raus und ging fort. Bock wartete auf den anderen

und folgte ihm. Der Arquebusier klopfte am Entrée der Kaserne der Artillerie in der Jacobsstraße. Man ließ ihn passieren. Bock hat es nur Vetter erzählt, und der musste schwören, den Mund zu halten.«

»Hat er auch gesagt, wo ihr Versteck war?«, unterbrach ihn Krüger.

»Oui, oui, in einer Scheune bei der Hirtengasse. Als es dunkel wurde, kam der Arquebusier zurück und brachte das Fuhrwerk zu einer Kaserne.«

Krüger horchte auf.

»Die ist da ganz in der Nähe. Aber sie steht doch seit über einem Jahr leer und niemand darf hinein.«

Dumes zuckte die Schultern. Künow geriet ins Schwärmen.

»Die Artilleriekaserne! Dort habe ich drei Monate als Kadett verbracht.«

»Dann kennen Sie sich auf dem Gelände sicher gut aus«, stellte Dumes fest.

»Das kann man sagen. Ich musste sogar eine Nacht in der Kerkerzelle absitzen.«

»Hoffentlich haben Sie die noch gut in Erinnerung.«

Künow sah ihn fragend von der Seite an.

Bevor sie den Alexanderplatz erreichten, lenkte Dumes seine Begleiter auf der Königsbrücke in eine ruhige Ecke unter den Kolonnaden.

»Reiser war bei Wegener. Zu dem wollte er doch, nicht wahr, Herr Krüger? Heute Nachmittag wurde in der Scheune die Beute geteilt. Ganz normal, sagt Vetter. Alle sind gegangen. Wegener blieb da. Mehr weiß er nicht.

Ich vermute, der Commissaire hat Wegener observiert und wurde dabei ertappt. Was passierte dann? Haben sie ihn sofort massakriert? Ich glaube nicht. Eine Leiche ist immer ein Risiko. Sie muss diskret verschwinden. Am hellen Tag ist das ein Problem. Es war schon Nachmittag. Bis es dunkel wurde, konnten sie warten. Ich hoffe, Reiser lebt noch. Vermutlich haben sie ihn eingekerkert und warten auf eine Chance, ihn loszuwerden. Ich habe sogar eine Idee, wo.«

»Die Kaserne.«

Dumes nickte Krüger zu.

»Diese Lokalität geht konform mit meinen privaten Recherchen.«

Die beiden sahen ihn fragend an.

»Ich habe spioniert, un peu, ob Soldaten der französischen Armee mit Konterbande zu tun haben.«

»Und Sie meinen …?«

»Theorie, wir werden sehen.«

Krüger platzte heraus:

»Und was können wir tun?«

»Bis ich mit viel Tamtam zum Kommandeur des Regiments vorgedrungen bin, ihm eine plausible Geschichte präsentiert habe und er einen Zug Soldaten zusammentrommelt, mit dem ich zur Kaserne marschiere, ist die Nacht vergangen«, gab Dumes zu bedenken. »Es lässt sich kaum vermeiden, dass eine solche Aktion Tumult macht. Genug, um die in der Kaserne zu alarmieren. Wenn wir dann endlich kommen, finden wir nichts mehr. Außer einer Leiche im Keller.«

»Die Zeit ist knapp«, drängte Künow.

Krüger schaute irritiert.

»Was können wir denn tun?«

»Reingehen, ihn rausholen.«

»Das Betreten militärischer Objekte ist strengstens untersagt und bedarf einer besonderen Genehmigung.«

»Mon dieu, zum Glück hat bei der Erstürmung der Bastille niemand an so etwas gedacht. Langsam beginne ich zu begreifen, warum es Revolutionen in Preußen so schwer haben.«
»Aber wir sind nur zu dritt«, protestierte Krüger.
»Unser Trumpf ist die Überraschung. Die Besatzung wiegt sich in Sicherheit. Keiner von denen rechnet damit, dass jemand versuchen wird, die Kaserne von innen aufzurollen«, warf Künow begeistert ein. »Meine Herren, wir sind uns einig. Herr Dumes, was glauben Sie, wie viele Leute in der Kaserne sind?«
»Es geht um Profit. Da ist jeder Kompagnon einer zu viel. Wer will schon teilen?«
»Wo vermuten Sie die feindlichen Kräfte?«
»Sicher Wachen am Tor. Dann vielleicht bei der Konterbande und eventuell eine Patrouille im Hof. Bestimmt gibt es Wärter für den Gefangenen im Verlies.«
»Wir teilen uns auf«, übernahm Künow die Führung.
»Eben waren wir noch zu dritt.«
Dumes legte Krüger beruhigend eine Hand auf die Schulter.
»Getrennt marschieren, vereint schlagen.«
»Eine Abteilung unternimmt ein frontales Ablenkungsmanöver, die andere führt rückwärtig den Befreiungsschlag durch.«
»Klingt überzeugend. Und wie separieren wir unsere Kräfte?«
»Ich kenne das Gelände. Krüger und ich pirschen uns an und schlagen überraschend an der ungedeckten Flanke des Feindes zu.«
Dumes ließ seinen Blick vom verunsicherten Kriminal-Assistenten zum einarmigen Rittmeister wandern.

»Jedenfalls kennen Sie den Kerker, in dem Reiser sitzen dürfte.«
»Und ich weiß, wie wir unbemerkt zu ihm kommen.«
»Eh bien, Sie beide gehen rein. Ich sondiere oben die Lage und absorbiere die Torwache.«
»Haben Sie eigentlich eine Ahnung, wer hinter der ganzen Sache steckt?«
»Colonel Spitz, vermutlich.«
»Ein Deutscher?«
»Elsässer. Niemand weiß, wie er sein pompöses Auftreten bezahlt. Aber weil er mit Geld nur so um sich wirft, fragt auch niemand danach.«
»Ein Colonel der französischen Armee, das muss man sich vorstellen.«
»Besser nicht … A l'attaque, viel Glück!«
»Bonne chance!«

19

Es wurde schon dunkel, als die drei schweigend den Ochsenmarkt überquerten. Vom *Goldenen Hirsch* schallten laut gesungene, dissonante Melodien herüber, die klangen, als versuchten mehrere Soldatenchöre sich mit ihren Liedern gegenseitig zu übertönen. An der Ecke Prenzlauer ging Dumes weiter zur Jacobsstraße, zum Kasernentor, die beiden anderen weiter zur Hirtengasse. Von dort schlug sich Künow einen Weg durch wucherndes Gestrüpp. Krüger folgte ihm. Immer wieder trafen ihn zurückschnellende Zweige, er wagte aber nicht, einen Mucks zu machen. Vor der rückwärtigen Mauer der Kaserne blieb Künow einen Moment lang ratlos stehen, suchte mit zusammengekniffenen Augenbrauen angestrengt nach etwas.

»Diese Franzosen, kümmern sich um reineweg gar nichts. Wenigstens das Unkraut könnten sie ausreißen.«

»Wohin gehen wir?«, flüsterte Krüger

»Zur Kadettenpforte.«

»Davon hab ich noch nie gehört.«

»Eines der bestgehüteten Geheimnisse der Garnison.«

»Das Sie deshalb für sich behalten.«

»Ich habe mein Wort darauf gegeben, niemals mit einem Uneingeweihten darüber zu sprechen.«

»Gehen wir zusammen rein?«

»Ja.«

»Da ich ohnehin gleich eingeweiht sein werde, können Sie mir ruhig schon mal verraten, worum es dabei geht.«

Mit der Hand an der Mauer entlangtastend, trampelte Künow hohes Gras und Strauchwerk platt. Krüger folgte im Gleichschritt, sorgsam darauf bedacht, genau an den Stellen aufzutreten, die sein Vordermann niedergewalzt hatte. Mit unterdrückter Stimme erläuterte Künow die Geheimnisse des ominösen Zugangs, ohne dabei seine Suche zu unterbrechen. Krüger musste sich weit vorbeugen und angestrengt hinhören, um alles mitzubekommen.

»Uns Kadetten war es strengstens verboten, nachts die Kaserne zu verlassen. Wer erwischt wurde, durfte mit herber Strafe rechnen. Dabei wusste jeder von der geheimen Pforte, angeblich selbst der Regimentskommandeur, aber niemand sprach darüber.

Was aussah wie eine Forderung blinden Gehorsams, gehörte in Wirklichkeit zur Entwicklung des angehenden Offiziers. Wer nichts wagte, kam wochenlang nicht aus der Kaserne heraus. Wer nicht mindestens einmal durch die Pforte ausgebüxt war, gehörte nicht dazu. Wer damit prahlte, verstieß gegen ein ungeschriebenes Gesetz. Da haben wir die Tugenden des Offiziers: Mut, Korpsgeist, Selbstdisziplin. Die Kadettenpforte war weit mehr als ein geheimer Einlass. Und hier, bitte sehr, haben wir sie.«

Künow bog mit Schulter und rechtem Arm einen Holunderbusch zur Seite. Krüger erkannte im dunklen Mauerwerk eine brusthohe, zwei Ellen breite, aus groben Holzbrettern gefertigte Tür.

»Bevor wir hindurchgehen, müssen Sie mir versprechen, kein Sterbenswörtchen über die Pforte zu verlieren.«

»Aber Dumes wird fragen, wie wir reingekommen sind.«

»Der ist eine Ausnahme.«

»Und Kommissar Reiser wird es auch wissen wollen.«

»Der auch.«

»Wieso machen Sie überhaupt noch ein Geheimnis aus der Sache? Die Kaserne wurde doch aufgegeben.«
»Ein Offizier steht zu seinem Wort.«
Der verrostete Türgriff ließ sich nur mit Gewalt herunterdrücken. Künow hieb mit der Faust auf ihn ein. Trotzdem bewegte sich die Tür keinen Fingerbreit. Das Holz hatte im Laufe der Zeit gearbeitet, schien mit dem Mauerwerk wie verwachsen. Im niedrigen, schmalen Durchlass zwischen Türsturz und Pfosten stemmten sich die beiden Männer, gebückt und eng aneinandergeschmiegt, mit aller Kraft gegen das Türblatt. Erst nach einigen Versuchen sprang es, laut in den Angeln quietschend, auf. Drinnen fiel etwas polternd zu Boden. Sie lauschten einen Moment in die eintretende Stille, ob jemand von dem Lärm aufgescheucht worden war. Es blieb ruhig.
Künow schlüpfte als Erster durch den Einlass. Krüger, der sich neben ihm aufrichtete, flüsterte er zu: »Dies ist der alte Pferdestall.«
Wie um zu kontrollieren, ob noch alles an seinem Platz war, drehte er den Kopf nach allen Seiten. Die Inspektion ergab anscheinend ein positives Ergebnis. Er drückte die Pforte bei, ließ suchende Blicke über den Boden gleiten, hob ein großes Stück Sackleinen auf und hängte es leise vor sich hin murmelnd über zwei Nägel: »Hing immer da, zur Tarnung.«
Das erste Licht des aufsteigenden Mondes fiel in das lang gestreckte Gebäude. Künow hatte sich mittlerweile orientiert und schritt zielstrebig aus. An einem Gatter baumelte eine Peitsche. Er griff nach ihr, schüttelte oberflächlich Staub und Spinnweben herunter, wischte den dicken Knauf an seiner Hose ab, ließ ihn von oben durch den leeren Ärmel seiner Jacke rutschen, bis er unten herauslugte,

hängte die Peitschenschnur hinter dem Hals über die Schulter und band sie vorn am Gürtel fest. Krüger staunte, wie schnell und elegant er all das mit nur einer Hand hinbekam.

Im Vorbeigehen steckte Künow noch ein Hufeisen in die Tasche, das einem Pfosten hing.

Dann standen sie vor einer Tür. Künow hatte schon den Schwenkriegel angehoben, als er sich noch einmal suchend umschaute. Einige Schritte weiter lehnte eine armlange, solide Eisenstange an der Wand.

»Holen Sie sie«, wies er Krüger an, »die können wir bestimmt gut gebrauchen.«

Er ging vor, Krüger zog die Tür hinter ihnen zu. Künow streckte noch die Hand aus, aber es war schon zu spät. Der Schwenkriegel auf der anderen Seite fiel in den Fanghaken. Durch diese Tür kamen sie nicht mehr ins Freie. Hoffentlich hielt Dumes einen anderen Weg für den Rückzug offen.

Sie gelangten zu einer weiteren, aus massivem Holz gezimmerten Tür, lauschten angestrengt, aber es war nichts zu hören. Krüger legte die Hand auf den Griff, wollte prüfen, ob sie sich öffnen ließ. Künow hielt ihn am Arm zurück, legte ihm den Zeigefinger auf die Lippen und presste sich eng an die Wand neben der Tür.

»Sie auch«, flüsterte er. »Und halten Sie die Stange bereit.«

Krüger schluckte, krampfte die Hände um das kalte Eisen. Schweiß stand ihm auf der Stirn. Künow bückte sich, kratzte mit dem Fingernagel am Holz und miaute. Zum Herzerweichen, dachte Krüger. Künow machte einige Schritte rückwärts.

Die Tür wurde geöffnet. Vor dem flackernden Licht einer Öllampe erschien die riesige Silhouette eines Mannes, der

das Miauen erwiderte und mit zärtlichen Rufen ein Kätzchen lockte. Der Riese schien nichts zu erkennen, machte einen Schritt in den dunklen Gang und beugte sich vor, um nach dem armen verirrten Tier zu tasten.
Krüger holte aus und traf. Der Hüne fiel erstaunlich leise vornüber zu Boden. Zitternd ließ Krüger die Eisenstange sinken.
Künow stieg über den reglosen Körper und lauschte in den Raum. Ruhiges, tiefes Atmen zeigte an, dass ein weiterer Aufseher Dienst tat. Er linste um die Ecke. Ein Kerl mindestens von der Größe seines im Gang ruhenden Kumpans saß an einem kleinen Tisch, den Kopf auf die übereinandergekreuzten Armen gelegt.
»Reiser?«, rief Künow laut und vernehmlich.
Der Koloss hob seinen Quadratschädel, richtete den Oberkörper träge auf, drückte sich mit beiden Armen am Tisch in die Höhe und grunzte: »Hein?«
Künow betrachtete fasziniert das Gesicht des Kerls. Ein breiter Strich, der von der Stirn bis zum Kinn über eine Hälfte des Gesichts verlief, nahm plötzlich eine glühend rote Farbe an. Der Mann schob sich vom Tisch hoch. Künow wich zurück, schlenkerte mit dem Peitschengriff. Der Einäugige kam auf Armeslänge heran. Von hinten rief eine Stimme:
»Künow?«
»C'est moi«, antwortete Künow und nickte dem Klotz bestätigend zu. Der griff nach dem pendelnden Peitschengriff.
Er fand keine Zeit mehr, zu überlegen, worüber er sich mehr wundern sollte. Statt eines Arms, der eine Knute schwang, bekamen seine Hände einen leeren Ärmel zu fassen. Im selben Moment traf ihn ein Hufeisen an der

Schläfe. Nur, wo war das Pferd? Die Knie wurden ihm weich. Er sackte weg.
Künow stieg über den massigen Körper, ging zur Tür und hob die Klappe an.
»Reiser, sind Sie sie wohlauf?«
»Ja.«
»Allein?«
»Ja.«
»Ich mache auf.«
Künow zog am Riegel, bekam ihn mit einer Hand aber nicht auf. Schließlich schlug er mit dem Hufeisen dagegen, bis das klobige Ding nachgab.
Reiser stand hinter der Tür. Er brachte nur »Künow« heraus und fiel ihm in die Arme.
»Ich würde mich ja gern umsehen, ob hier drin noch alles beim Alten ist, aber leider wird die Zeit knapp. Wir müssen die beiden Riesen versorgen, bevor sie aufwachen.«
Krüger stand ratlos in der Tür. Im Gang hinter ihm war leises Stöhnen zu hören.
»Schnell, wir müssen ihn wegsperren.«
Reiser und Krüger packten jeder ein Bein des Wärters und schleiften den schweren Körper über den Boden in den Kerker. Künow, das Hufeisen in der Hand, wachte derweil über den Schlaf des anderen. Die beiden würden bald aufwachen, in gewohnter Gesellschaft, aber ungewohnter Umgebung.
Die Treppen hinter der Gittertür führten aus dem unterirdischen Gefängnis im Keller zur Dienststube im Erdgeschoss. Dort hatte Künow oft genug als Wachhabender mit seiner Mannschaft das Tor kontrolliert und zudem auf die seltene Gelegenheit gewartet, Häftlinge zu ergreifen, die dem Kerker entkommen waren. Wer durch das Trep-

pengewölbe kam, musste an der Wache vorbei. Einen anderen Weg nach draußen gab es nicht.
Vorsichtig stiegen sie die Treppen hoch. Mit jeder Stufe nahm ein Gemurmel zu, das aus dem Dienstzimmer drang. Es war deutlich zu hören, dass sich in dem Raum mehr als drei Personen befanden, die sehr angeregt miteinander redeten.
Künow bedeutete den beiden anderen, dicht hinter ihm zu bleiben und bloß keinen Ton von sich zu geben. Vorsichtig warf er einen Blick in den Raum. Mit dem Rücken zur Tür beugten sich vier Grenadiere über einen Tisch, die Gewehre griffbereit neben sich an die Wand gelehnt. Ihnen gegenüber stand Dumes, der die Aufmerksamkeit der Wachen auf ein Papier lenkte, das ausgebreitet vor ihnen lag. Mit kurzen Blicken schaute er immer wieder auf, ob sich hinter den Soldaten etwas tat. Den hektischen Gesten nach zu urteilen, wurde eine heikle Frage behandelt.
Dumes bemerkte Künow. Unauffällig lenkte er dessen Blick auf die Gewehre. Der Rittmeister begriff sofort, nickte ihm zu. Im gleichen Moment schlug Dumes mit der Faust auf den Tisch, hob die Stimme und gestikulierte wild. Die Wachen ereiferten sich ihrerseits, schimpften, brüllten durcheinander. In kürzester Zeit entstand ein mächtiges Tohuwabohu.
Künow gab ein Zeichen. Die drei huschten in das Dienstzimmer, ergriffen jeder ein Gewehr und richteten es auf die Wachen. Das vierte hatte sich Künow unter den Stumpf seines linken Arms geklemmt. Dumes richtete sich lächelnd auf, musterte die Wachen spöttisch, wartete, bis sie schwiegen, und bemerkte trocken: »Perdu!«
»Attention!«

Das Kommando in ihrem Rücken ließ die Wachen herumfahren. Mündungen von Gewehrläufen und Bajonettspitzen zielten auf ihre Bäuche. Zögernd hoben sie die Arme, betrachteten verdutzt die drei Fremden, die auf völlig unbegreifliche Weise aus den Tiefen des Kerkers aufgetaucht waren.
Dumes nahm Künow das zweite Gewehr ab. Sie dirigierten die vier Soldaten in den Wachraum des Kerkers, befahlen ihnen mit vorgehaltenem Gewehr, die Tür zum Verlies zu öffnen und sich, einer nach dem anderen, hineinzubegeben. Nachdem Dumes den Riegel wieder vorgelegt hatte, wünschte er »Bonne nuit«, schloss die Gittertür, zog den Schlüssel ab und steckte ihn ein.
In der Wachstube beratschlagten sie, wie weiter vorzugehen sei. Reiser protestierte heftig, als die anderen ihn nach Hause schicken wollten. Er sollte sich von seinen Strapazen erholen. Wozu hatte er Stunden auf dem Fuhrwerk und im Kerker verbracht, um sich jetzt ins Bett zu legen, statt nach Beweisen zu suchen, mit denen sie den Schmugglern das Handwerk legen konnten?
Krüger drängte zum Aufbruch. Jeden Augenblick konnten weitere französische Soldaten auftauchen. Dumes und Künow beruhigten ihn. Mehr als die unten Eingesperrten seien nicht zu erwarten und die waren gut aufgehoben. Schließlich war die Kaserne verriegelt und verrammelt und es gab nur ein einziges Tor zu bewachen.
Sie gingen über den Kasernenhof zur Remise. Die Pferde waren ausgeschirrt und fortgeführt worden. Die Plane lag ordentlich zusammengefaltet auf dem Bock des Wagens. Auf den ersten Blick konnte man meinen, der Kutscher habe Kartoffeln geholt und in die Stadt gebracht. Die Ladung, um die es eigentlich ging, war unter dieser Tarn-

schicht verborgen: Säcke voll Zucker, Kaffee, Gewürzen – ein Vermögen.
Es gab keinen Zweifel, Schmuggler und französische Soldaten arbeiteten Hand in Hand.
Dumes schmunzelte zufrieden. Die Gerüchte um Colonel Spitz waren damit bestätigt. Einer der Wachsoldaten hatte sich eben bei der hitzigen Diskussion verplappert, ohne dass er oder die anderen es überhaupt merkten. Er würde Stadtkommandant General St. Hilaire unterrichten, sobald man ihn vorließ. Um die Eingesperrten mochte sich nach dem Morgenappell kümmern, wer wollte.

20

Sie waren zu angespannt, um gleich ins Bett zu gehen. Reiser lud auf einen nächtlichen Kaffee bei sich ein. Friederike hatte sie schon im Hausflur gehört, riss die Tür auf und stieß ihren Mann beinahe die Treppe wieder hinunter, als sie ihm um den Hals fiel. In der Wohnung hielt eine völlig aufgewühlte Frau Straßberg Ausschau, wer kam, und sank mit leisem Stöhnen auf ihren Stuhl, als sie Dumes eintreten sah.

Die beiden Frauen waren die ganze Zeit über wach geblieben. Irgendwann hatte die Tante es in ihrer Wohnung in der Rosenstraße allein nicht mehr ausgehalten und war zu ihrer Nichte gegangen, um zu fragen, ob es Neuigkeiten gab. Sie hatte eine kopflose Friederike vorgefunden, die verzweifelt auf ihren Gustav wartete.

Reiser bat Friederike, Kaffee zu kochen.

»Richtigen Kaffee.«

Friederike bemerkte ein wenig schmallippig, ihr Ersatzkaffee schmecke wohl niemandem? Das mache aber nichts, gestern habe in der Zeitung gestanden, das beste Getränk, um sich zu stärken, sei Biersuppe, mit oder ohne Mehl oder Eier. Ganze Generationen seien damit aufgezogen worden, selbst Friedrich der Große. Reiser war wenig begeistert und betonte, er habe nun einmal zum Kaffee eingeladen und stehe im Wort.

Mit der ersten Tasse hellten sich die erschöpften Gemüter auf. Reiser fragte Dumes, ob er schon einmal etwas von Bruno, dem Korsen gehört habe.

»Bruno, der Korse? Wo sind Sie dem denn begegnet?«
»Ihm persönlich nicht, die beiden Kerkerwächter erzählten von ihm.«
»Soso, ich wusste gar nicht, dass die Geschichte von Bruno immer noch die Runde macht.«
»Die Runde macht, was meinen Sie damit?«
»Wissen Sie, Bruno ist steinalt. Schon mein Großvater hat ihn gekannt und angeblich auch seiner, also mein Ur-Ur-Großvater.«
»Das ist ja wohl nicht möglich.«
»Ja, es grenzt an Magie. Nicht totzukriegen, der Kerl.«
Niemand sagte ein Wort, alle sahen Dumes halb zweifelnd, halb amüsiert an.
»Ein Phänomen dabei ist, Väter scheinen Bruno nicht zu kennen, Großväter umso besser.«
Dumes machte eine Pause, hob seine Tasse und sog das Aroma tief durch die Nase ein.
»Jedes Mal, wenn ihre Enkelsöhne allzu sehr über die Stränge schlagen, erzählen sie eine andere Affäre von Bruno. Es gibt Hunderte davon, für jeden Anlass die passende.«
»Dann gibt es ihn gar nicht?«
»Jedenfalls nicht aus Fleisch und Blut. Er ist so eine Art, wie sagt man?«
Friederike stieß hervor: »Schwarzer Mann.«
Dumes nickte.
»Jahrelang lässt er sich nicht blicken und dann geistert er plötzlich überall herum.«
»Wo denn noch?«
»Herr Krüger, Sie haben mich doch gefragt, wieso dieser Gardist – hieß er nicht Vetter? – plötzlich gesprächig wurde, nachdem ich ein paar Worte mit ihm gewechselt habe.«
»Ja! Wie haben Sie das hingekriegt?«

»Eigentlich war es Bruno. Ich beschrieb einige seiner Marotten und bot Vetter an, ihm das Plaisir zu verschaffen, sie persönlich kennenzulernen, wenn er den Mund nicht aufmacht. Aber jetzt entschuldigen Sie mich bitte. Ich muss gehen. Gleich nach dem Morgenappell werde ich General St. Hilaire rapportieren. Bis dahin möchte ich ein wenig Schlaf nehmen – eine Mütze voll, sagt man nicht so?«

Frau Straßberg und Künow nutzten die Gelegenheit, sich ebenfalls zu verabschieden. Krüger sah seinen Vorgesetzten fragend an. Er fühlte sich müde genug, um drei Tage am Stück zu schlafen, wollte aber auf keinen Fall im letzten Moment das Spannendste versäumen.

»Herr Kommissar, wie geht es weiter?«

Reiser warf ihm aus geröteten Augen einen matten Blick zu, straffte die Schultern.

»Sobald Oberst Jordan zum Dienst erscheint, werden wir ihn unterrichten. Er muss sofort zuverlässige Leute losschicken, damit uns niemand durch die Lappen geht.«

Pünktlich um acht Uhr standen Krüger und Reiser vor Jordans Tür. Der Oberst schickte gleich zwei Trupps Gardisten mit dem Befehl los, Wegener und Schröder zu suchen und herzubringen. Besonderes Vergnügen bereitete es ihm, Bumke festnehmen zu lassen.

»Das wird unseren Leuten Spaß machen, einen dieser berittenen Schützen abzuführen, die ansonsten so gern auf uns Fußvolk herabblicken. Er bekommt großes Geleit.«

»Oberst Jordan, ist es möglich, auch einen gewissen Spitz zu verhaften?«

»Spitz? Wer ist das?«

»Ein französischer Offizier.«

»Französischer Offizier? Unmöglich! Wie stellen Sie sich das vor? Soll ich ein paar Männer mit Knüppeln losschicken, um ihn aus einer Kompanie unter Gewehr herauszuholen? Selbst wenn sie ihn herbrächten, bliebe er keine Stunde hier. Versuchen Sie mal, einen französischen Offizier einzusperren. In Windeseile steht eine Delegation seiner Truppe vor der Tür und holt ihn ab, zum militärischen Ehrengericht, so nennen sie es. Getagt wird im nächstbesten Wirtshaus. Das ist Ehrensache.
Die Angelegenheit ist ja so schon gar nicht ohne. Garde und Schützenkorps sind darin verwickelt. Da heißt es schnell, der Mann soll als Sündenbock herhalten.
Meine Herren, es tut mir leid, das ist keine Angelegenheit für die Bürgergarde. Wir sind auch knapp mit Leuten. Am Morgen gab es vor einem Bäckerladen an der Spandauer Brücke einen Aufruhr. Jemand hat eine blau-weiß-rote Kokarde in dem Brot gefunden, das er dort gekauft hat. Die Leute sind aufgebracht. Sie glauben, der Bäcker habe Kokarden in die Brote gebacken, um sie zu verhöhnen. Wir müssen dort die Polizei unterstützen. Reden Sie mit jemand von ganz oben, immerhin sind Sie Kommissar beim Kriminal-Gericht. Stadtrat Rück führt die Geschäfte der Polizei. Der wird wissen, was zu tun ist.«
Aber selbst der Stadtrat wusste es nicht. Einen einfachen französischen Soldaten konnte man verhaften und vor den Richter bringen, führte er aus, da genügte es, anschließend Polizei-Präsident Teulon zu benachrichtigen. Aber einen Offizier, noch dazu ein Colonel!
Reiser ließ nicht locker. Dann musste er eben den Stadtkommandanten persönlich ersuchen, den Mann dem Gericht zu überstellen. Bei General St. Hilaire wurden sie tatsächlich ohne lange Wartezeit vorgelassen.

»Meine Herren, ich bin bereits auf dem Laufenden. Adjutant Dumes hat mich unterrichtet.«
»Monsieur le Général, dann können wir Colonel Spitz also mitnehmen und ihn und seine Männer vorläufig festnehmen?«
»Mitnehmen? Wie soll ich das verstehen?«
»Um sie eingehend zu vernehmen und eventuell vor ein ordentliches Gericht zu stellen.«
»Was werfen Sie dem Colonel vor?«
»Er und seine Leute haben eine Reihe von Straftaten begangen.«
St. Hilaire runzelte die Stirn.
»Soweit ich absehen kann, haben sie ohne Befugnis eine Kaserne genutzt, die der Stadtkommandantur untersteht, und diese militärische Anlage darüber hinaus zweckentfremdet. Beides sind massive Dienstvergehen. Des Weiteren haben sie Güter, die dem Kontinentalsystem unterliegen, dem Zugriff der kaiserlichen Kontrolleure entzogen und unterschlagen. Zu diesem Zweck haben sie entgegen fundamentalster Normen der Grande Armée mit feindlichen Kräften kollaboriert und außerdem Absprachen zum Nachteil des französischen Staates getroffen.
Bei all diesen Delikten handelt es sich um schwerwiegende Verfehlungen von Angehörigen der Armee, die sie unter Zuhilfenahme militärischer Einrichtungen und teilweise sogar in Verrichtung ihres Dienstes begangen haben. Wir stellen somit fest: Die Täter sind Angehörige der französischen Armee, die auch Betroffene der Taten ist. Nach gültiger Regelung, die Ihnen bekannt sein dürfte, sind damit nicht die zivilen Behörden, sondern die Militärgerichte zuständig.«
Reiser gab sich trotzig.

»Außerdem haben sie einen Kommissar des preußischen Kriminal-Gerichts gefangen gehalten und gedroht, ihn umzubringen.«
»Lieber Herr Kommissar, Sie sitzen mir gegenüber und machen einen höchst lebendigen Eindruck. Worüber ich sehr froh bin, wie ich Ihnen versichere. Nur verhält es sich nach meiner Kenntnis so, dass Sie ein Mitglied des Schützenkorps überwältigt, gefangen genommen und in besagte Kaserne gebracht hat, ein Angehöriger der preußischen Ordnungskräfte also. Unsere Leute haben Sie anschließend für kurze Zeit festgehalten, mehr nicht. Angesichts der zahlreichen militärischen Rechtsverletzungen, die der Colonel und seine Leute begangen haben, ist das nachrangig. Sie werden sie mir schon lassen müssen.«
Reiser und Krüger tauschten Blicke, ohne ein Wort zu sagen.
»Falls Sie glauben, ich wolle nur eine schützende Hand über unsere Leute halten, teile ich Ihnen etwas mit, über das ich Sie bitte, Stillschweigen zu bewahren. Angesichts eindeutiger Indizien haben wir Colonel Spitz vor die Wahl gestellt, hier seine absehbare Verurteilung durch ein Militärgericht abzuwarten oder freiwillig einen Posten an vorderster Front in Spanien zu übernehmen. Er ist bereits dorthin unterwegs. Ich versichere Ihnen, er wird sich noch nach einem preußischen Gefängnis sehnen. Seine Männer packen ebenfalls ihre Sachen, sagte man mir. Das, mein lieber Herr Kommissar, ist der Stand der Dinge.
Wie ich höre, haben Sie im Kerker Bekanntschaft mit Bruno gemacht. Ich würde mich freuen, gelegentlich zu hören, was es Neues von ihm gibt. Meine beiden Enkel sind manchmal nicht zu bändigen. Unglaublich, wie frech diese jungen Bengels sein können. Bonjour Messieurs.«

21

Nachdem sie das Kommandantenhaus verlassen hatten, gingen Reiser und Krüger eine Weile schweigend Unter den Linden entlang. Schließlich berichtete Krüger von seinen Erkundigungen bei Bock und vom Einbruch in dessen Wohnung.

»Einbruch? Es kann natürlich Zufall sein, dass jemand in eine Wohnung einbricht, von der jeder weiß, dass dort nichts zu holen ist. Aber ausgerechnet in die Wohnung eines armen Teufels, der am Tag zuvor tot aufgefunden wurde? Das sehen wir uns doch einmal genauer an.«

Wenig später klopfte Krüger in der Rosenthaler Straße an die Tür von Bocks Nachbarin.

»Guten Tag, Frau Kindervater, wir wollen uns noch einmal in der Wohnung von Herrn Bock umschauen.«

»Da ist alles noch genau wie gestern. Ich habe nichts angerührt.«

»Das glauben wir Ihnen. Aber der Herr Kommissar würde auch gern einen Blick hineinwerfen.«

»Na dann, Sie wissen ja Bescheid. Denken Sie daran, den Papierkeil aufzuheben.«

Die beiden betraten das Zimmer und sahen sich ratlos in dem Chaos um. Reiser fragte Krüger, wo er bei seinem ersten Besuch überall gesucht hatte.

»Nur oberflächlich, ich hatte doch keine Zeit.«

»Schön, dann gehen wir es jetzt methodisch an.«

Nachdem sie beinahe zwei Stunden vergeblich unter jedes Stück Holz geschaut, die Papierhaufen durchwühlt,

Deckel von Dosen und Schachteln aufgezogen und das Rosshaar der Matratze gänzlich auseinandergezupft hatten, gaben sie auf. Entweder hatte Bock nie etwas in seinem Zimmer versteckt oder der Einbrecher hat es gefunden. Sie verabschiedeten sich von der Nachbarin. Er hatte schon die Türklinke in der Hand, als Reiser sich noch einmal umwandte.
»Frau Kindervater, sagen Sie, der Herr Bock, der hatte nicht vielleicht noch ein anderes Zimmer … hier im Haus oder anderswo?«
»Ein Zimmer? Wo denken Sie hin. Man ist doch froh, wenn es für eins langt.«
»Also, es muss ja nicht gleich eine gute Stube sein. Einen Verschlag vielleicht oder einen Schuppen, wo er etwas aufbewahrt haben könnte?«
»Er hatte eine Buchte.«
»Eine Buchte?«
»Na, für Herkules.«
Die beiden Männer sahen sich entgeistert an.
»Für Herkules?«
»Ja, seinen Rammler.«
»Wo finden wir den?«
»Im Hof.«
»Wenn Sie uns bitte zu diesem sagenhaften Helden und seiner Behausung führen würden.«
»Einen Augenblick, dann füttere ich gleich meine Zibben.«
Sie trocknete ihre Hände an der Schürze ab, nahm eine Schüssel mit Kartoffelschalen von der Anrichte, zog die Tür zu und ging voraus.
Hinter dem Haus standen fünf aus groben Brettern gefertigte Kaninchenställe, je zwei neben- und übereinander

und die fünfte obenauf in der Mitte. Ihre Bewohner sahen die fremden Besucher durch Gittertüren mit großen Augen an.
»Welcher ist es denn?«
»Der Herr der Zibben thront ganz oben.«
Krüger trat nah vor die Buchte, schaute hinein und sprang mit einem Aufschrei zurück.
»Pfui Teufel.«
Frau Kindervater blickte verschämt zur Seite.
»Ich wollte Ihnen noch sagen, der Rammler von Herrn Bock ist bösartig. Fremde pisst er schon mal an.«
Reiser fiel kein rechtes Wort des Mitleids ein.
»Wieso sind Sie denn auch so nah rangegangen?«
»Ich habe unter dem Heu etwas rausgucken sehen. Schaut aus wie die Ecke von einem Umschlag.«
»Sind Sie sicher?«
»Was heißt sicher? Wenn ich es genau erkannt hätte, hätte ich nicht so nah ranzugehen brauchen. Aber wenn da gar nichts gewesen wäre, hätte ich es doch gesehen.«
Reiser näherte sich vorsichtig dem Käfig. Das Karnickel saß mit aufgestellten Ohren, schaute unschuldig und zuckte mit der Oberlippe. Unter dem graugrünen Heu, das als Einstreu diente, lugte, kaum zu sehen, ein schmaler, hellbrauner Streifen hervor, dessen eine Ecke zerfleddert wirkte.
»Da scheint tatsächlich etwas zu liegen.«
Reiser drehte am Knebel der Tür, öffnete sie.
»Vorsicht, der kratzt und beißt auch!«, warnte Frau Kindervater.
Reiser packte mit einer Hand die Ohren des Untiers und drückte das Karnickel mit der anderen auf den Boden des Käfigs.

»Krüger, ziehen Sie mal raus, was da unter der Einstreu vorguckt.«
Eine abgegriffene Lederhülle mit angeknabberter Ecke kam zum Vorschein.
»Wenn er dafür diesen wehrhaften Wächter abstellt, muss etwas Wichtiges drin sein.«
Krüger klappte die Hülle auf. Ein Dutzend Papiere kam zum Vorschein, alle vollgeschrieben mit Zahlen, säuberlich in mehreren Spalten untereinander angeordnet.
»Diese Unterlagen müssen wir mitnehmen, um sie in Ruhe zu prüfen«, sagte Reiser zu Bocks Nachbarin.
Die zuckte nur mit den Schultern. Sie drückte eine ganz andere Frage.
»Und was geschieht nun mit Herkules?«
»Das liegt ganz bei Ihnen. Machen Sie die Zibben glücklich und füttern ihn weiter. Oder machen Sie sich selber glücklich und futtern ihn auf, als Leichenschmaus zu Ehren Ihres Nachbarn.«
»Den Bock von Herrn Bock?«
»Schmeckt am besten, wenn man ihn vorher zwei Tage in Buttermilch einlegt, so hat es meine Großmutter immer gemacht.«

Reiser und Krüger beschlossen, im nächsten Gasthof einzukehren, um die Papiere zu sichten. Reiser wartete, bis der Wirt ihnen zwei Moll gebracht hatte und wieder gegangen war, bevor er die Blätter auf dem Tisch ausbreitete. Er griff nach seinem Ohrläppchen.
»Wo habe ich gleich wieder gehört, Bock war ein Rechenkünstler und Schriftgelehrter? Er hat tatsächlich alles aufgeschrieben. Hier, jedes Mal, wenn eine Fuhre kam, Datum, Uhrzeit und was nach seiner Schätzung alles auf

dem Wagen lag. Und hier, wie viel jeder bei der Aufteilung gekriegt hat und was an die Hintermänner weitergegeben wurde. Ein vollständiges Inventar der Schmuggelware! Er hat sogar notiert, was er beim Verkauf für den Kaffee, den Zucker und … das hier kann ich nicht lesen … bekommen hat.
Damit konnte er eigentlich ganz manierlich leben. Aber gegönnt hat er sich nichts, so wie es bei ihm aussah. Und was haben wir hier? Das glaubt man nicht. Da hat er eingetragen, was er im Laufe der Zeit alles gehortet hat, die Aufstellung seines Vermögens. Fünfundzwanzig Friedrich d'Or, ein hübsches Sümmchen. In seinem Zimmer haben wir keinen einzigen gefunden. Und was ist das? Eine goldene Uhr mit Repetierwerk und Gravur im Deckel: GM. Ist die Uhr schon aufgetaucht? Nein?
Dieser Rach hatte doch Goldmünzen bei sich und konnte nicht erklären, woher sie kamen. Krüger, haben Sie eigentlich Rachs Zimmer schon durchsucht? Sie haben ihn nicht angetroffen! Na schön, diese Liste enthält ausreichende Verdachtsmomente, die eine gründliche Visitation rechtfertigen, egal, ob jemand zu Hause ist oder nicht. Sie verschaffen sich Zutritt, wie auch immer, und durchsuchen sein Gelass gründlich, selbst wenn Sie das Unterste zuoberst kehren müssen. Ich gehe zum Gericht und kümmere mich dort um ihn persönlich.«

22

Kriminal-Assistent Voigt unterrichtete Reiser über den Stand der Dinge. Mit den Aussagen von Vetter konfrontiert, hatte Gardist Schröder gestanden, dass die Wache bestimmte, zuvor signalisierte Fuhren unkontrolliert das Tor passieren ließ.

Nachdem man ihm das Ergebnis der Durchsuchung seiner Wohnung präsentiert hatte, gab es auch nichts mehr zu leugnen. Man fand Kaffee, Zucker, Schnaps, Tabak, ein paar Falschmünzen – eindeutige Hinweise, wenn auch insgesamt keine großen Mengen.

»So viel hat's nicht gegeben, und dann waren ja auch noch die ganzen Verwandten und Freunde da, mit denen geteilt wurde.«

Bei Wegener, der mittlerweile ebenfalls im Stadtgefängnis saß, war es einiges mehr, insbesondere Falschgeld.

»Stammte von einem englischen Schmuggelschiff. Angeblich stellen es die Engländer in großem Stil her, um den Preußen zu helfen und Napoleon zu schaden.«

Der Kommissar schüttelte den Kopf.

»Famose Idee. Dann fangen es die Franzosen ab, bringen es in Umlauf, kaufen dafür einwandfreie preußische Ware, und gleichzeitig wird unser Geld immer weniger wert. Auf solche Hilfe kann man gut verzichten.«

Als Letzten ließ Reiser Rach ins Dienstzimmer holen. Ein Gerichtsdiener, der die Eskorte begleitete, meinte, dem Kommissar unbedingt noch eine wichtige Meldung zuflüstern zu müssen.

»Heute Morgen sind zwei Polizei-Kommissare ihres Amtes entsetzt worden, weil sie die Bäcker in ihrem Revier nicht scharf genug überwacht haben.«

Reiser nickte flüchtig. Rach wurde ihm gegenüber vor den Kanzleitisch gesetzt. Bisher hatte er sich in allen Vernehmungen störrisch gegeben und rundum abgestritten, etwas mit Schmuggel zu tun zu haben. Was die Herkunft der Goldstücke in seinem Mantel anbelangte, war er bei den abstrusesten Hirngespinsten geblieben.

Reiser zog die bei Bock gefundenen Papiere hervor und wedelte ihm damit vor der Nase herum.

»Schauen Sie einmal, was ich hier habe.«

Rach sagte keinen Ton, musterte ihn düster. Reiser nahm eines der Blätter, hielt es in die Höhe, legte es zurück auf den Tisch und klopfte mit dem Zeigefinger darauf.

»Das ist eine Liste.«

»Was ist denn so Tolles dran an diesem Schrieb?«

»Was Geld und Gut anbelangt, war der Bock penibel. Hat alles genau notiert.«

Rach schwieg.

»Sie hätten gründlicher bei ihm suchen müssen, nicht nur das Gold zusammenkratzen und abhauen.«

In Rachs Augen trat ein lauernder Zug.

»Wissen Sie, wer die Liste bewacht hat?«

Reiser erntete stures Schweigen.

»Der Bock.«

Rach schnaubte: »Der Bock ist tot.«

»Noch nicht, aber gut möglich, dass es ihm bald an den Kragen geht.«

»Sie reden Unsinn.«

»Wir haben die Liste im Karnickelstall gefunden. Herkules saß drauf. So nannte Bock seinen Rammler. Und jetzt vergleichen wir mal, was wir bei Ihnen gefunden haben und was auf der Liste steht.«

Reiser zählte die Münzen auf dem Stapel vor sich durch, genau dreizehn Stück. Er zählte noch einmal. Es blieb dabei.

Rach grinste breit.

»Stimmt etwas nicht? Wie viel solln's denn sein?«

Reiser antwortete nicht, ließ seinen Blick von der Liste zu den aufgestapelten Goldmünzen und wieder zurück wandern. Rach feixte.

»Na, er soll doch so penibel gewesen sein. Was gibt's denn da zu stutzen? Wenn das Geld auf dem Tisch nicht mit dem auf der Liste übereinstimmt, ist es wohl gar nicht seins. Er wird sich doch nicht verzählt haben, der Pfennigfuchser?«

Reiser rieb sich das Ohr. Auf der Liste waren fünfundzwanzig Goldstücke verzeichnet. Auf dem Tisch lagen dreizehn, zwei Stapel mit fünf, einer mit drei Münzen. Daran ließ sich nicht rütteln.

Krüger trat ein, sah das triumphierende Lächeln von Rach, den wie versteinert dasitzenden Reiser mit der Liste in der Hand und begriff sofort. Er stellte sich neben Reiser und fixierte sein Gegenüber.

»Herr Rach, Sie leugnen also weiterhin, dass die Goldstücke aus dem Besitz von Herrn Bock stammen?«

»Ja.«

»Trotz der Vermögensliste von Herrn Bock?«

»Die stimmt nicht mit meinem Geld überein.«

Krüger legte einen Friedrich d'Or auf den Tisch.

»Wissen Sie, woher ich den habe?«

Rach musterte ihn lauernd.

»Und den und den?«

Krüger knallte nacheinander zwölf Goldstücke auf die dicke Eichenholzplatte des Tischs.
»Na schön, ich verrate es Ihnen. Einen habe ich unter Ihrem Bett gefunden. War's der hier? Oder der? Hm, ich weiß es nicht mehr. Ist wohl da runtergerollt. War ganz schwer zu finden. Deshalb haben Sie ihn wohl übersehen, als sie den Müll unter Ihrem Bett neu geordnet haben.«
Rach stierte die Tischplatte an und das darauf liegende Geld. Krüger baute neben den Münzenstapeln drei weitere auf, setzte die beiden kleineren übereinander und schob die fünf gleich großen Stöße so lange hin und her, bis sie exakt in einer Linie ausgerichtet waren, als seien sie zum Appell angetreten.
»Haben Sie mitgezählt? Stimmt die Zahl mit Ihrer Aufstellung überein? Ach Unsinn, Sie führen ja keine Liste. Wissen Sie, Ihre Wohnung zu durchsuchen war ein schönes Stück Arbeit, so verdammt dreckig wie es bei Ihnen ist. Am Ende war ich dennoch richtig froh darüber, dass es so lange dauerte, ohne dass ich etwas fand. Sonst hätte ich womöglich zu früh mit dem Suchen aufgehört. Aber nein, ich war ganz und gar überzeugt davon, dass irgendwo etwas versteckt sein musste. Bocks Liste, wissen Sie? Ihre Ammenmärchen, woher die Goldstücke in Ihrem Mantel stammen, habe ich von Anfang an nicht geglaubt. Eigentlich niemand, darf ich wohl sagen. Ich weiß auch, warum Sie die in den Saum eingenäht haben. Falls Sie mal ganz schnell weg mussten. Damit Sie im Notfall nicht ganz ohne dastehen.
Jedenfalls bin ich durch das lange Suchen auf das Wesentliche gestoßen. Um ehrlich zu sein, nicht durch einen Geistesblitz oder überragende Logik. Das gute Stück hat auf sich selbst aufmerksam gemacht, als wollte es abgeholt

werden. Man könnte sogar meinen, es hat nach mir geläutet.«
Rach brauste auf.
»Was wird hier eigentlich die ganze Zeit für krauses Zeug geredet? Ich verstehe kein Wort.«
»Nur Geduld, es wird sich gleich aufklären. Lassen Sie uns nur einen Moment in aller Stille warten.«
Reiser sah Krüger fragend an. Rach lehnte sich mit gelangweilter Miene auf seinem Stuhl zurück. Eine Weile gab keiner einen Mucks von sich, bis Rach ungeduldig schnaufte:
»War's das?«
Krüger forderte ihn mit einer barschen Handbewegung auf, zu schweigen. Bei den Straßengeräuschen, die ins Zimmer drangen, waren die zarten Klänge einer Glocke kaum zu vernehmen. Mit jedem Schlag senkte der Kriminal-Assistent, ohne ein Wort zu sagen, den ausgestreckten Finger, einmal, zweimal, dreimal.
»Haben Sie mitgezählt? Die Töne sind so sanft. Beim ersten Mal hätte ich es fast überhört. Da war es aber auch nur ein einziger Schlag. Dann stutzte ich. Bocks Liste, wissen Sie? Irgendwo unter dem ganzen Müll musste es sein. Ich habe weitergesucht, ganz leise, um nur ja das Glöckchen zu hören. Dann hat es zweimal geschlagen. Ein feines Läuten. Ich wusste nicht, woher es kam. Aber ich war überzeugt, in einer Viertelstunde würde das Glöckchen wieder schlagen.
In der Zwischenzeit stellte ich Ihr Zimmer auf den Kopf. Ich habe das Bett von der Wand gezogen und den ganzen widerlichen Dreck einfach in die entfernteste Ecke gekehrt. Mit Ihrem Kopfkissen, muss ich gestehen. Ein Besen war nirgendwo zu finden.

Ich mache es kurz. Als es dreimal schlug, hörte ich genau hin und dann war mir klar, wo ich suchen musste. Die Dielen unter dem Bett! Ich klopfte jede einzelne ab. Eine klang hohl. Über die beugte ich mich und wartete, bis es viermal läutete. Dann gab es keinen Zweifel mehr. Es waren die Glockenschläge einer Repetieruhr.«

An einer schweren Kette zog Krüger eine goldene Uhr aus seiner Tasche, klappte den Deckel auf und legte sie auf den Tisch.

»Ich vermute, Sie haben das schöne Stück von Ihrem Paten zur Konfirmation geschenkt bekommen oder bei dessen Tod geerbt oder er hat es für Sie an einem geheimen Ort vergraben. Der Deckel ist bewundernswert schön verarbeitet, mit eingraviertem Monogramm: GM. Genauso hat es Bock auf seiner Liste vermerkt. Ein schönes Stück, sehr selten und wertvoll, wie mir der Uhrmacher in der Königsstraße versicherte.

Wollen Sie uns nicht einfach erzählen, was passiert ist?«

Krüger reckte den Oberkörper. Reiser warf ihm einen anerkennenden Seitenblick zu. Rach knirschte hörbar mit den Zähnen, blickte, an Kommissar und Assistent vorbei, stur die Wand an. Seine zwei Bewacher, links und rechts neben der Tür, verfolgten aufmerksam jede seiner Bewegungen, tasteten nach ihren Säbeln. Rach ließ den Kopf auf die Brust sinken. Er sprach mehr mit sich selbst, als seinen Zuhörern etwas mitzuteilen.

»An dem Abend haben wir einen zusammen getrunken. Ich gab ein paar Runden aus, bis ich blank war. Als die Reihe an Bock kam, war er auf dem Ohr taub, dieser alte Geizkragen. Ist einfach gegangen. Hat mich ohne einen roten Heller sitzen lassen und zu Hause war nichts zu essen. Ich hinterher und sage ihm, er sei jetzt auch mal

dran. Und was macht die Kanaille? Lacht mich aus und meint, man muss sein Geld immer schön beisammenhalten.
Ich habe ihm gesagt, du hast gut reden, so viel wie du beim Schmuggeln machst. Er stellte sich blöd. Schmuggeln? Wie kommst du denn auf die Idee? Als ob ich zu dämlich wäre, die Augen offen zu halten und mir meinen Teil zu denken. Er wieder von oben herab: Schmuggeln? Da müsstest du dir eine Torwache suchen, die mitspielt und auch noch jemanden wie dich aufnimmt.
Ich hatte Wegener schon vorher gefragt und wusste, solange sie vollzählig sind, tut sich nichts für mich. Aber Wegener hatte auch gesagt, dass Bock Schwierigkeiten macht und ich sein Nachfolger werde, wenn er nicht mehr dabei ist. Als ich das dem Bock erzählte, hat er gelacht und gemeint, dann wirst du mich wohl umbringen müssen.«
»Wo war das?«, unterbrach Reiser.
»In der Münzstraße, gleich neben der alten Münze. Wo die Lücke zwischen den Häusern ist. Er blieb stehen und lachte mir frech ins Gesicht. Da hab ich das Messer aus der Tasche gezogen und ihm in die Brust gestoßen.«
»Und ihn in den Graben geworfen«, ergänzte Krüger.
»Es waren ja nur ein paar Schritte.«
»Hat Sie jemand dabei gesehen?«
Rach überhörte die Frage, schaute schweigend auf seine Hände, knackte mit den Fingern.
»Ich habe es nur gemacht, weil der Wegener es gewollt hat.«
»Was?«
»Den Bock umbringen.«
»Die Idee kam von Wegener?«
Reiser gab Krüger ein Zeichen.

»Warten Sie, Herr Krüger lässt Wegener holen. Dann können wir hören, was er dazu sagt.«
Wenig später wurde die Tür geöffnet und Krüger schob Wegener in den Raum. Der saß noch nicht, als er schon lospolterte.
»Was ist das für ein hanebüchener Unsinn, dem Kommissar zu erzählen, ich hätte damit zu tun, dass du den Bock umbringst?«
Krüger winkte einem der Wachmänner. Der stellte einen Stuhl an den Kopf des Tisches, auf den er Wegener drückte. Rach musterte ihn mit kalten Augen.
»Du hast gesagt, der hätte dauernd gemeckert, er wollte einen größeren Anteil und würde erst Ruhe geben, wenn man ihm sein unverschämtes Maul stopft.«
»So war's doch auch.«
»Außerdem hätte er immer nachgeguckt, was auf dem Wagen war und wer das alles kriegt.«
»Rumgeschnüffelt hat der, seine Nase in lauter Dinge gesteckt, die ihn nichts angehen.«
»Und dann hast du noch gesagt, was passiert, wenn er sich verplappert.«
»Ist doch klar, dann sind alle dran.«
»Und ich würde sein Nachfolger, wenn er nicht mehr dabei ist.«
»Habe ich etwa nicht Wort gehalten?«
»Siehst du.«
»Was heißt hier, siehst du? Wann habe ich denn nun gesagt, du sollst ihn umbringen?«
»So hast du es nicht ausgedrückt. Aber alles ist so gekommen, wie du es wolltest.«
Wegener wollte auffahren. Reiser schnitt ihm das Wort ab.
»Schön, das wäre so weit geklärt.«

»Was soll das heißen? Glauben Sie etwa, ich habe ihn angestiftet?«
»Das überlassen wir dem Richter.«
Wegener wollte sich nicht beruhigen.
»Der ist doch blöde, dieser Schwachkopf ... Ich hätte ihm gesagt, er soll Bock umbringen!«
Reiser machte eine unwillige Handbewegung.
»Erzählen Sie das dem Gericht. Ich hätte noch eine ganz andere Frage: Wie sind Sie eigentlich an den Bumke geraten? Ich meine, Sie als Gardist und er als Schütze? Kannten Sie sich schon?«
»Nein. Der hat mich irgendwann mal abgefangen. Kam für mich wie aus heiterem Himmel. Hat angedeutet, er wüsste eine Möglichkeit, sich nebenbei was zu verdienen, fast legal. Die Franzosen hätten die Hand drauf, deshalb sei es auch gefahrlos. Ich hab ihn gefragt, wieso er gerade auf mich käme, und er meinte, er hätte läuten hören, ich stecke in der Klemme. Wie der spitzgekriegt hat, dass mir einer im Nacken saß, dem ich was geschuldet hab, weiß ich bis heute nicht.
Jedenfalls hat er mich damit rumgekriegt, dass ich eigentlich nicht mehr tun musste, als die drei anderen von der Mannschaft überreden, mitzumachen. Den Rest wollte er deichseln. Ich habe lange überlegt. Aber diese Schützen schwirren doch dauernd um die Franzosen rum. Konnte doch sein, dass er was von denen wusste. Irgendwie hat er es eben geschafft, mich zu ködern. Alles was wir zu tun hatten, war, Fuhrwerke durchzulassen. Den Rest hat Bumke mit den Franzosen geregelt.«
Reiser nickte und gab den Wachen ein Zeichen.
»Dann bringen Sie die beiden Herren mal wieder zurück in ihre guten Stuben.«

Krüger rückte Rachs frei gewordenen Stuhl zurecht und setzte sich Reiser gegenüber. Eine Weile hingen sie ihren Gedanken nach, dann fasste Krüger die Erkenntnisse zusammen.

»Einen Mörder haben wir nun. Fehlt noch der zweite.«

»Falls Radtke umgebracht wurde.«

»Zweifeln Sie denn daran?«

»Ich verlasse mich auf die Zweifel von Dr. Walther.«

»Dann wäre es also schon möglich.«

»In der Tat. Allerdings haben wir nicht den geringsten Verdacht oder Hinweis. Somit könnte es jeder gewesen sein, so viel ist gewiss. Aber diese Erkenntnis bringt uns keinen Schritt weiter.«

»Jeder, ist das nicht sehr weit gegriffen? Der Täter muss doch einen Grund gehabt haben.«

Reiser begann so leise zu reden, dass Krüger sich über den Tisch beugen musste, um ihn zu verstehen.

»Da haben Sie recht. Hinter jedem Mord steckt ein Motiv, Machtgier, Neid, Habsucht, Hass, Eifersucht, Rache, ein buntes Allerlei niederer Triebe. Wo Sie schon so gerne einen Mörder hätten, wer käme denn nach Ihrer Meinung in Frage?«

Krüger richtete sich auf.

»So dilettantisch er es auch angestellt hat, Radtke wollte beim Schmuggel mitmischen. Da reagieren die Leute sauer, deren Geschäft er beeinträchtigt. Sein großspuriger Versuch ist kläglich gescheitert. Jemand hat dabei seinen Einsatz verloren. Der wird nicht sehr froh darüber sein. Schon haben wir zwei Motive. In beiden Fällen führt die Spur zu den Franzosen.«

»Leider werden wir sie nicht verfolgen können«, brummte Reiser.

Sein Assistent sprudelte vor Zuversicht über. »Ich glaube, das ist gar nicht nötig.«
»Nein? Melden die sich etwa freiwillig?«
»Es gibt jemanden, der noch bessere Gründe hatte, Radtke umzubringen.«
»So?«
»Bumke.«
»Warum gerade der?«
»Für mich hat er sich von Anfang an verdächtig gemacht, als er Radtke bei Ihnen angeschwärzt hat. Redet man so über einen von der gleichen Truppe? Aber er hat ihm ja auch ins Geschäft gepfuscht, zumindest versucht, es zu tun. Bumke wollte allen zeigen, wie es jemandem geht, der ihm bei den Franzosen in die Quere kommt. Ganz nebenher stopfte er diesem geschwätzigen Radtke auch noch das Maul, bevor zu viel über die dunklen Geschäfte ans Tageslicht kam. Warum haben Sie ihn eigentlich nicht nach Radtke gefragt?«
Reiser fuhr mit der Hand über den Tisch, als wische er unsichtbare Krümel beiseite.
»Bevor Bumke mich zur Kaserne brachte, habe ich ein Gespräch zwischen ihm und Wegener mitbekommen. Demnach hat er ihn nicht umgebracht und weiß auch nichts darüber.«
»Glauben Sie etwa diesen Ganoven?«
»Wenn es nach denen gegangen wäre, hätte ich am Ende der Nacht niemandem mehr irgendetwas erzählen können. Es gab also keinen Grund, mir etwas vorzumachen.«
»Wir sollten ihn trotzdem gründlich in die Mangel nehmen.«
»Glücklicherweise sitzt er sicher hinter Schloss und Riegel. Morgen ist auch noch ein Tag.«

23

Vor dem Haus der Tante fiel Reiser ein, dass er das Brot für das Abendessen noch nicht geholt hatte. Die Ladentür der Bäckerei war abgeschlossen, zu früh für die Tageszeit. Er warf einen Blick durch das Fenster. Im Laden war niemand zu sehen, kein einziges Brot lag in den Regalen. Reiser ging zum Hintereingang, klopfte und rief nach Bäckermeister Klatt, er sei gekommen, um das Brot zu holen. Die Frau des Bäckers öffnete die Tür. Sie sah ihn aus rot verweinten Augen an. Ohne ein Wort zu sagen, machte sie kehrt. Reiser folgte ihr. Vor der Backstube trat sie zur Seite, ließ ihn vorbei. Er blieb wie angewurzelt stehen. Bäckermeister Klatt hing an einem Strick von der Decke.

»Er war schon tot, als ich kam.«

Reiser spürte, wie es ihm kalt den Rücken hinunterlief, als er mit dem Finger nach dem Handgelenk des Erhängten tastete. Kein Pulsschlag.

»Haben Sie schon nach einem Arzt geschickt?«

»Nein, wozu?«

Reiser fiel keine rechte Antwort ein. Laut geltenden Bestimmungen musste bei Todesfällen, zumindest solchen, die nicht eindeutig auf natürlichen Ursachen beruhten, unverzüglich der Stadtphysikus oder Leichenkommissar gerufen werden. Nach einem verstohlenen Blick auf die junge Frau, die mit grauem Gesicht und hängenden Schultern auf der Treppe kauerte, verkniff er sich, sie daran zu erinnern.

»Seit wann sind Sie hier?«

»Kurz nachdem es fünf geschlagen hat.«
Sie saß schon fast eine Stunde ihrem toten Ehemann zu Füßen. Wollte sie in ihrer Trauer mit ihm allein bleiben, oder war sie zu verwirrt, um jemanden zu benachrichtigen? Reiser warf einen Blick auf den Erhängten. Er trug noch die helle Schürze über der Kattunhose. Die stets aufgekrempelten Ärmel seines Hemds waren sorgfältig heruntergerollt. Die Mütze, unter der Meister Klatt immer ein wenig schelmisch ausgesehen hatte, lag auf dem Arbeitstisch. Seine Pantinen standen säuberlich nebeneinander unter ihm, als habe er sie nur kurz abgestellt, um jeden Moment wieder hineinzuschlüpfen.
Reiser schob eine Hand unter die Schürze, legte sie auf den Brustkorb. Die Körpertemperatur war bereits gesunken. Hand- und Armgelenke ließen sich noch bewegen, die Fingerspitzen waren fahl blau verfärbt. Der Tod dürfte irgendwann gegen Mittag eingetreten sein.
Ein Hocker lag umgestürzt vor der Mehltruhe. Es sah aus, als sei Klatt auf ihn gestiegen, um das Seil unter der Decke zu befestigen und sich um den Hals zu legen. Beim Hinunterspringen hatte er den Schemel umgestoßen. Absichtlich, der Dreifuß lag zwei Schritte entfernt. Er wollte der Versuchung vorbeugen, im letzten Moment mit den Füßen Halt zu suchen.
Während Reiser nach einem Messer Ausschau hielt, um den Toten abzuschneiden, dämmerte ihm, was auf ihn zukam, wenn er eins fand. Er konnte nicht einfach das Seil durchschneiden und den Körper zu Boden fallen lassen.
Er müsste den Schemel heranrücken, hinaufsteigen, eine Schulter gegen den Bauch des Toten drücken, den Körper mit einer Hand fixieren, so gut es ging, mit der anderen das Seil durchtrennen, dann auf dem kleinen wackeligen

Tritt den herunterfallenden Oberkörper des beleibten, entleibten Bäckers mit der Achsel auffangen, auf einem Bein balancierend langsam das Knie beugen, mit dem anderen Halt auf dem Boden suchen und mit dem schweren Gewicht schließlich zum Stehen kommen.

Er gab die Suche auf, wandte sich der Witwe zu.

»Kann ich Sie einen Moment allein lassen mit …«

»Sie meinen mit Franz? Ich war doch die ganze Zeit mit ihm allein.«

»Ich bin gleich zurück.«

Reiser nahm die wenigen Stufen der Treppe in zwei Sätzen, lehnte die Tür zur Backstube nur an.

Im *Grünen Baum* war es ruhig, der Stammtisch leer.

»Wann kommen denn die Totengräber?«

Der Wirt antwortete, ohne von der Zeitungslektüre aufzusehen.

»Gegen sechs, die Suppe steht schon auf dem Herd.«

»Dann passen Sie auf, dass sie nicht anbrennt. Sobald die Herren erscheinen, schicken Sie die beiden rüber zu Bäcker Klatt. Richten Sie ihnen aus, wenn sie nicht auf dem Absatz kehrtmachen und sofort kommen, lasse ich sie in die Stadtvogtei bringen und sorge persönlich für angemessene Kost und Logis. Das Gleiche gilt für den mit der Nachricht Beauftragten, sollte er über seiner Lektüre vergessen, sie umgehend auszurichten.«

Als Reiser in die Bäckerei zurückkam, kauerte Frau Klatt wie erstarrt immer noch auf der Treppe zur Backstube. Er stellte den Hocker so, dass er sich mit dem Rücken zum Erhängten setzen konnte.

»Hat Ihr Mann keinen Abschiedsbrief hinterlassen?«

Frau Klatt schlurfte wortlos zum Arbeitstisch, hob die Mütze des Bäckermeisters an, zog mit spitzen Fingern

einen Zettel hervor, kam zurück, reichte ihm das Papier und ließ sich kraftlos wieder auf die Treppe sinken. Halblaut las er die drei kurzen, von schwerfälliger Hand geschriebenen Sätze:
Marie ist fort, ohne sie will ich nicht länger leben.
Dieser Mistkerl hat unser Leben zerstört.
Ich und ein ...!
Das letzte Wort konnte Reiser nicht entziffern, nur das Ausrufezeichen dahinter war eindeutig. Er reichte ihr das Blatt, wies mit dem Finger auf die Stelle.
»Franzosenfreund.«
»Haben Sie eine Ahnung, was das bedeuten soll?«
»Nein.«
Reiser zog die Stirn in Falten, ließ sich das Wort durch den Kopf gehen. Marie Klatt unterbrach die Stille.
»Aber er hat mich doch selbst fortgeschickt, zu meiner Schwester nach Köpenick. Damit ich mit jemandem über alles reden kann. Sie hat mich beruhigt. Da wollte ich schnellstens zurück, sobald ich jemanden gefunden hatte, der nach Berlin fuhr. Als ich ankam, war die Ladentür verschlossen. Ich rief nach ihm. Er antwortete nicht. Da hatte ich gleich so eine Ahnung. Dann bin ich ums Haus. Vor der Tür bin ich stehen geblieben. Traute mich gar nicht hinein in unsere Backstube. Habe einen Schritt gemacht und seine Fußspitzen gesehen, in der Luft. Tot ... Woher wusste ich eigentlich sofort, dass er tot war?«
Reiser betrachtete den Zettel in seiner Hand.
»Wer ist eigentlich der Mistkerl, von dem hier die Rede ist?«
»Das wissen Sie nicht?«
»Sagen Sie es mir, bitte.«
Sie schaute ihn unsicher an.

»Der Schütze.«
»Radtke?«
»Hieß der so?«
»Das ist der Name des Schützen, den man bei der Bandmühle aus dem Wasser geholt hat.«
»Aber Sie waren ihm doch schon auf den Fersen!«
Reiser zog verdattert die Schultern hoch.
»Wem?«
»Franz!«
»Ihrem Mann? Wieso?«
»Sie haben am selben Tag, als der tote Schütze an diesem vermaledeiten Rechen gefunden wurde, den Graben abgesucht und Franz gefragt, ob er etwas von einem Zweispitz wusste.«
Reiser nickte gedankenverloren. Richtig, der Zweispitz im Wasser.
»Franz glaubte, Sie wüssten Bescheid, hätten Verdacht geschöpft. Nicht mehr lange und man würde uns holen. Die Geschäfte gingen auch immer schlechter. Das Mehl wird Tag für Tag teurer, mit Brotbacken ist kein Geld mehr zu verdienen. Ich redete ihm gut zu, aber er hat nur vor sich hin gebrütet. Wir hatten doch Gespartes. Das wollte ich nehmen und mit ihm fortgehen. Er meinte, dann würde man uns erst recht verdächtigen und wohin wir denn überhaupt sollten. Anderswo wäre es auch nicht besser. Napoleon hält ganz Europa besetzt.
Schließlich hat er das Geld geholt, mir aufgetragen, es in mein Kleid einzunähen, und mich zu meiner Schwester geschickt. Ich sollte es bei ihr gut verstecken. Dann würden wir sehen, wie es weitergeht.«
Der Kopf sank ihr auf die Brust. Unschlüssig, was er tun sollte, beugte Reiser sich vor, streckte die Hand aus, um

ihr die Schulter zu tätscheln, zog sie wieder zurück, straffte den Rücken, schwieg. Marie Klatt schlug die Hände vors Gesicht, schüttelte den Kopf, schluchzte laut auf.
»Es ist alles meine Schuld.«
»Haben Sie ihn umgebracht?«
»Umgebracht? Wie kommen Sie denn darauf?«
»Warum erzählen Sie mir nicht einfach, was geschah?«
»Franz ging zur Versammlung.«
»Wann war das?«
»Letzten Sonntag, am Abend. Die Innung wollte darüber sprechen, wie es weitergeht. Franz hatte kaum das Haus verlassen, ich wollte gerade die Tür abschließen, da stand dieses Federvieh vor dem Laden. Ich kannte ihn vom Sehen, er hatte ein paarmal Brot bei uns gekauft. Er wüsste von den Schwierigkeiten, in denen die Bäcker steckten, sagte er, und hätte eine Lösung. Ich antwortete, er solle das am nächsten Tag meinem Mann erzählen. Aber er stieß die Tür auf, zwängte sich an mir vorbei, stand plötzlich im Laden und ging gleich weiter in die Stube, als sei er bei sich zu Hause.«
Sie verbarg das Gesicht in ihren Händen, schluchzte. Nach einer Weile wischte sie mit zwei kurzen Handbewegungen die Tränen von den Wangen, hob den Kopf und setzte mit eintöniger Stimme ihren Bericht fort.
»Er hatte getrunken, das war deutlich zu riechen. Prahlte, er könne Mehl besorgen, zu Freundschaftspreisen. Dann zog er einen Beutel Kaffee aus der Tasche, stellte ihn auf den Tisch. Er hätte noch mehr davon, ich solle nur sagen, wie viel ich wünschte.
Auf einmal umarmte er mich. Ich wollte ihn wegstoßen, aber er drehte mir die Arme auf den Rücken, küsste mich auf die Wangen, gebärdete sich wie von Sinnen. Stöhnte,

er verehre mich, liebe mich, werde mich von meinem traurigen Leben in der Backstube erlösen.«
Sie wandte den Kopf zur Seite.
»Dann hörte ich Franz kommen. Der Kerl erschrak, ich riss mich los und sprang zur Tür, Franz entgegen. Die Versammlung war vorzeitig aufgelöst worden. Die Bürgergarde war unterwegs, um die Teilnehmer in Arrest zu nehmen. Irgendwer hatte das Treffen verraten und jemand anderer die Innung gewarnt.
Ich wollte Franz erzählen, was geschehen war, da kam dieser Schütze aus der Stube und grinste dreist. Franz stand wie versteinert auf dem Gang. Der Kerl knöpfte seine Jacke zu, setzte den Hut auf und ließ nebenbei fallen, der Hausherr solle nur gut auf seine Frau achtgeben. Franz fragte, was er damit meinte. Aber der Lump schnauzte gleich los, es reiche ihm für den Abend, er gehe jetzt, und drängte an ihm vorbei. Franz wollte ihn aufhalten. Er sollte sagen, was er gemeint hat.
Plötzlich gab es Gerangel. Franz gab ihm einen Schlag ins Gesicht. Gar nicht fest, ohne richtig auszuholen. Aber er war ein starker Mann und der Schütze hatte getrunken. Er stürzte die Treppe hinunter. In der Backstube blieb er liegen, rührte sich nicht. Er muss mit dem Kopf auf den Backtrog gefallen sein. Franz schüttete ihm Wasser ins Gesicht. Der Schütze blieb stumm wie ein Fisch. Dann hat Franz noch gesagt, er hätte ihm doch nur eins auf die Nase gegeben. Davon stürzt man doch nicht die Treppe runter und bricht sich das Genick.«
Reiser unterbrach sie.
»Haben Sie denn gar nicht daran gedacht, die Polizei zu rufen oder die Bürgergarde?«
»So durcheinander, wie wir waren? Wir wussten doch

überhaupt nicht, was wir machen sollten. Wer hätte uns geglaubt, dass es ein Unglück war? Franz hatte einen Schützen in Uniform niedergeschlagen, keinen Räuber, der heimlich im Dunkeln im Haus herumschlich. Alle hätten gedacht, er hat ihn mit Absicht erschlagen, aus Wut oder sonst was.

Franz hat dann gesagt, er muss ihn wegschaffen. Nur wohin? Uns fiel nichts anderes ein als der Festungsgraben. Hauptsache, er war weg und würde erst in Spandau auftauchen oder vielleicht überhaupt nicht mehr. Ich wollte Franz helfen, ihn wegzubringen, aber er ließ es nicht zu. Hat mich nur vorgeschickt, um nachzusehen, ob draußen jemand war.«

Ihre Stimme war immer leiser geworden, der Bericht so eintönig vorgetragen, dass Reiser Mühe hatte zu folgen.

»Franz kam zurück, ging, ohne ein Wort zu sagen, zur Anrichte, holte die Flasche hervor, goss ein großes Glas ein und schüttelte den Kopf darüber, wie man nur so dumm sein konnte. Sie würden ihn bald finden. Im selben Moment, als der Tote im Wasser trieb, hat er ihn schon im Rechen hängen sehen. An die Bandmühle hatten wir gar nicht gedacht.

Dann fiel mir der Zweispitz ein. Der musste noch in der Backstube liegen. Wir haben lange gesucht, in alle Ecken geschaut, sind auf dem Boden herumgekrochen. Schließlich haben wir ihn im Trog entdeckt. Überall hing Teig dran, besonders an den Federn. Ich habe sie abgezupft, bis der Hut wieder sauber war. Franz wollte das gar nicht, er meinte, es wäre alles sinnlos. Aber ich habe ihm gesagt, er soll mich nur machen lassen.

Dann bin ich mit dem Hut zum Festungsgraben und habe ihn weiter oben nah am Ufer ins Wasser gelegt, damit man

ihn findet und es so aussah, als sei der Schütze ganz woanders in den Graben.«
Reiser schaute sie nachdenklich an. Die Stelle, an der Radtke ins Wasser gelangte, hätte er suchen können, bis er alt und grau wurde.
So einfach führte es einen in die Irre, wenn man mit Logik falsche Annahmen verfolgte.
»Was war denn mit dem Teig, nachdem der Zweispitz darin gelegen hatte?«
»Licht wollten wir keines machen. Wir haben nachgesehen, so gut es ging. Franz wollte am Morgen die Augen offen halten, wenn er die Brote formte.«
Reiser nickte in Gedanken. Franzosenfreund! Das Brot mit der Kokarde, das Jordan erwähnt hatte, stammte von Klatt. Dieses kleine runde Stück Papier, das an Radtkes Hut steckte, war am Teig hängen geblieben und unbemerkt in einen Brotlaib geraten. Bäcker Klatt wird es wie Schuppen von den Augen gefallen sein, als man ihm die Kokarde präsentierte, die er angeblich absichtlich eingebacken hatte.
Die Witwe des Bäckers wies mit einer müden Handbewegung zum Regal an der Wand neben dem großen Backofen.
»Sehen Sie die vielen Brote? Alle vorschriftsmäßig gebacken. Franz hat heute Morgen noch das ganze Mehl verbraucht. Schauen Sie in die Mehlkiste, sie ist leer. Er wollte sein Geschäft ordentlich hinterlassen.«
»Was geschieht jetzt damit?«
»Womit?«
»Mit den Broten.«
»Was soll damit sein?«
»Wollen Sie die nicht verkaufen?«

Sie machte eine Bewegung, als jage ihr allein der Gedanke daran einen Schauer über den Rücken.
»Friederike kann Ihnen helfen. Und ich brauche selber eins.«
»Ich werde das Haus verlassen und nie mehr wiederkommen. Da in der Backstube hat der Franz gestanden und all die Brote gebacken. Hat die ganze Zeit darüber nachgedacht, ob noch etwas zu erledigen ist, bevor er sich aufhängt. Ich kenne ihn doch. Wie kann ich diese Brote verkaufen?«
»Sie haben nichts von dem Auflauf heute Morgen gehört?«
»Auflauf?«
»Vor Ihrer Bäckerei. Jemand hat ein Brot gekauft, in das eine Kokarde eingebacken war.«
»Eine Kokarde?«
»Ja, Radtke trug eine an seinem Hut.«
»Dann habe ich Franz auf dem Gewissen?«
»Sie haben niemanden auf dem Gewissen. Radtke hat sich arglistig Einlass verschafft und sie bedrängt. Danach ist er unglücklich gestürzt. Durch einen dummen Zufall bringt ein Fetzen Papier Ihren Mann in falschen Verdacht.«
»Hat er deshalb etwas von einem Franzosenfreund geschrieben? Haben die Leute ihn so genannt?«
»So wurde mir gesagt.«
»Das lasse ich nicht auf Franz sitzen. Ich werde dafür sorgen, dass die Leute kommen und sich drängeln, bis sie blaue Flecken kriegen. Jedem einzelnen werde ich sagen, dass es nicht wahr ist. Tumult vor unserer Bäckerei wollen die Leute haben? Den können sie kriegen! Ich verkaufe die Brote zum halben Preis. Und ein Polizist soll mit der Waage neben dem Tresen stehen und jedes einzelne Brot wiegen, bevor es herausgegeben wird.«

Es klopfte. Die Leichenträger standen in der Tür, schauten sich kurz um, begriffen sofort. Der Große sah Reiser an.
»Haben Sie den Stadtphysikus benachrichtigt?«
»Nicht nötig, das Kriminal-Gericht hat die Leiche freigegeben.«
»Wohin sollen wir ihn bringen?«
»Zum Bestatter.«
»Zu welchem?«
»Das überlasse ich Ihnen. Oder soll es ein bestimmter sein?«, fragte Reiser die Witwe. Sie schüttelte den Kopf. Reiser wandte sich wieder den Totengräbern zu.
»Jemand aus dem Sprengel. Die Beerdigung muss übermorgen stattfinden.«
»Das wird knapp.«
»Ja, aber danach ist Sonntag und vier Tage können wir nicht warten.«
Reiser nahm die Witwe des Bäckers beim Arm.
»Wir können gehen.«
»Wohin?«
»Erst einmal zur Tante, dort wartet Friederike. Und dann nehmen wir Sie mit zu uns. Wir haben zwei Zimmer. Im einen steht ein Sofa, das wird Friederike für Sie herrichten.«
Marie Klatt nickte.
»Vergessen Sie nicht, Ihr Brot mitzunehmen.«

Friederike fiel beiden zur Begrüßung freudig um den Hals. Ihr Lachen erstarb, als sie merkte, dass etwas nicht stimmte.
»Marie, was ist denn? Geht es dir nicht gut?«
»Der Franz.«
»Ja?«

Reiser gab Friederike ein Zeichen. Er stellte zwei Stühle in die Ecke am Fenster. Dort rückten die beiden Frauen eng zusammen. Er selbst nahm seinen Platz am Tisch ein.
Wie brachte er die Angelegenheit zu Ende, ohne dass die bedauernswerte Witwe in eine Flut beschämender Untersuchungen, aufgeregter Wortgefechte und hämischer Kommentare hineingezogen wurde?
Der Verdacht eines Kapitalverbrechens musste vom Tisch, und zwar ohne jedes Aufheben. Nach seiner Meinung gab es gar kein Verbrechen. Er glaubte Marie. Ihre Schilderung passte zu Doktor Walthers Vermutungen, die mögliche Todesursache betreffend. Vielleicht konnte der Chirurg ihre Aussagen sogar erhärten, wenn er den Leichnam gezielt in diese Richtung untersuchte. Ohne Gewalttat blieb von der Sache nur das Delikt rechtswidrigen Fortschaffens einer Leiche.
Womit nicht mehr das Kriminal-Gericht zuständig war, sondern die Polizei. Bei denen hatte er mit jemandem noch eine Rechnung offen – Polizeimeister Rosenow. Der hatte ihn, den damals frischgebackenen Polizei-Sergeanten, vor Jahren nicht nur mit allen Mitteln davon abhalten wollen, eine richtige Spur zu verfolgen. Er hatte auch daran mitgewirkt, dass die Leiche eines Unbekannten verschwand, bevor Doktor Walther die Todesursache feststellen und ihm mitteilen konnte.
Jetzt lagen die Dinge anders. Der Herr Polizeimeister würde in diesem Falle alles daransetzen, um aufzudecken, wer die Leiche widerrechtlich ins Wasser geworfen hatte. Zuerst musste er herausfinden, wo das geschehen war. Gab es Hinweise? Immerhin war der Fundort des Zweispitzes bekannt. Den könnte er Rosenow, als Amtshilfe sozusagen, der Wahrheit gemäß mitteilen und ihm die lo-

gischen Folgerungen nahelegen, die er selber gezogen hatte. Mochte der wackere Herr Polizeimeister doch beide Ufer absuchen und jeden Grashalm umdrehen – bis zur Quelle der Spree, wenn er wollte.

Anna Straßberg unterbrach ihn bei seinen heiklen Erwägungen und stellte die Kanne auf den Tisch.

»Trink erst mal eine Tasse Kaffee, das wird dir guttun.«

Nachwort

Am 17. Oktober 1806 wurde den Berlinern durch öffentlichen Aushang eine knappe Nachricht mitgeteilt: »Der König hat eine Bataille verloren. Jetzt ist Ruhe die erste Bürgerpflicht. Ich fordere die Einwohner Berlins dazu auf. Der König und seine Brüder leben!«
Der Autor des Aushangs, Gouverneur von Berlin Graf Friedrich-Wilhelm von der Schulenburg-Kehnert, hatte es brillant verstanden, in den wenigen kurzen Sätzen einiges an Täuschung, Verdrehung und Verschleierung unterzubringen. Die vernichtende Niederlage von Jena und Auerstedt drei Tage zuvor lapidar zum Verlust einer Schlacht herunterzuspielen, kann bei von der Schulenburg als erfahrenem Militär kaum als Fehleinschätzung durchgehen. Für ziemlich genau sieben Jahre blieb Preußen vom Oktober 1806 an unter der Herrschaft Napoleons.
Da das Plakat den Leser als Bürger ansprach, mag in manchem die Hoffnung gekeimt haben, im Königreich werde demnächst ein neuer Wind wehen. Weit gefehlt, der Bürger blieb Untertan und sein König Herrscher von Gottes Gnaden. Für eine Weile sollte der Kaiser der Franzosen zwischen beiden stehen. Sobald Napoleon nach St. Helena einschiffte und der Kongress in Wien die Altordnung Europas beschloss, würde der alte, neue Souverän seinem Volk auf gewohnte Weise zeigen, wie er zu regieren gedachte.
Die Mitteilung, dass der König und seine Brüder lebten (die beim Volk so beliebte Königin Luise blieb uner-

wähnt), sollte, als frohe Botschaft getarnt, etwa aufkommende Zweifel an seiner Existenz ausräumen. Die Berliner würden ihren Herrscher nämlich eine ganze Weile nicht zu sehen bekommen. Friedrich Wilhelm III. war mit Familie, Teilen des Hofstaats und der Behörden sowie einer Reihe wohlhabender Familien in die entfernteste Ecke des Landes geflohen. Der Volksmund reimte: »Unser Dämel sitzt in Memel.«

Wenn in Berichten aus der Zeit von Soldaten der siegreichen »Grande Armée« die Rede ist, gilt es genau hinzuschauen, was ihre Nationalität betrifft. Den Kern der Großen Armee bildeten französische Einheiten. Diese beriefen sich auf das Volksheer, das nach der französischen Revolution österreichische und preußische Invasionstruppen vertrieb, die im Auftrag ihrer fürstlichen Herrscher hatten verhindern sollen, dass Frankreich zur Republik wurde – ein fatales Beispiel für ihre eigenen Völker.

Mit und neben den französischen Kerntruppen marschierten in der Grande Armée Truppenteile verbündeter und abhängiger Staaten, die zusammen mehr als ein Viertel der Truppenstärke ausmachen konnten. In kleineren Abteilungen blieben die Soldaten nach Herkunftsländern unter sich, größere Formationen wurden von Franzosen geführt. So kämpften unter Napoleon Holländer, Italiener, Polen, Schweizer, Spanier wie auch Soldaten aus Anhalt, Baden, Bayern, Hessen, Sachsen, Württemberg. Manche der »deutschen« Landsleute genossen bei den Berlinern einen weit schlechteren Ruf als Franzosen oder sonstige »Ausländer«.

Die Berliner gehorchten jedenfalls ihrer Bürgerpflicht, bewahrten die Ruhe und empfingen am 25. Oktober 1806, neugierig, aber reserviert, die einmarschierenden französischen Truppen. Egal, wie viele Soldaten unterschiedlicher Mächte in der Grande Armée dienten, den Franzosen war die Übernahme der Stadt vorbehalten. Wenn die Zuschauer preußisch-militärischen Drill erwartet hatten, wurden sie nicht wenig überrascht von munter daherspazierenden, lockeren Formationen, die ohne Parade und Tschingderassabum Unter den Linden entlangzogen. Erst recht wunderten sie sich über die einfachen Uniformen der Soldaten, deren wichtigstes Erkennungszeichen ein Löffel war, den sie an Hut oder Mütze trugen. Dass einer von ihnen gar einen Pudel an der Leine führte, sorgte tagelang für Gesprächsstoff.

Napoleon selber hielt zwei Tage später in Berlin Einzug, bei Kaiserwetter, wie die Chronisten berichten. Im Gegensatz zu ihren Mannschaften zeigten die Heerführer Glanz und Glimmer. Der Kaiser selber legte weniger Wert auf Orden und Prunk. Ihn erwarteten schaulustige Gaffer, doch die Zahl hielt sich in Grenzen. Weder tosendes Vivat noch lärmende Missfallensäußerungen begleiteten seinen Weg.

Nachdem die Truppen einige Nächte im Lustgarten und auf anderen Plätzen biwakiert hatten, wurden sie in Berliner Haushalten einquartiert. Die reichlich vorhandenen und leer stehenden Kasernen der preußischen Armee wollte die französische Generalität ihren Soldaten nicht zumuten. Angeblich waren die Gebäude allesamt überaltert oder baufällig sowie hoffnungslos verdreckt, verlaust und verwanzt, kurz in einem menschenunwürdigen hygienischen und sanitären Zustand.

Es sei dahingestellt, inwieweit dies der Wahrheit entsprach oder übler Nachrede gegen die preußischen Soldaten geschuldet ist, die sie doch bis vor Kurzem bewohnt und in diesem Zustand hinterlassen hatten. Einzelne Kasernen wurden später genutzt, nachdem sie renoviert worden waren – natürlich auf Kosten der Berliner.

Recht spät, im Sommer 1808, wurde unter Leitung von Sappeuren der Grande Armée im Westen von Charlottenburg mit dem Bau eines Militärlagers für 25.000 Mann begonnen. Es lag dort, wo heute der Spandauer Damm von lauschigen Lauben und schicken Villen gesäumt wird. Wegen der Nähe zu Charlottenburg nannte der Volksmund die Kolonie »Napoleonburg«. Sie bestand aus knapp 600 einfachen Fachwerkhäusern mit Lehmwänden entlang breiter Boulevards. Tannenbaumalleen dienten dem Vergnügen an der frischen Luft, ein Ballhaus solchem unter dem Dach. Der Büste Kaiser Napoleons durfte in einem orientalischen Zelt gehuldigt werden. Umgeben und begrenzt wurde das Retortenheerlager von den Buden und Zelten der Marketender.

Den Kauf des Baumaterials für die Hütten drückte Napoleon den Charlottenburgern auf, die Bewirtungskosten ihrer Bewohner ebenfalls (auch die Berliner mussten ihre Gäste durchfüttern). Die Gemeinde verschuldete sich auf Jahre. Gut sechs Monate nach Fertigstellung stand die Bretterstadt wieder leer und wurde abgerissen (wie auch ihre »Partnerstädte« bei Neu-Ruppin und Havelberg). Der geniale Kriegsherr hatte neue Ziele ausgemacht und brauchte seine Soldaten andernorts. Es ging nach Spanien, dessen Bewohner, anders als die Preußen, seinen Besatzern einen erbitterten Widerstandskampf lieferten. (Wer etwas über dessen Grausamkeiten erfahren möchte, möge nur Goyas *Schrecken des Krieges* betrachten.)

In Berlin wurde ab Ende 1806 einquartiert. Jeder Hausbesitzer musste je nach Größe des Hauses, jeder Mieter nach

Anzahl der Zimmer seiner Wohnung Soldaten der Grande Armée Herberge bieten. Haushalte, die keinen Soldaten aufnehmen konnten, zahlten Einquartierungssteuer. Letztlich lief es darauf hinaus, dass die meisten Berliner Familien einen Gast zugeteilt bekamen.

Wenn auch bei der Unterbringung von Soldaten eigentlich die Kasernenhaltung bevorzugt wurde, so bot deren Einquartierung in privaten Haushalten durchaus Vorteile. Die Soldaten hatten nicht nur ein Dach über dem Kopf: Ihre Gastfamilien mussten sie auch beköstigen. Versorgungseinheiten und Kantinen der Armee wurden so nicht benötigt. Der Kaiser bevorzugte eine schlanke Organisation seines Heeres.

Daneben gab es einen weiteren Aspekt. Die Einquartierten behielten ein Auge auf ihre Gastgeber. Die persönliche Nähe zwischen Gast und Wirt mochte eine gewisse Gefahr der Fraternisierung in sich bergen. Einem vertieften Gedankenaustausch stand indes in den meisten Fällen die Sprachbarriere im Wege.

Laut Bestimmungen des Friedensvertrags von Tilsit im Juli 1807 durften Mannschaftsgrade des unterlegenen preußischen Heeres sich in Berlin aufhalten (sofern sie nicht als Kriegsgefangene interniert waren). Das Tragen von Uniform und Abhalten von Versammlungen war jedoch verboten. Offiziersgrade aus der Mittelmark durften in ihrer Heimatregion als »freie Kriegsgefangene auf Ehrenwort« leben. Berlin war für sie jedoch tabu.

Diese Bestimmung wurde erst im Januar 1808 gelockert. Ab dann durften die Offiziere, wie Ausländer auch, eine »Carte de sureté« beantragen und sich ungehindert in Berlin bewegen, ohne Uniform natürlich. Offensichtlich hielt sich mancher nicht daran, wie ein diesbezüglicher Tagesbefehl des Stadtkommandanten General St. Hilaire zeigt, der wiederholt veröffentlicht wurde und jedem Zuwiderhandelnden Bestrafung und seinen Verweis aus Berlin androhte.

Wenn der eine oder andere Offizier trotz Verbot Uniform trug, mochte Unwissenheit oder Provokation dahinterstecken. Doch konnte auch die pure Verlegenheit im Spiel sein, keine angemessene Zivilkleidung zu besitzen. Ebenso wie der gemeine Soldat stand mancher Offizier vor dem Nichts. Wovon sollte leben, wer nichts anderes als Kriegsdienst kannte? Viele, die sich nicht jedwedem gegen Sold verdingen wollten, sondern weiter gegen Napoleon ins Feld ziehen, leisteten den Eid auf die Fahnen Österreichs. In England gab es die »King's German Legion«, einen Verband, der sich unter Wellington insbesondere in Spanien und bei Waterloo einen Namen machte.

Daneben zogen Werber durch Straßen und Wirtshäuser, um die Kontingente der Verbündeten Napoleons mit kampferprobten Soldaten aufzufüllen. Fürst Carl von Isenburg, Colonel der Grande Armée, ließ lautstark die Werbetrommel für seinen Dienstherrn rühren, womit er bei Patrioten heftigen Unmut erregte. Er schreckte auch nicht davor zurück, die prekäre Lage der Kriegsgefangenen für Versprechungen und Drohungen zu nutzen. Kaum hatte er auf Druck Berliner Behörden sein Rekrutierungsbüro nach Leipzig verlegt, hängten holländische Werber überall ihre Anschläge auf, die neben regelmäßigem Sold ein verlockendes Handgeld versprachen.

In Berlin hatte traditionell die Garnison für Ruhe und Ordnung gesorgt, auch in Friedenszeiten. Soldaten bewachten die Stadttore, patrouillierten in den Straßen, zeigten bei allen möglichen Anlässen Präsenz. Die Polizei

war mit Aufgaben unterschiedlichster Art betraut mit dem Einwohnermeldewesen, der Marktkontrolle, der Hygieneüberwachung, um nur einige zu erwähnen.
Nach der Besetzung von Berlin gab es in der Stadt keine preußischen militärischen Verbände mehr. Die Ordnungsmacht fehlte. Natürlich hätte Napoleon deren Aufgaben Einheiten seiner Armee übertragen können. Aber für derlei Nebensächlichkeiten Kräfte zu binden, widersprach seiner Auffassung von Konzentration der Ressourcen auf das Wesentliche. Für Ruhe und Ordnung sollten die Berliner selber sorgen.
Dabei konnte Napoleon gleich zwei Fliegen mit einer Klappe schlagen: Die so übertrieben autoritätshörigen und königstreuen Preußen sollten republikanisches Ideengut kennenlernen. Kein Herrscher würde mit Militär über seine Untertanen wachen, sondern die Bürger selber über ihr Gemeinwesen. Gleichzeitig sollten jegliche Kosten minimiert werden, da sie Stadt und Staat finanziell belasteten. Letzteres Ziel entsprang weniger der Sorge, die ohnehin stark beanspruchten öffentlichen Kassen zu entlasten. Vielmehr sollten sämtliche Ausgaben vermieden werden, die das Budget schmälerten, das für Kontributionen an die Sieger zur Verfügung stand.
Dem Kaiser kam die glänzende Idee, ehrenwerte Bürger, also solche, denen man ein gewisses Ansehen und Vermögen nachsagte, freiwillig in eine Truppe eintreten zu lassen, die nach französischer Manier »Bürgergarde« heißen und eine Sollstärke von 1600 Mann erreichen sollte (laut Planung von Ende Oktober 1806: zwei Bataillone zu je 800 Mann). Um die Freiwilligkeit zu fördern, wurden den Stadtbezirken Quoten auferlegt, über deren Erfüllung Polizeikommissare zu wachen hatten. Dennoch wurde die

volle Stärke bei Indienststellung der Truppe um ein Viertel verfehlt.
Für die Bürgergarde gab es neben zahlreichen Aufgaben einige Auflagen. Da es sich um gutgestellte Bürger handelte, konnten sie auf Bezahlung ihrer Dienste verzichten. Sie erhielten weder Lohn, noch Sold, noch Ersatz von Verdienstausfall, noch Tagegeld, noch sonst irgendeine Vergütung.
Schnitt und Design ihrer Uniformen waren vorgeschrieben, ebenso wie die Tatsache, dass ihre Träger sie selber zu bezahlen hatten. Die Ausrüstung der Schutztruppe war im Vergleich zu den früheren königlichen Soldaten eher kärglich. Die Bürgergardisten durften Säbel tragen; wenn, aus welchen Gründen auch immer, Gewehre ausgegeben wurden, mussten sie abends beim Rathaus wieder abgeliefert werden.
An die Spitze der Bürgergarde wurde Paul Antoine Jordan berufen, ein wohlhabender hugenottischer Geschäftsmann, dessen Familie schon seit geraumer Zeit der Berliner Gesellschaft angehörte. Anders als Frédéric Hauchecorne, einem französischen Prediger seiner Gemeinde, machten ihm die Berliner nie Vorwürfe allzu großer Nähe zum Feind. Hauchecorne ließ sich zum Chefzensor der Franzosen berufen und ward nach deren Abzug nicht mehr gesehen.
Bei Jordans Berufung rechneten die Besatzer wohl mit der Loyalität eines ehemaligen Landsmanns. Jedenfalls war er sowohl der deutschen als der französischen Sprache mächtig. Dass seine Truppe zu Fuß war, stand in krassem Gegensatz zu Napoleons Überzeugung, Mobilität und Effizienz gingen Hand in Hand. Der Kaiser wird sich etwas dabei gedacht haben.

Arme Schlucker hatten nach den Vorstellungen Napoleons in der Garde eigentlich nichts zu suchen. Es zeigte sich jedoch recht bald, dass für Gewerbetreibende, Handwerksmeister, Banker und wer sonst noch sein Brot selbstständig und ausreichend verdiente, der Gardedienst mit dem Beruf kaum zu vereinbaren war. Der Fleischer musste aufs Land, um sein Schlachtvieh einzukaufen, der Maurermeister seine Baustellen beaufsichtigen, der Bäcker mitten in der Nacht raus und irgendwann auch einmal ruhen. Mit zunehmender Dauer sahen die Honorablen ihren Dienst als Belastung, der sie von ihren Geschäften abhielt.

Was als Ausnahmeregel für Notfälle gedacht war, wurde immer mehr zum Normalfall. Statt selber zu erscheinen, stellten die freiwillig Dienstverpflichteten Ersatzleute. Zunächst schickten sie ihren Gesellen oder Lehrling. Später bezahlten sie jeden, der etwas Geld benötigte, und das waren viele. Genommen wurde, wer Patrouille laufen und Wache schieben konnte. Letztlich durfte jeder, der sich anbot, einen ehrbaren Bürger vertreten.

Die Offiziere der Bürgergarde gaben es schnell auf, mit den Mannschaften zu exerzieren, um ihnen die Feinheiten von »Antreten, Grüßen, Melden, im Gleichschritt Marschieren« beizubringen. Von Uniform und Dienstwaffe, die der Kandidat zu stellen hatte, war bald keine Rede mehr. Am Ende boten Teile der stolzen Bürgergarde ein eher erbärmliches Bild.

Neben der Bürgergarde (»Arquebusiers à pied«) wurde eine zweite Truppe aufgestellt, das berittene Schützenkorps (»Arquebusiers à cheval«). Laut Ukas des Standortkommandanten vom Oktober 1806 sollte die Kompanie zu Pferd eine Sollstärke von 80 Mann besitzen. Schon im

Frühjahr 1807 bestand das Schützenkorps nach »Réglement« des Generalstabs aus 183 Mann, was durchaus als Hinweis auf ihre Beliebtheit bei der Besatzungsmacht gelten kann.

Anders als die Gardisten erhielten die Schützen Sold und Uniform gestellt, auf Kosten der Berliner. Zwar galten auch für das Schützenkorps die allgemeinen Dienstvorschriften der Bürgergarde, beide Einheiten waren jedoch voneinander getrennt. Außerdem hatten die Schützen dem General-Kommandanten von Berlin wöchentlichen Rapport zu erstatten.

Wegen ihrer Nähe zu Angehörigen der französischen Militär- und Zivilverwaltung hielten sich die Schützen bald für etwas Besseres und ließen es Bürgergarde wie auch Berliner spüren. Die wiederum rümpften die Nase über die Schützen und ihr ständiges Scharwenzeln um die Besatzer. Man betrachtete sie als »liederliche Ladenschwengel«, die nicht nur Offizieren und Zivilbeamten, sondern auch deren Frauen und Mätressen gern zu Diensten waren. Im Gegensatz zu ihnen waren die Gardisten bei den Berlinern im Großen und Ganzen gut angesehen, wenn sie sich auch den einen oder anderen Spott gefallen lassen mussten.

Bei der Aufrechterhaltung der inneren Ordnung und Sicherheit war die Bürgergarde für sämtliche Zivildelikte zuständig, auch solche, die Soldaten der Grande Armée betrafen. Die französischen Autoritäten hielten sich tatsächlich aus Zivilsachen heraus – bis auf Ausnahmen. So griff nach ihrer Meinung die Polizei bei den Brotunruhen vom Frühjahr 1808 nicht hart genug durch, worauf der Stadtkommandant den Polizisten Soldaten zur Seite stellte, die jeglichen Aufruhr im Keime ersticken sollten. Den Franzosen war noch gut in Erinnerung, dass steigende

Preise für Brot und seine Knappheit zum Ausbruch der glorreichen Revolution in ihrer Hauptstadt beigetragen hatten.

Die Statuten der Berliner Polizei blieben im Kern unter der Besatzung unverändert. Wie zuvor erfüllte sie die verschiedensten Funktionen zur Aufrechterhaltung eines geregelten öffentlichen Lebens. Allerdings wurde sie im Vergleich zur Vorkriegszeit personell recht zügig verstärkt. Die Zahl der Reviere erhöhte sich von 18 auf 23, die der »reitenden Polizeisergeanten« von 4 auf über 20. Deren größere Beweglichkeit kam nicht nur der städtischen Administration, sondern auch der französischen Kommandantur zugute.

Völlig neu waren »Agenten« (insgesamt 70), die den Kommissariaten zugeordnet wurden, um die Überwachungsdichte zu erhöhen. Da in der Stadtkasse Ebbe herrschte, erhielten sie kein festes Gehalt, sondern einen Anteil der von ihnen beigetriebenen Strafgelder sowie Belohnungen für besonders interessante Informationen. Anders als die Spitzel, die (ähnlich den unzähligen »Mouches« in Paris) unerkannt in der Stadt herumlungerten, trugen sie Dienstuniform.

Eine spezielle Kriminalpolizei gab es noch nicht. Erst im Jahre 1811 wurde im Berliner Polizeipräsidium eine Kriminalabteilung eingerichtet. Bis dahin wurden Kapitalverbrechen von der 1804 im Stadtgericht gegründeten Kriminaldeputation bearbeitet. Ihr gehörten zwei Kommissare an (im Roman ist Reiser einer von ihnen), zwei Inspektoren sowie zwei Assistenten (wie im Roman Krüger). Kamen bei der Polizei oft alte, ausgediente Soldaten unter, so wurden als »Kriminale« eher junge Leute rekrutiert, die sogar eine gewisse Ausbildung erfuhren.

Nur etwas mehr als einen Monat nach seinem Einzug in Berlin erließ Napoleon die »Berliner Dekrete«. Mit ihnen wurde das Kontinentalsystem eingeführt, landläufig bekannt als Kontinentalsperre. Beschnitten schwer lastende Kontributionen an die Besatzungsmacht, Steuern und Abgaben sowie mit der Einquartierung verbundene Kosten das verfügbare Budget des sogenannten kleinen Mannes schon beträchtlich, so wurden Produkte aus Übersee jetzt unerschwinglich. Viele Genussmittel wie Kaffee, Zucker, der damals ausschließlich aus Zuckerrohr hergestellt wurde, oder Gewürze stammten im Wesentlichen aus englischen Kolonien und durften offiziell nicht ins Land.
Zeiten von der Obrigkeit verordneter Knappheit folgen bekannten Regeln. Gesetze werden mit großem Brimborium öffentlich erlassen, Kontrollen vor aller Augen aufwändig eingerichtet und beides im nächsten Augenblick heimlich umgangen. Die sichere Aussicht auf Profit ist zu verlockend. Im Berlin des frühen neunzehnten Jahrhunderts (wie auch im restlichen Preußen, selbst in Frankreich, ja auf dem ganzen Kontinent) war es nicht anders. Der Schmuggel blühte, das Geschäft gedieh.
Ein Geschäft, das immer auf die gleiche Art und Weise funktioniert. Einige wenige lenken im Hintergrund die Warenströme in großem Stil, und im großen Stil verdienen sie auch ihr Geld. Sehr viele kleine Handlanger bekommen ein wenig ab. Das letzte Glied in der Kette, der Verbraucher, zahlt. Glaubt man zeitgenössischen Berichten (offizielle Rapports gibt es natürlich nicht), so baute der im Roman erwähnte General Grandjean die Insel Rügen mit ihrer isolierten Lage und den vielen Häfen tatsächlich zu einem bedeutenden Umschlagplatz verbotener Importgüter aus.

Sollte das Kontinentalsystem eigentlich den Erzfeind England in die Knie zwingen, so ergab sich daraus für Preußen, neben Knappheit und Verteuerung der »Kolonialwaren«, ein weiterer negativer Effekt. Es wurden ja nicht nur alle Häfen auf dem Kontinent für englische Schiffe gesperrt. Gleichzeitig waren auch die englischen Häfen für alle Schiffe der Länder tabu, die dem System angehörten. Damit fiel England als wichtiger Handelspartner Preußens weg. Die Einnahmen aus den Exporten zur britischen Insel fehlten an allen Ecken und Enden.

Nach dem verlorenen Krieg war die preußische Währung von vorneherein starkem Druck ausgesetzt. Binnen- wie Außenwirtschaft lagen danieder, das Steueraufkommen sank rapide, Staatsausgaben wurden aus Krediten finanziert, die immer schwerer zu erhalten waren, da es kaum noch Sicherheiten gab. Mit der Besetzung Berlins übten die Franzosen bis zum Frühjahr 1808 das Münzrecht aus. Sie begannen eifrig, Scheidemünze, also Münzen, deren Metallwert geringer ist als der aufgeprägte Nominalwert, zu prägen und in Umlauf zu bringen. Dabei begnügten sie sich nicht mit dem Schlagschatz, der sich aus dem Unterschied zwischen ausgewiesenem Nominalwert und dem niedrigeren Metallwert ergibt. Sie verringerten darüber hinaus den festgesetzten Edelmetallanteil der Münzen; was ihren dürftigen Realwert noch weiter senkte. Banken und Edelmetallhändler merkten das sofort.

Für Scheidemünzen gab es offiziell festgesetzte Wechselkurse gegenüber ausländischer Währung und den Kurantmünzen (»Courant«, wie in Preußen der Friedrich d'Or), bei denen der ausgewiesene Wert dem Metallwert (in Gold oder Silber) entsprach. Der Kurs der Scheidemünze stand indes nur auf dem Papier. Den tatsächlich ausgeübten

Wechselkurs bestimmte der Markt. So wurde Scheidemünze im Ausland nur mit einem Abschlag von zeitweilig bis zu einem Viertel entgegengenommen. Natürlich sank damit der Wert auch im Inland und trieb die Preise ganz allgemein in die Höhe, für importierte Waren besonders stark. Auf diese Weise lag der tatsächliche Wert der Scheidemünze in Preußen regelmäßig unter dem staatlicherseits als verbindlich veröffentlichten Wechselkurs.
Diesen Geldverfall bekamen im Übrigen nicht nur die Berliner zu spüren, sondern auch die Soldaten der Grande Armée. Ihr in Scheidemünze ausgezahlter Sold verlor laufend an Wert, was nicht wenigen Unmut hervorrief. Diejenigen, die an diesen Münzmanipulationen in großem Stil verdienten, machten also auch vor ihren eigenen Landsleuten nicht halt. Immerhin erhielten die Soldaten ihr Geld regelmäßig, wovon preußische Arbeitslose, Invaliden, Kriegswitwen und selbst Beamte nur träumen konnten.
Bei all dem kam noch hinzu, dass in England hergestellte Prägungen ins Land geschmuggelt wurden, die flächendeckend in den Verkehr gelangten. Die Polizei gab immer wieder Merkmale bekannt, an denen die Falschmünzen zu erkennen waren, aber anders als bei Gold- oder Silbermünzen war wegen der Metallbeimischungen die Echtheit von Scheidemünzen nicht einfach mittels Wiegen, Messen und simplen chemischen Verfahren nachprüfbar. Nachdem die Engländer feststellten, dass sie ihr Ziel, die Franzosen mit einer massenhaften Geldschwemme zu schädigen, nicht erreichten, sondern es die Preußen traf, wurde der Sache ein Riegel vorgeschoben.
Um bei der allgemeinen Teuerung dem ärmeren Teil der Bevölkerung zumindest den Kauf von Brot, dem wichtigsten Grundnahrungsmittel, zu ermöglichen, wurde sein

Preis per Dekret festgesetzt. Ziel war, ihn so niedrig wie möglich zu halten. Die Kalkulationen, die man anstellte, um ihn zu bestimmen, basierten auf dem illusorischen offiziellen Kurs der Scheidemünze; schließlich konnte der Staat nicht den von ihm selber festgesetzten Kurs ignorieren.

Nun fällt Brot nicht wie Manna vom Himmel, sondern muss hergestellt werden. Als der Brotpreis die Kosten nicht mehr deckte, streikten die Bäcker. Entweder sollte der Preis angehoben werden, oder sie würden kleinere Brote backen.

Ende April 1808 kam es zu ersten Aufläufen, als die Bäcker sich weigerten, ihr Brot zum festgesetzten Preis abzugeben. Die Kommandantur wies die Polizei an, dafür zu sorgen, dass die Kunden ihr Brot bekamen. Notfalls sollten Polizisten in die Bäckereien gehen und es selbst verkaufen.

Um Krawalle und Aufstände zu verhindern, liefen vermehrt gemischte Patrouillen aus Bürgergarde und Soldaten der Grande Armée Streife. Anfang Mai 1808 machten viele Bäcker ihre Drohung wahr und verringerten das Gewicht der Brote, andere hörten ganz auf zu backen. Es kam zu Streitereien, Handgreiflichkeiten, Volksaufläufen. Als erste Maßnahme zur Verhinderung eines Volksaufstands wurde Polizeipräsident Büsching zum Rücktritt gedrängt, »aus Gesundheitsgründen«. Wie zu Beginn des Romans geschildert, rückte der Kommissar der Lotterie, Teulon, an seine Stelle. Dadurch gab es allerdings auch nicht mehr Brot. Um zumindest die größte Knappheit zu lindern, lieferten die Besatzer Mehl aus ihren eigenen Beständen, was dem neuen Polizeipräsidenten einen guten Einstieg verschaffte.

Vor der Erfindung der Dampfmaschinen, Elektro- und Verbrennungsmotoren waren Mühlen die wesentlichsten Produzenten physischer Kraft, soweit sie nicht von Mensch oder Tier erzeugt wurde. Im Stadtgebiet von Berlin nutzten 1808 mehrere Wassermühlen das natürliche oder aufgestaute Gefälle von Spree und Festungsgraben. Im Umkreis der Stadt drehten geschätzte über einhundert Windmühlen ihre Flügel. Wer heute das Verzeichnis der Straßen und Plätze Berlins durchblättert, wird auf viele Adressen stoßen, deren Wortbestandteil Mühle auf den ehemaligen Standort einer dieser vorindustriellen Maschinen hinweist.

Der in unseren Tagen bei gewissen Zugereisten aus dem Süden und Touristen aus aller Welt so beliebte Prenzlauer Berg lag zur Zeit des Romans noch außerhalb der Akzisemauer und nannte sich »Mühlenberg«. In Selters »Grundriss von Berlin« aus dem Jahre 1804 sind dort acht Windmühlen verzeichnet. Das Traditionswappen des früheren Bezirks Prenzlauer Berg versinnbildlicht diesen Aspekt seiner Geschichte: Es zeigt im unteren Teil deutlich ausgeformt einen Windmühlenflügel, die vier Blätter nach schräg oben beziehungsweise unten gerichtet. In der Mühlensprache, mit der Müller ihren Kunden oder allgemein der Öffentlichkeit weithin erkennbar Mitteilungen machten, bedeutete das seinerzeit so etwas wie »Betriebsruhe«.

Im Roman sieht Kriminalassistent Krüger, wie ein Müller den Turm seiner Mühle dreht. Dieses Drehen hatte normalerweise den einfachen physikalischen Grund, die Windenergie so lange und gut wie möglich ausnutzen zu können. Krüger bemerkt auch, dass sich die ganze Nacht kein Lüftchen regt. Allerdings versäumt er, die beiden Beobachtungen miteinander in Beziehung zu setzen. Wenn der Müller keinen Grund hatte, nachts aus dem Bett zu steigen und mühselig den schweren Turm zu bewegen, musste etwas anderes dahinterstecken. Ob tatsächlich ein Müller vom Prenzlauer Berg jemals auf die im Roman geschilderte Weise geheime Signale gab, um Schmuggler zu informieren, ist nicht belegt.

Knapp ein Jahr nach dem endgültig verlorenen Krieg begann im Frühjahr 1808 die Lage in Berlin dramatisch zu werden. Die Wirtschaft lag am Boden, es herrschte Arbeitslosigkeit, der Wert der Währung fiel im selben steilen Ausmaß, in dem die Teuerung der Waren voranschritt. Dennoch, Aufruhr in Berlin, wann hatte es den schon gegeben?

Aber die Not war groß, nicht nur unter den Ärmsten der Armen. Die immensen Kontributionen und Stationierungskosten, die Stadt und Staat auferlegt waren, hatten zur Folge, dass von der öffentlichen Hand nichts zu erwarten war. Die nicht gerade üppigen Gehälter der kleinen Staatsbediensteten wurden gekürzt und nur unregelmäßig ausgezahlt. Pensionen schrumpften auf Pfennigbeträge. Die Armenkassen waren leer bis zum blanken Boden, die Armenhäuser voll bis unters Dach. Wer für eine Nacht bei einer mildtätigen Stiftung unterkam oder wem ein Spender die Teilnahme an einer Armenspeisung ermöglichte, schätzte sich glücklich. Für viele hießen die beiden einzigen Alternativen, der Not zu entkommen, Emigration oder Selbstmord.

Schlechte Zeiten sind selten so schlecht, als dass es nicht manchem gut gehen würde. Kriegsgewinnler gibt es nicht nur auf Seiten der Sieger. Betriebe, deren Leistungen die Besatzer nachfragten, verdienten ihr Geld, im Kleinen wie

im Großen. Putzmacher und Friseure waren gefragt, besonders nachdem die höheren Militärs Familien und sonstigen Anhang nach Berlin holten und Beamte aus Frankreich in großer Zahl eintrafen. Den Verlust einheimischer Besucher von Gasthäusern glichen fremde Zecher aus. So drehten die Berliner im Tiergarten trockene Runden und schauten den Besatzern zu, die es sich in ihren beliebten Schankwirtschaften In den Zelten gutgehen ließen.
Ein zugereister Schneider, dem es gelang, den Auftrag zur Einkleidung der neuen Armee des frisch gekürten Königs von Westfalen zu ergattern, wurde zum reichen Mann. Getreide- und Viehhändler verdienten sich goldene Nasen, sobald sie Lieferanten der Grande Armée wurden. Dass die Banken bei Krediten aller Art, wackeligen Hypotheken auf stabile Häuser, notleidenden Schuldverschreibungen von Stadt und Staat, Wechselgeschäften, Devisenhandel nicht drauflegten, braucht nicht weiter ausgeführt zu werden.
Die Stadt Berlin finanzierte ihre Abgaben an die Besatzer großenteils auf Pump. Daran konnten die Banken verdienen, gingen bei der miserablen, wirtschaftlichen Lage der Stadt allerdings auch Risiken ein. Mancher Banker wollte schnellere und größere Gewinne realisieren. Ein gewisser Bankier Geber lieferte Silber an die Franzosen, wohl wissend, dass die daraus minderwertige Scheidemünzen schlagen würden. Für ihn und die Franzosen ein gutes, für die Berliner und den preußischen Staat ein schlechtes Geschäft. Andere Banken horteten (in beträchtlichem Umfang) heimlich Courant, was die Menge dieser im Umlauf befindlichen Goldmünzen (nicht unerheblich) einschränkte und sie verteuerte. Ganz nebenbei entzogen diese Banken ihr Vermögen der Besteuerung.

Auf der anderen Seite gab es auch spektakuläre Zusammenbrüche von Geldinstituten. Das Bankhaus Liebmann-Meyer-Wolf hatte der Stadt Berlin große Summen gegen Schuldverschreibungen geliehen, sich dabei jedoch verspekuliert. Der Inhaber floh im Frühjahr 1809 mit unbekanntem Ziel. Sein Disponent sprang von einer Brücke ins Wasser und ertrank. Der Buchhalter schnitt sich die Gurgel durch und verblutete.

Trotz der harten Bedingungen, die der Kaiser und seine Generäle ihnen auferlegten, blieb das Verhältnis der Berliner zu den einfachen französischen Soldaten während der insgesamt fast zweijährigen Okkupation im Großen und Ganzen entspannt. Anfänglich gab es Reibereien, weil mancher der Soldaten Napoleons, im sicheren Gefühl des Sieges und vielleicht auch vom Anblick der properen Stadt geblendet, meinte, er könne jeden Tag ein fürstliches Mahl von seinen Gastgebern verlangen. Dabei hatte der einfache Haushalt doch selber nichts. Dieses Missverständnis renkte sich ein, als der französische Stadtkommandant verordnete, dass kein Soldat mehr verlangen könne, als seine Gastfamilie selber aß und trank. Die Berliner schränkten sich ein, die Soldaten schraubten ihre Ansprüche zurück.

Die Einquartierung drückte unabhängig von Stand und Einkommen. Während der gemeine Soldat zu Kleinbürgern gelegt wurde, zog es den hohen Offizier zu Adel und Großbürgertum. In manch gut sortiertem Weinkeller standen bald nur noch leere Regale. Beköstigung und Tafelgeld verschlangen hohe Summen. Der Buchhändler und Verleger Friedrich Nicolai beispielsweise bewirtete während der Besatzungszeit zwölf Generäle sowie deren militärisches und privates Personal. Wenn Besuch kam, wurde die Tafel erweitert. Die Pferde der Stabsoffiziere standen derweil in Stall und Garten seines Hauses in der Brüderstraße und verlangten Futter und Pflege. Stallknechte gingen ebenfalls auf den Hausherrn. Nicolai setzte während der Besatzungszeit sein halbes Vermögen dran.

Ergaben sich bei den einquartierten einfachen Soldaten Beziehungen zu den Berlinern in der Enge der Behausung sozusagen zwangsläufig, so blieb man auf Ebene der höheren Offiziere und zivilen Beamten eher unter sich, auch im kulturellen Leben von Theater und Oper. Mangels Sprachkenntnissen ließen die Franzosen Drama und Komödie links liegen. Sie bevorzugten Singspiel, Ballett und Konzert.

Um den jüngeren, ledigen Offizieren etwas zu bieten, ließ der Stadtkommandant einige Male Bälle veranstalten, in der Hoffnung, die Berlinerinnen kämen in Scharen, um einmal etwas anderes zu erleben. Den Einladungen folgten indessen nur wenige junge Damen, angeblich meist zweifelhaften Lebenswandels. Für Furore sorgte bei einem dieser Anlässe ein halbwüchsiger Bengel, der sich in Frauenkleidern Zugang verschaffte, auf Kosten der Garnison aß und trank und sich zu manchem Tanz aufs Parkett führen ließ, bevor seine Maskerade aufflog.

Zeitungsherausgeber Karl Julius Lange war einer der bestgehassten Männer Berlins. Er stand unter der besonderen Patronage der Kommandantur. Sein Blatt, der »Telegraph«, brachte entgegen der Vermutung, die sein Titel nahe legte, keineswegs neueste Nachrichten von nah und fern, es zeichnete sich einzig und allein durch Lobhudeleien gegenüber den Besatzern aus. Im Grunde konnte man es als deren Propagandablatt bezeichnen. Wer Lange auf dem Trottoir begegnete, wechselte die Straßenseite. Anders die Kinder. Sie liefen ihm im wieder in Scharen hinterher, verhöhnten ihn mit Schimpfwörtern und sangen Spottlieder.

Der Direktor des National-Theaters Iffland und dessen Inspektor Jacoby erhielten im März 1808 Hausarrest, den sie lachenden Auges angetreten haben dürften. Vor vollem Haus hatten sie ein scheinbar harmloses, lustiges Stück gespielt, dem die Zuschauer, unter ihnen hohe französische Militärs, immer wieder heftig applaudierten. Der wahre Sinn und Hintergrund des Spiels erschloss sich den französischen Zuschauern erst in der letzten Szene. Rein zufällig fiel der Tag der Vorstellung mit dem Geburtstag der preußischen Königin Luise zusammen, um den es auf allegorische Weise immer wieder gegangen war. Mit ihrem Applaus zählten die genasführten Vertreter der Besatzungsmacht nun zu den Gratulanten der bei Napoleon alles andere als beliebten Königin.

Bei aller Liebe der Franzosen zur Musik fasste die Glasharmonika, das Kultinstrument der deutschen Romantik, in Frankreich nie richtig Fuß. Die damals bekannteste Glasharmonika-Virtuosin war die in jungen Jahren erblindete Marianne Kirchgessner. Sie unternahm mehrjährige Konzerttourneen und trat mit ihrem Instrument in ganz Europa auf. Für Berlin sind einige Auftritte belegt, unter anderem vor Friedrich Wilhelm II. Ihr letztes Konzert in der Residenzstadt gab sie im Jahre 1805. Von dem im Roman erwähnten Konzert in Karlsbad, zu dessen Besuchern Goethe zählte, konnte Friederike Reiser im Mai 1808 allerdings noch nichts wissen. Es fand erst einen Monat später statt.

Im Dezember desselben Jahres starb Marianne Kirchgessner in Schaffhausen, wo sie im Kloster Paradies beerdigt wurde. Ihr Haus in Gohlis, damals noch vor den Toren Leipzigs gelegen, wurde tatsächlich im Jahre 1806 von marodierenden Soldaten der Grande Armée geplündert, sie selber »hart bedrängt«. Mehr zur Glasharmonika im Internet unter www.armonica.de.

Quellen

Als Kartenmaterial diente Selters *Grundriss von Berlin* aus dem Jahre 1804.

Neben Recherchen in Presseorganen der Zeit und in Aufzeichnungen des Geheimen Staatsarchivs wurden insbesondere Veröffentlichungen folgender Autoren einbezogen:

Bauer, Frank, *Napoleon in Berlin*, Berlin 2006

Bauer, Roland, *Berlin, Illustrierte Chronik bis 1870*, Berlin 1988

Cavan, George, *Erinnerungen eines Preußen aus der Napoleonischen Zeit 1805 – 1815*, Grimma 1840

Cölln, Friedrich von, *Vertraute Briefe über die innern Verhältnisse am Preußischen Hofe seit dem Tode Friedrichs II.*, Amsterdam und Cölln 1807/1809

Cölln, Friedrich von, *Neue Feuerbrände*, Amsterdam und Cölln 1807, div. Hefte

Duwe, Georg, *Berlin in fremder Hand*, Osnabrück 1991

Gädicke, Johann Christian, *Lexicon von Berlin und der umliegenden Gegend*, Berlin 1806

Giebel, Wieland (Hg.), *Die Franzosen in Berlin 1806 – 1808*, Berlin 2006

Granier, Herman, *Die Franzosen in Berlin 1806 – 1808*, in: Hohenzollernjahrbuch 1905

Granier, Herman (Hg.), *Berichte aus der Berliner Franzosenzeit 1807 – 1809, nach den Akten des Berliner Geheimen Staatsarchivs und des Pariser Kriegsarchivs,* 1913 (Neudruck Osnabrück 1969)

Klöden, Karl Friedrich von, *Jugenderinnerungen 1786 – 1824*, Leipzig 1911
Köhler, Ruth und Richter, Wolfgang (Hg.), *Berliner Leben 1806 – 1847*, o.O. 1954
Romberg, Amalie von, *Vor Hundert Jahren. Erinnerungen der Gräfin Sophie von Schwerin*, Berlin 1909
Staegemann, Friedrich August von (Hg. Franz Rühl), *Aus der Franzosenzeit*, Leipzig 1904
Zilch, Bruno, *Die Berliner Bürgergarde von 1806 bis 1875*, in: Der Bär von Berlin, Jg. 1993

Zahlreiche Hinweise verdanke ich diversen Ausgaben der *Mitteilungen* des Vereins für die Geschichte Berlins und dessen Schriftenreihe *Der Bär von Berlin*, der *Königlich Privilegierten Berlinischen Zeitung*, der *Berlinischen Nachrichten von Staats- und Gelehrtensachen* sowie Beiträgen der Internetseiten *Luise Berlin* und *Lindenblatt*.

Danksagung

Dank sagen möchte ich allen Freunden und Bekannten, deren Interesse am Gedeihen des Romans mich in manch schaffensmüder Phase wieder aufgerichtet hat.
Zu besonderem Dank bin ich Gabriele Dietz verpflichtet. Ohne die Anmerkungen, Hinweise und Korrekturen ihres Lektorats wäre das Werk nicht in der jetzigen Form gelungen.
Meine Frau Rotraut hat das Entstehen auch dieses Buchs begleitet und mit wacher Kritik manch allzu ausgefallene Idee auf ein vernünftiges Maß zurechtgestutzt.
Besonderen Dank schulde ich meiner Cousine Karin für einen Schnellkurs zu Haltung von Stallhasen und Umgang mit widerspenstigen Exemplaren der Spezies.

Der Autor

Werner Münchow, Jahrgang 1945, besuchte die Schule in Lübeck und Bochum, studierte in Mannheim und Gießen und hatte im Rahmen der deutschen und internationalen Entwicklungszusammenarbeit zahlreiche Einsätze in Afrika, Ostasien und im Vorderen Orient. Neben Sachliteratur veröffentlichte er in den letzten Jahren Hörbücher, Kurzkrimis und Kriminalromane, zuletzt »Scharfes Glas« (2010) und den ersten Gustav-Reiser-Krimi »Magisches Glas« (2013). Werner Münchow lebt in Berlin.

Gustav Reisers erster Fall

ISBN 978-3-89809-529-7

9,95 €

Berlin 1797. Auf dem Koppenschen Armenfriedhof wird eine Leiche gefunden, doch es gibt keinerlei Hinweise auf die Todesursache. Bei der Sektion in der Charité findet sich im Magen des Toten eine Kette mit einem Pentagramm. Bevor Polizeisergeant Gustav Reiser der Sache weiter auf den Grund gehen kann, wird die Leiche gestohlen. Als wenig später auch noch die Nichte seiner Zimmerwirtin spurlos verschwindet – und mit ihr das mysteriöse Pentagramm –, muss Reiser handeln. Gegen den Willen seiner Obrigkeit kommt er einem schier unglaublichen Geheimnis auf die Spur …

berlin.krimi.verlag
be.bra verlag